以美学角度来诠释《诗经》的英译研究

陈国勤 著

哈爾濱工業大學出版社
HARBIN INSTITUTE OF TECHNOLOGY PRESS

内容简介

随着社会的文明发展进步，跨文化交流成为中国文化经典不可或缺的一部分。《诗经》是中国的第一部诗歌总集，代表着中国诗词的传统，在中国古典诗词中占据着重要地位。本书从美学角度介绍了《诗经》的起源发展以及新时期下如何推进《诗经》研究，内容详尽、通俗易懂。

本书可供高等院校美学或古典文学专业师生使用，也可作为相关专业研究人员的参考书。

图书在版编目（CIP）数据

以美学角度来诠释《诗经》的英译研究/陈国勤著
.—哈尔滨：哈尔滨工业大学出版社，2019.5
ISBN 978-7-5603-8225-8

Ⅰ.①以… Ⅱ.①陈… Ⅲ.①《诗经》-英语-翻译
-研究 Ⅳ.①I207.222②H315.9

中国版本图书馆 CIP 数据核字（2019）第 089606 号

策划编辑 闻 竹
责任编辑 陈 洁 那兰兰
封面设计 盛世博睿文化
出版发行 哈尔滨工业大学出版社
社 址 哈尔滨市南岗区复华四道街 10 号 邮编 150006
传 真 0451-86414749
网 址 http：//hitpress.hit.edu.cn
印 刷 哈尔滨圣铂印刷有限公司
开 本 710mm×1000mm 1/16 印张 12 字数 210 千字
版 次 2020 年 6 月第 1 版 2020 年 6 月第 1 次印刷
书 号 ISBN 978-7-5603-8225-8
定 价 56.00 元

序

诗歌翻译是翻译史上经久不衰的一个讨论话题。其实，任何文字的转换都没有问题，关键在于能否在翻译的过程中达到一定的美学效果。一个时代有一个时代的学术，每一代的学人都在推动学术的进步和创新。《诗经》是我国最早的诗歌总集，有诗、有歌、有乐，其文学艺术的开创价值不可估量。

《诗经》产生于西周初年至春秋中期的500多年间，编辑成书约在春秋后期，据说孔子曾删订过。汉代有齐国辕固、鲁国申培、燕国韩婴和鲁国毛亨四家传授《诗经》，到东汉毛诗被认同，逐渐盛行，其他三家渐渐衰落以至亡佚。现在所见《诗经》，即为毛亨所传。《诗经》305篇，堪称古代人类社会百科全书，其内容涉及政治、经济、军事、外交、社会、伦理、天文、地理、农业、手工业、民俗、文艺等。古人先把它列入五经（《诗经》《尚书》《周易》《礼》《春秋》），后又列为十三经（《诗经》《尚书》《周易》《周礼》《礼记》《仪礼》《春秋左氏传》《春秋公羊传》《春秋穀梁传》《论语》《孝经》《尔雅》《孟子》），可见它在经学中的重要地位。

《诗经》开创了中国文学的赋比兴传统的先河。近世以来，让《诗经》回归文学的研究上的努力，当然是值得关注和赞许的，然而，《诗经》研究何曾有一日离开过赋比兴？即便是儒家伦理政治视野中的《诗经》研究，甚至宋明理学视野中的《诗经》研究，也一直是利用甚至推进了赋比兴的以识的。例如，朱熹对于赋比兴的经典界定，至今仍然被奉为经典解释。所谓"赋者，敷陈其事而直言之者也"。"比者，以彼物比此物也"。以及"兴者，先言他物以引起所咏之词也"。所以，对于《诗经》的文学价值的认识，不是一概否定儒家的研究成果，而是继承和推进。

在现代诗经学领域，本书比较系统地研究了《诗经》的美学，从美学角度对《诗经》的历史渊源、发展及其研究意义做了详细地讲述，并且对《诗经》的传播、翻译的标准和策略、译本对比等进行了多维研究，希望有更多的学者关注《诗经》美学的研究。有些博士或者研究人员都在开拓新的研究项目，同样表现出可贵的创新和探索精神。在《诗经》美学这个领域，我们的新一代学者是大有可为的。

著者于 2019 年 1 月

前　言

诗歌能不能翻译，是翻译史上经久不衰的一个讨论话题。其实，任何文字的转换都没有问题，关键在于能否在翻译的过程中达到同样的美学效果。本书从美学角度对《诗经》英译问题进行了研究。

中国文化典籍浩如烟海，博大精深；典籍英译不仅涉及汉语与英语的互译，且汉语语言文化本身历时变化纷繁复杂，加上古今互译版本众多，所以典籍翻译极富挑战性。但在当今全球化的时代背景下，典籍翻译是“中国文化走向世界”最有效的途径，所以典籍英译具有重要意义。当代研究《诗经》具有重要的理论意义和实践价值。而《诗经》又是我国文化典籍中的珍宝，尤其值得研究。《诗经》英译研究对弘扬中华文明中的国学精粹；对加强民族认同感和自豪感，增强民族凝聚力；对促进中西文化交流均大有裨益。另外，《诗经》英译的理论与实践研究会进一步加强高校的英语专业建设，尤其是文学专业和翻译专业建设，同时对文学和翻译教学、对外汉语教学和管理以及跨文化交际研究均有启发意义。

《诗经》英译研究是一个极富潜力和挑战性的研究对象，也是笔者多年的学术研究兴趣所在，所以本书选择《诗经》英译作为研究对象。

本书共分 8 章，主要内容包括了解《诗经》、《诗经》英译研究基础、《诗经》的对外传播、多维视角下的《诗经》英译研究、文学研究与《诗经》英译的统一、《诗经》多版本翻译对比研究、《诗经》英译研究中的跨文化操纵、对《诗经》英译研究推进的思考等。本书对高等院校英语专业本科生和研究生、对从事翻译教学和研究的教师和学者、对广大的翻译爱好者，尤其是《诗经》翻译、典籍翻译乃至文学翻译爱好者们都具有一定的参考和借鉴价值。由于作者水平有限，加上《诗经》英译涉及多学科、多层次、多角度的问题，本书难免会有疏漏和不足之处，敬请广大读者批评指正。

著　者

2019 年 1 月

目　录

第一章　了解《诗经》

《诗经》是中华民族文化的重要源头之一，在两千多年的流传过程中，也一直是中华民族文化传统的命脉。《诗经》社会文化功能的衍变，是各个时代学者研究和阐释的焦点之一，长期以来形成了对我国社会文化影响深远的《诗经》学传统。

第一节 《诗经》的起源

《诗经》的产生、结集和流传，是周代社会生活及其礼乐制度的产物。从时间上来说，《诗经》产生于商末周初至春秋中期，前后约五百年的时间。它的形成，主要是通过采诗、献诗和作诗三种方式。据《汉书·艺文志》记载："古有采诗官，王者所以观风俗，知得失，自考正也。"古代王室有采诗制度，设有专门的采诗官，采诗的目的是让统治者以诗观民风民俗，以此自鉴政治得失，并及时加以"考正"。《汉书·食货志》说："孟春之月，群居者将散，行人振木铎循于路，以采诗，献之大师，比其音律，以闻于天子。故曰：王者不窥牖户而知天下。"从这里可以清楚见得当时采诗官走村串巷、沿路采诗的情景。至于采诗的程序，以及上达天子的方式，《春秋公羊传》里描述得最为详尽："男女有所怨恨，相从而歌，饥者歌其食，劳者歌其事。男年六十，女年五十，无子者，官衣食之，使之民间采诗。乡移于邑，邑移于国，国以闻天子。故王者不出牖户，尽知天下所苦，不下堂，而知四方。"男女到民间采诗，官衣食之，采诗之后，逐级上传，直至最高统治者，目的是令王者尽知天下事。零散的诗篇最初都集中在乐官手里，乐官又不断采集和制作，随时增加，随时编辑，代代相传，历经五百多年，才终成今天的《诗经》总集。

但《诗经》并非完全采自民间。据《国语》记载，《诗经》中也有公卿列士献的诗："故天子听政，使公卿至于列士献诗，瞽献曲，史献书，师箴，瞍赋、矇诵，百工谏，庶人传语，近臣尽规，亲戚补察，瞽、史、教诲，耆、艾修之，然后王斟酌焉，是以事行而不悖。”又云：“古之王者，德政既成，又听于民。于是乎使工诵谏于朝，在列者献诗……有邪而正之，尽戒之术也。”对此，《左传·襄公十四年》也有类似的记载：“自王以下，各有父兄子弟，以补察其政。史为书，瞽为诗，工诵箴，大夫规诲，士传言，庶人谤，商旅于市，百工献艺。”《礼记·王制》也说：“天子五年一巡守（狩）……谨诸侯。问百年者就见之，命大师陈诗，以观民风。”从以上记载来看，古时王者听政，使公卿大夫献诗，有如后代帝王坐朝听百官奏章，其目的与采诗一样，仍是政治上的“观民风”以“事行而不悖”，“有邪而正之”。

《诗经》形成的最后一种方式是贵族作诗。据《史记》记载：“《诗三百篇》，大抵圣贤发愤之所为作也。”又《左传·闵公二年》记载：“许穆夫人赋《载驰》。”《诗经》中也有明确写出作者名字的诗篇，如“家父作诵，以究王凶。式讹尔心，以畜万邦。”（《小雅·节南山》）“诗人孟子，作为此诗。凡百君子，敬而听之。”（《小雅·巷伯》）“吉甫作诵，其诗孔硕。其风肆好，以赠申伯。”（《大雅·崧高》）“吉甫作诵，穆如清风。仲山甫永怀，以慰其心。”（《大雅·烝民》）等等。有关这些诗篇及其作者的史实已为《诗经》学研究所确证。当然，《毛诗序》中也有许多诗篇被指明作者为某公、某士，但多根据不足，似不足信。

《诗经》的诗篇来源于民间和公卿列士，这已经十分清楚。那么，它的篇什又是如何确定的呢？为什么只有305篇而不是更多或更少呢？当前《诗经》学界比较一致的看法是，《诗经》是经过乐官编订整理而最终形成的。历史上曾有孔子删诗说。最初提出此说的是司马迁：“古者诗三千余篇，及至孔子，去其重，取可施于礼义，上采契、后稷，中述殷、周之盛，至幽、厉之缺……三百五篇，孔子皆弦歌之，以求合韶、武、雅、颂之音。”《汉书·艺文志》也说：“古有采诗之官，王者所以观风俗，知得失，自考正也。孔子纯取周诗，上采殷，下取鲁，凡三百五篇。遭秦而全者以其讽诵，不独在竹帛故也。”顾炎武对孔子删诗之事论述颇详，其论述中还涉及到了孔子遴选诗篇的原则：“孔子删《诗》，所以存列国之风也，有善有不善，兼而有之，犹古之太师，陈诗以观民风，而季札听之，以知其国之兴衰，正以二者并陈，可以观，可以听。世非二帝，时非上古，固不能使四方之风，有贞而无淫，有治而无乱也。……《桑中》之篇，《溱洧》之作，夫子不删，志淫风也。《叔于田》为誉段之辞，《扬之水》《椒聊》为从沃之语，夫子不删，著辞本也。淫奔之诗，录之不一而止者，所以志其风之甚也。一国皆淫，而中有不变者焉，则亟。录之，《将仲子》畏人言也；《女日鸡鸣》相警以勤生也；《出其东门》不慕美色也；《衡门》不愿外也。选其辞，比其音，去烦且滥者，此夫子所谓删也……”这些观点，都与太史公司马迁所开创的删诗说传统有关，也与经学传统中美化、圣化孔子以维护其圣人地位的目的有关。但是，从历史的角度考察，删诗者则并不是孔子，因为季札入鲁观乐，孔子时年仅八岁，而那时《诗经》早已成形且盛行于世了。方玉润说：“且孔子未生以前，《三百》之编已就；孔子既生而后，《三百》之名未更。吴公子季札来鲁观乐，《诗》之篇次悉与今同（唯《豳》次《齐》，《秦》又次《豳》，小异）其时孔子年甫八岁。”这可以证明孔子删诗之说确实不可信。但从句法、韵律、修辞等形式来看，《诗经》前后的艺术性是贯通一致的，所以，不经过专人的编订整理又是完全不可能的。

第二节　诗经的内容分类及其表现手法

《诗经》共收诗 311 篇，逸笙诗 6 篇，有声无辞，实传 305 篇，分为《风》《雅》《颂》三部分。其中《国风》160 篇，《小雅》74 篇，《大雅》31 篇，《颂》40 篇。关于《诗经》的内容分类及其表现手法的论述，最早见于《周礼·春官》：“太师教六诗：曰风，曰赋，曰比，曰兴，曰雅，曰颂。”《诗大序》又把“六诗”衍变为“六义”：“故诗有六义：一曰风，二曰赋，三曰比，四曰兴，五曰雅，六曰颂。”对于“六诗”和“六义”，《诗经》学史上有过反复的争论。有人认为，“六诗”“六义”是指《诗》有并列的六个种类，今只存三类；还有人认为，此六者皆为乐名。孔颖达则首次从体裁和修辞角度，把风、雅、颂看作“体”，把赋、比、兴看作“用”：“风、雅、颂者，诗篇之异体；赋、比、兴者，诗文之异辞耳。大小不同而得并为六义者，赋、比、兴是诗之所用，风、雅、颂是诗之成形。用彼三事成此三事，是故同称为义，非别有篇卷也。”郑樵则从内容上把《风》《雅》《颂》加以区分：“风土之音曰风，朝廷之音曰雅，宗庙之音曰颂。”朱熹解释得更加详细：“风则闾巷风土、男女情思之词，雅则朝会、燕享公卿大夫之作，颂则鬼神、宗庙祭祀歌舞之乐。其所以分者，皆以篇章节奏之异而别也。”现在的较为圆通和普遍的观点是：风、雅、颂是《诗经》的类名或体裁名，赋、比、兴是用于风、雅、颂的三种表现手法，而赋、比、兴的手法又是文学作品独有的特性。

一、诗经的内容分类

《风》包括二《南》和十三《国风》，共一百六十篇。《风》以国别分编，故有《周南》《召南》《邶风》《鄘风》《卫风》《王风》《郑风》《齐风》《魏风》《唐风》《秦风》《陈风》《桧风》《曹风》《豳风》。《诗大序》说："风，风也，教也；风以动之，教以化之……上以风化下，下以风刺上，主文而谲谏，言之者无罪，闻之者足以戒，故曰风。"且《风》诗采自各国民间，朱熹说：··风’则闾巷风土，男女情思之词。"即民风，民情民意，风土人情。所以"风"含有"风化""讽刺""风俗"之义。《风》有正风、变风之分。《周南》《召南》自《关雎》以至《驺虞》，叫做"正风"；《邶风》以下十三国风，自《柏舟》以至《狼跋》，叫做"变风"。"变风"说是汉朝郑玄在《诗谱》当中首先提出来的一个诗学概念，其依据是周室的兴衰历史，后人对此多有争论。但可以肯定的是，《风》多为抒情诗，或赞美，或祝颂，或怨时，或刺政；也有描写闾巷风情的诗篇。从内容上看，《风》诗或赞颂王公之盛德，如《麟之趾》；或抒亲子之情，如《蓼莪》；或赞兄弟之情，如《常棣》；或抒男女相恋、夫妇相思之情，如《关雎》《卷耳》；或颂朋友之谊，如《蒹葭》；或叹被弃之怨，如《江有汜》，等等。刺时的诗，有抨击淫乱祸国的诗，如《新台》《株林》；也有控诉统治者剥削奴役平民的诗，如《硕鼠》《伐檀》等。反映民俗风情的诗在《诗经》中占了相当大的比例。从这些诗中可以见得当时男女聚会歌舞，幽会相恋的民风，也可以看到人民集体劳动的场面，如《溱洧》《君子阳阳》写男女节日聚会歌舞、一起游玩的情景；《月出》写男女相约幽会的情景；《芣苢》写妇女边采边唱的真实愉悦的劳动场面；《驺虞》则是写猎人狩猎的情景。其中也有许多诗反映了当时国政混乱、婚姻无序的社会状况，如《行露》就是写女子控诉和反抗强行霸占她的男子的诗。

《雅》分为《大雅》和《小雅》，《大雅》74 篇，《小雅》31 篇，共 105 篇。其中笙诗 6 篇，有声无辞。有人怀疑笙诗为亡佚诗，也有人怀疑此 6 篇只是为歌舞伴奏的乐调而已，原本无辞。《雅》为士大夫所作，用以美刺朝政。朱熹云："'雅’者，正也，正乐之歌也。""雅"即正之义，大概是周代最通行的音乐，公认为"正声"，故谓之"雅"。如《仪礼·乡饮酒礼》中说："工歌《鹿鸣》《四牡》《皇皇者华》，笙《南陔》《白华》《华黍》；乃间歌《鱼丽》，笙《由庚》；歌《南有嘉鱼》，笙《崇丘》；歌《南山有台》，笙《由仪》……工告于乐正曰：'正乐备’。"但是，按照经学传统，"雅"也有

“正雅”与“变雅”之分。《小雅》自《鹿鸣》至《菁菁者莪》22篇为“正雅”；自《六月》以下至末篇《何草不黄》58篇为“变雅”；《大雅》自首篇《文王》至《卷阿》18篇为“正雅”，自《民劳》至末篇《召旻》23篇为“变雅”。

《颂》分为三部分：《周颂》31篇、《鲁颂》4篇、《商颂》5篇。关于《颂》的性质，历史上主要有过三种不同的认识，即《颂》是颂赞诗，《颂》是宗庙祭歌，《颂》是歌而兼舞。王充说：“古之帝王建鸿德者，须鸿笔之臣褒颂纪载，鸿德乃彰，万世乃闻……然则孔子鸿笔之人也。‘自卫返鲁，然后乐正，《雅》《颂》各得其所也’。”他认为《颂》是褒颂“鸿德”的颂赞诗。朱熹的看法则有所不同：“‘颂’则鬼神宗庙祭祀歌舞之乐。”他视《颂》为宗庙祭歌。也有人从训诂的角度出发来解释“颂”的含义：“颂”字从页，页即人，由此推断“颂”的本义即“容貌”。郑玄说：“颂之言容，天子之德，光被四表，格于上下……此之谓容。”“颂”之谓“容”，还是阮元解释的较为合理：“容”即“舞容”。他说：“风雅但弦歌笙间，宾主及歌者皆不必因此而为舞容；惟三颂各章皆是舞容，故称为颂，若元以后残曲，歌者舞者与乐器全动作也。”《周礼》中说：“奏《无射》，歌《夹钟》，舞《大武》。”“朱干玉戚，冕而舞《大武》。”这可为阮元一说提供旁证。此外，也有人认为，《颂》是舞乐剧本，或认为是声调、乐器名、仪式性表演、颂祝等等。笔者认为，《颂》是公卿列士用以颂扬功德的诗篇，用于宗庙祭祀仪式上人神之间的交流，这应该是较为符合历史事实的观点。

二、诗经的表现手法

赋比兴作为《诗经》中的艺术手法，人们对它们的认识有过一段相当长的历史过程。对于赋比兴的含义，历史上各家各派有着不同的理解和阐释，聚讼不绝，直到今天，似仍没有取得完全一致的看法。对赋比兴的理解，历史上大致可分为两种情况：一是经学的理解，一是文学的理解。

我国古典文献当中最早提到赋比兴的是《周礼》，但它对赋比兴的含义没有作出任何解释。《诗大序》第二次提到了赋比兴，仍未解释其含义。对赋比兴三义进行解释的开山祖师是东汉郑玄。他说：“赋之言铺，直铺陈今之政教善恶。比见今之失，不敢斥言，取比类以言之。兴见今之美，嫌于媚谀，取善事以喻劝之。”又引郑司农“比者，比方于物也。兴者，托事于物。”郑玄把赋比兴解释为铺陈政教善恶，取譬言“失”，取事“劝喻”的方法，即以《诗》进行“美”“刺”的手法。这些手法是为《诗》的政教功能服务的。孔颖达与郑玄的理解相似："（彼注）赋云铺陈今之政教善恶，言其通正、变，美、刺也。比云见今之失，取比类以言之，谓刺诗之比也。兴云今之美，取善事以动之，谓美诗之兴也。其实美、刺俱有比、兴者也。……郑以赋之言铺也，铺陈善恶，则诗文直陈其事，不譬喻者，皆赋辞也。郑司农云'比者，比方于物'，诸言如者，皆比辞也。司农又云'兴者，托于事物'，则兴者，起也，取譬引类，起发己心，诗文诸举草木鸟兽以见意者，皆兴辞也。"同为经学家，可以说孔氏继承并发扬了郑氏说，其解释更为明确和详尽了一些，并强化了赋比兴作为政、变、美、刺手法的概念。刘勰在《文心雕龙》中对赋比兴的理解仍带有经学色彩："《诗文》弘奥，包韫六义。毛公述《传》，独标兴体，岂不以风通而赋同，比显而兴隐哉？故比者，附也。兴者，起也。附理者，切类以指事，起情者依微以拟议。起情，故兴体以立；附理，故比例以生。比则畜愤以斥言，兴则环譬以记讽。盖随时之义不一，故诗人之志有二也。"

从钟嵘开始，赋比兴有了文学性的解释。钟嵘《诗评序》说："文已尽而意有余，兴也。因物喻志，比也。直书其事，寓言写物，赋也。"钟嵘只是把赋比兴当作了文学表现手法，而不再与正、变、美、刺功能挂钩。对赋比兴三义的解释已经颇为明晰，深为后学称道。而相比之下，朱熹的解释最为透彻合理："兴者，先言他物，以引起所咏之词也"，"赋者，敷陈其事，而直言之者也"，"比者，以彼物比此物也。"在朱子这里，赋比兴三者概念已经十分明彻：兴即发端，赋即敷陈，比即以彼比此。以上三家的解释对后世影响都较大，而尤以朱熹为巨，为当代大多数学者所认同。然而，人们虽然至今对于赋与比的含义几乎已没有什么异议，但对于兴，历史上遗留下来的问题似乎仍没有解决，其问题核心在于兴与比的关系问题。有的学者认为比不兼兴，有的则相反。[①] 夏传才认为兴分三种：一，兴不取义，有只起发端起情和定韵作用的起兴，如《秦风·黄鸟》；二，有一定比喻作用的起兴，如《周南·关雎》，它们在《诗经》中最为普遍；三，有交代背景、渲染气氛和烘托形象作用的起兴，如《魏风·伐檀》。冯浩菲也认为，兴有的兼比有的不兼比，兴的语言形式是句子，而且兴并不只有篇首发端的两句兴，而是多种多样，还有一句兴、三句兴、四句兴、六句兴、全章兴、全篇兴等形式。这些理解显然是在朱熹的基础上的发展，是比较符合《诗经》实际的。

由于历史上人们对赋比兴的理解存在分歧，所以对《诗经》中每篇诗的

---

① 夏传才，《诗经语言艺术》，北京：语文出版社，1985年版，第88页．

标识就有很大的差别。如《毛传》只标兴，而且兴一般只是首句。自《关雎》以下，《国风》70 篇，《小雅》40 篇，《大雅》4 篇，《颂》2 篇，都标有"兴也"，而不称赋与比。朱熹《诗集传》则在每篇诗的每章后都标有"赋也""比也""兴也"。在 305 篇诗的 1141 章中，共计标"兴"者 265 章，标"赋"者 703 章，标"比"者最少，仅 105 章，余者则标"赋而比""赋而兴""兴而比"等。杨任之对所有诗篇的各章也分别标有"赋""比""兴"，且与朱熹有一定的差别。如《召南·草虫》，朱熹三章都标"赋"，杨任之则第一章标"兴"，其他两章标"赋"；又如《召南·小星》，朱熹两章皆标"兴"，杨任之则皆标"赋"。杨氏对赋比兴的标识体现了新的理解，同时也反映出《诗经》学界对这一问题的认识还远没有达成一致。尽管如此，赋比兴作为文学表现手法已成为今天《诗经》学界的共识。

第三节　诗歌的意境美

朱光潜说："就文学说，诗词比散文的弹性大，换句话说，诗词比散文所含的无言之美更丰富。散文是尽量流露的，愈发挥尽致，愈见其妙。诗词是要含蓄暗示，若即若离，才能引人入胜。"① 这即是说，无言之美，或曰朦胧之美，是诗歌的本质特征。强调"韵外之致""弦外之音"，可谓是汉语古典诗歌的传统，也可谓是其传统的审美标准。"真正的好诗是在有形的语言中渗透着无形的语言，使文体充满丰厚的内涵和弹性，即在显露与隐藏之间产生诗美。"②

一、原生态之美

"总起来看，中国的古诗，特别是唐诗存在一个非常明显的特点，就是剔除虚字甚至是系词、动词，从而形成了一种景物排列、画面叠加的情形，诗人借此来展示物象的原生态，扩大诗歌的意蕴空间。也就是说，事物原来是什么样的，他就如实地把它搬上来，而不进行人为的联系和加工。"③ 或者说：汉诗的意合之美，通向汉诗的原生态之美。在《王维诗选序》中，叶维廉如此评论王维的诗："诗人已变成现象本身，并且允许现象中的事物照

---

① 转引自龙泉明，《中国新诗的现代性》，武汉：武汉大学出版社，2005 年，第 50 页．

② 同上书，第 154 页。

③ 尚永亮，《唐诗艺术讲演录》，桂林：广西师范大学出版社，2008 年，第 103 页．

本相出现，而无智识的污染。诗人并不介入，他之视物如物。”[①] 这样一来，诗人藏身物后，允许事物照本相出现，物就是诗中的主体，在读者和诗歌之间不再站着作者，由此构成近乎纯自然态的诗情和画意。

原诗的原生态之美，在译诗中可以得以再现。然而，在更多的情况下，汉诗的原生态之美，在英译的过程中都会遭到一定程度的破坏。举孟浩然的《宿建德江》为例，“如果要翻译成英文，就要增加许多汉语中所没有的元素，如动词、单复数、时态的变化等。这需要译者决定在哪里增加连接的因素，哪里用定冠词，翻译因而成为一种分析行为”。[②] 译者的“分析行为”将汉诗中隐性的东西在译诗中被显性化出来了。汉语诗歌的意境美，常常与汉诗的原生态之美分不开。当汉语诗歌的原生态之美在翻译过程中遭到破坏之时，汉诗之美，也就多有流失。

二、无我之境

天人合一，是中国哲学的四字概括，同时，也是中国诗歌艺术境界的概括。中国诗人视人生为自然的一部分，重视人生与自然的融合无间，合而为一。因此，中国诗歌的最高境界，便是无我之境。王国维在《人间词话》中说：“有有我之境，有无我之境……有我之境，以我观物，故物皆著我之色彩；无我之境，以物观物，故不知何者为我，何者为物。”[③] 无我之境，使得中国诗歌中的人称常呈隐性。似乎诗人总是隐身于物后，做静观默想之态，从而使诗作呈现一派自然之态。

三、复义之美

什么是复义呢？对于一个诗句、一个情节或任意一段文学描写来说，倘若存在着两个或两个以上的解释，并且这些解释又不相互冲突，而是相互补充、相互丰富、形成一个整体，这就是复义。复义或多义是诗歌语言力量之所在。诗歌语义具有描述性、模糊性和多义性。诗歌的复义特征越明显，其内涵越丰富，审美价值也就越高。与西方诗歌相较，中国诗歌的复义特征更加明显。原因何在？如果说月亮是中国诗歌的艺术符号的话，西方诗歌的艺术符号则是太阳。中国诗歌“善醉”，西方诗歌则“善醒”；中国诗歌“求

---

① 尚永亮，《唐诗艺术讲演录》，桂林：广西师范大学出版社，2008年，第247页.

② 王志清，《盛唐生态诗学》，北京：北京大学出版社，2007年，第170页.

③ 邵毅平，《诗歌：智慧的水珠》，上海：复旦大学出版社，2008年，第264页.

醉、求隐”，西方诗歌则“求真、求醒”。另外，汉诗的简约性，以及汉诗句中主语的阙如，等等，都可启发读者的想象，并造成诗歌的复义。那么，在汉语诗歌极具复义之美的前提之下，英译便会更加困难了。

正因汉诗含糊不清，才带给读者巨大的想象空间。这些方方面面当中的任何一个方面，只要在译诗中明朗化了，必然会或多或少地缺失原诗之美。汉诗英译，正是一个由“求醉、求隐”，而走向“求真、求醒”的过程。

汉诗英译，即将以月亮为代表之艺术符号，转变为以太阳为代表之艺术符号。诚如毛荣贵所言：“汉译英，宛如薄霭缥缈的山水胜景顿时被当空的烈日所照射，朦胧退位，清晰登场，模糊消逝，准确亮相。如此这般，联想，也就失去展翅的前提；意境，也就消失殆尽。”① 面对汉诗之英译，易闻晓叹曰：“所有这些精确的表达和严谨的语法构成都是古人未曾梦见的，那些缺乏知识理性的文人才士，从未想到自己偶然兴会所成的诗句竟能传达如此精确的知识、如此准确的事实和如此精致的论理！”② 在汉诗英译的过程当中，汉诗的复义之美，也就难免有所流失。

第四节 《诗经》诠释的原则

朱熹诗经诠释学美学的基本原则是“以《诗》说《诗》”。这一原则是建立在朱熹对“以《序》解《诗》”的批判和对先儒诸多说《诗》原则重新诠释的基础上的。

一、以《序》解《诗》

（一）缘起于形势与任务

朱熹诗经诠释学理论是在对《序》的怀疑、攻击和辩论中，在“维本文是求”精神下展开的。《诗经》学研究发展到宋代，已出现了“以《序》解《诗》”、“今之读《诗》者知有《序》而不知有《诗》也”③ 的局面，使整部《诗经》都被《毛序》“穿凿坏了”，毫无《诗》之原有之生机。朱熹对此有清醒认识，并在《吕氏家塾读诗记后序》中，对当时《诗经》学研究存在的严重弊端进行了分析和批判。

---

① 毛荣贵，《翻译美学》，上海：上海交通大学出版社，2005 年，第 223 页．

② 易闻晓，《中国诗句法论》，济南：齐鲁书社，2006 年，第 191 页．

③ 《朱熹集》，四川教育出版社，1996 年版，第 4247 页．

《诗》自齐、鲁、韩氏之说不得传，而天下之学者尽宗毛氏。毛氏之学，传者亦众，而王述之类，今皆不存，则推衍毛说者又独郑氏之笺而已。唐初，诸儒为作疏义，因讹踵陋，百千万言而不能有以出乎二氏之区域。至于本朝，刘侍读、欧阳公、王丞相、苏黄门、河南程氏、横渠张氏始用己意有所发明，虽其浅深得失有不同，然自是之后，三百五篇之微词奥义乃可得而寻绎，盖不待讲于齐、鲁、韩氏之传，而学者已知《诗》之不专于毛、郑矣。及其既久，求者益众，说者愈多，同异纷纭，争立门户，无复退让祖述之意，则学者无所适从，而或反以为病。……虽然，此书所谓朱氏者，实熹少时浅陋之说，而伯恭父误有取焉。其后历时既久，自知其说有所未安。①

在上述引文中，朱熹涉及到了《诗经》学研究的几个主要问题：

第一，指出《毛序》独霸《诗》学的原因。由于齐、鲁、韩氏之《诗》说先后失传（据考察，齐诗、鲁诗失传于西晋，韩诗也在宋初失传），仅有毛诗独存，因此出现"天下之学者尽宗毛氏"的恢弘气象。"宗毛氏"也并非坏事，只是"毛氏之学，传者亦众，而王述之类，今皆不存"，因而后世学者也只独推"郑氏之笺"。由此，《传》《序》《郑笺》就形成了毛诗独霸天下之局面。流传至唐代，《诗经》已构成了《诗经》"汉学"所具有的《传》《序》《笺》《疏》四位一体的完备体系。我们现在所见到的《毛诗正义》就是其中之代表，它包括了毛亨传、卫宏序、郑玄笺、孔颖达疏。传、序、笺、疏以及注等都是中国传统诠释学的基本方式，这种诠释所遵循的是"笺"、"疏"不破"序""传"的基本原则，而"传""序"又以"以诗附史，美刺说诗"为其基本原则和方法。除了对历史典故的发挥，字义的训诂、考证之外，毫无诠释者之主体意趣之呈现，也无独立思想精神之展示，更有甚者的是，繁琐而成篇的注文淹没了具有唤起审美者之灵性的《诗经》本身。这也就是朱熹所说的："唐初，诸儒为作疏义，因讹踵陋，百千万言而不能有以出乎二氏之区域。"这里的"二氏"就是指《传》、《序》。从而也就造成了读《诗》者只知其有《序》、不知其有《诗》的尴尬局面。朱熹对此是有深刻认识的，同时这也是激起他重写《诗序》和"以《诗》说《诗》"重新诠释《诗经》、还《诗经》以本来面目的主要动机。

第二，《毛序》在宋代遭到怀疑和攻击。宋代文化一个极为重要的特征就是其敢于挑战先儒学术以求经典之本义之风气。这就是"辨伪"思潮。"造伪"与"辨伪"本是一对孪生兄弟，自古已有之。据当代学者顾颉刚考

① 《朱熹集》，四川教育出版社，1996 年版，第 3970—3971 页．

察研究，宋代辨伪思潮是对唐代的发展，“唐代揭开了辨伪的序幕，到宋代就走上发展的道路，辨伪之风非常盛行”。当年王十朋对此盛况有过描述，宋代学者对《书》《诗》《春秋》《周礼》等经，都大胆怀疑与指责，而对于《诗序》的怀疑更是激烈。

在宋代，最早对《诗序》发难的是欧阳修，其著《诗本义》对《毛序》、《郑笺》之谬误进行了系统辩证，辨者多达“一百十多篇”。《诗本义》还明确指出：“《序》之所述，乃非诗人作《诗》之本意，是太师编《诗》假设之义也。毛、郑遂执《序》意以解《诗》，是以太师假设之义解诗人之本义，宜其失之远也。”[①] 欧氏的这一创新见解，深得朱熹之青睐与褒扬。

此后，作为“南宋识见卓绝的辨伪人物之一”的郑樵，继承欧氏之遗志而作《诗辨妄》力斥《毛序》。虽然《诗辨妄》散失而不可观之，但从朱熹的言词及其思想的转变中可以领略到郑樵当年攻击《毛序》之锋芒。朱熹说：“《诗序》实不足信。向见郑仲樵有《诗辨妄》，力诋《诗序》，其间言语太甚，以为皆是村野妄人所作。始亦疑之，后来子细看一两篇，因质之《史记》、《国语》，然后知《诗序》之果不足信。因是看《行苇》《宾之初筵》《抑》数篇，《序》与《诗》全不相似。”[②] 由此也可看出朱熹的辨伪思想是从“郑樵引出来的”。[③]

在当时的这场辨伪思潮中，诸多学者对《诗经》与《毛序》之态度有了很大的转变，“而学者已知《诗》之不专于毛、郑”，兼采齐诗、鲁诗、韩诗三家之传说《诗》，并“始用己意有所发明”，从而使“三百五篇之微词奥义乃可寻绎”，渐渐走出“以《序》解《诗》”之藩篱。朱熹的《诗集传》正是这一辨伪思潮的集大成。

第三，尽管辨伪思潮在当时声势浩大，但《毛序》的影响在人们的头脑中根深蒂固，在宋代仍然具有很大的市场，整个《诗经》学研究处于一种“群龙无首”的混乱局面，极不利于《诗经》学的发展。这就出现了《诗经》“汉学”与《诗经》“宋学”之间的激烈斗争，同时“宋学”内部也有着尊《序》与攻《序》之矛盾。尤其是当时还存在着理学内部权威的严重压力。如程伊川就如何解《诗》曾提出了一条基本的原则：“学《诗》而不求

---

① 见文渊阁本《钦定四库全书·经部·诗经·诗本义·卷一》（台湾影印本），第70—180页.

② 《朱子语类》卷八十，第2076页.

③ 此外多借鉴顾颉刚《中国辨伪史要略》之观点，见《秦汉的方士与儒生》，上海古籍出版社，1998年版，第203—217页.

《序》，犹欲入室而不由户也。”[①] 这就说明理学权威者之一的程伊川是主《毛序》解《诗》的。这里就形成了朱熹所面对的理学系统中两种强大的阻力：以吕伯恭为代表的诗经汉学和以程伊川及其后学为代表的诗经义理学派。两者多不注重从文学的角度去解说《诗经》，而只以《序》解《诗》。

第四，朱熹在评说吕氏《诗记》时，阐述了自己《诗》学思想的演变，并指出《诗记》中所取者“实熹少时浅陋之说”，还说这不能代表他的诗经学观念，完全是“伯恭父误有取焉”，朱熹为此实感不安。据考察，这个时期，朱熹的诗经学正是由宗《毛序》向疑《序》乃至废《序》发生重大转变的时期，而这一转变使朱熹与伯恭之分歧已到“白热化”程度。后来，《朱子语类》记载了朱熹与吕伯恭（东莱）之分歧说：“东莱不合只因《序》讲解，便有许多牵强处。某尝与言之，终不肯信。《读诗记》中虽多说《序》，然亦有说不行处，亦废之。某因作《诗传》，遂成《诗序辨说》一册，其他缪戾，辨之颇详。”这里的《诗传》即《诗集传》，在《诗集传》中，朱熹废《序》解《诗》，已与吕伯恭分道扬镳。朱熹对吕伯恭《诗经》“汉学”之发难，实际上是对《毛序》的发难和指责。

由此可见，上述所有问题的关节都在于《毛序》的存与废。面对这种情势，朱熹的“辨《序》”就显得十分重要和迫切。

（二）辨《序》的历程与剥离

1. 朱熹辨《序》历程

朱熹诗经诠释学体系的建立，实际上经历了一个从主《序》到疑《序》再到废《序》的辨《序》过程。一般而言，朱熹的诗经诠释学发展大致可分为两个阶段：以主《毛序》为主旨的《诗集解》和以废《毛序》为主旨的《诗集传》。其间还有若干小的阶段。在《朱子语类》中就记载了关于朱熹疑《序》废《序》思想历程等问题，如：

> 某自二十岁时读诗，便觉《小序》无意义。及去了《小序》，只玩味《诗》词，却又觉得道理贯彻。当初亦尝质问诸乡先生，皆云，《序》不可废，而某之疑终不能释。后到三十岁，断然知《小序》之出于汉儒所作，其为缪戾，有不可胜言。[②]

这里阐述了朱熹研习《诗经》的几个基本阶段。

早年，朱熹曾主《毛序》解《诗》，但疑《序》之思想也开始萌生。如

① 《二程集》，中华书局 1981 年版，第 1046 页.

② 《朱子语类》，第 2078－2079 页.

上所述，朱熹二十岁左右开始研习《诗经》时，就觉得《毛序》在此“无意义”、作梗，“及去了《小序》，只玩味《诗》词”本身，顿觉得“道理贯彻”。但是，当朱熹带着疑问去请教“诸乡先生”时，大家都说“《序》不可废”，朱熹这时的疑问并未获得解决，看来只有靠自己的探索了。这里的“诸乡先生”可能就是“理学前辈”、当时的学术权威。前面已提到，朱熹的诗经诠释学研究还要面对理学内部权威的压力，即学《诗》不可废《序》。在诗经学方面，朱熹也开始怀疑包括他最为崇拜的程伊川在内的理学前辈之理论了。这一点与当时学界的门户对立、过分信从师学之风气相关。如与整个朱熹学术相关的“中和”问题，从程颢、程伊川到杨时再到李延平，都是沿着“静中体认中和气象”之路数。朱熹则在自己的体认中发现了很多的疑点，通过自己的反复研究和湖湘学派的频繁论学，终于完成了由“中和旧说”向“中和新说”的历史转变，这一转变既是对自己的超越，更是对其理学前辈学术之超越。

朱熹大胆地冲破权威之论断，“唯本文是求”，使其诗经诠释学也与其“中和说”一样，发生了根本性的变化，最终，废《序》并自己重新为《诗经》作《序》。这也就是引文中的“后到三十岁”时期。关于这里的“三十岁”，一般都疑是笔误，似乎应该是五十岁。这个时期，朱熹受到了郑樵的影响，通过自己的研究，才知道《小序》是后人伪作，“出于汉儒所作”，其言“缪戾”，不可信。朱熹从淳熙四年正式开始废《序》说《诗》，并完成了《诗集传》这一不朽之作。

其间还有“辨破”相间的时期。因此朱熹说：“某向作《诗解》，文字初用《小序》，至解不行处，亦曲为之说。后来觉得不安，第二次解者，虽存《小序》，间为辨破，然终是不见诗人本意。后来方知，只尽去《小序》，便自可通。于是尽涤旧说，诗意方活。”[①] 这里的“初用《小序》”即是指朱熹早年的主《毛序》解《诗》，当时朱熹即便在“解不行处”也要为之曲解。而“只尽去《小序》，便自可通。于是尽涤旧说，诗意方活”则属于《诗集传》时期的“以《诗》说《诗》”。在这两者之间，还存在着“虽存《小序》，间为辨破，然终是不见诗人本意”的混乱期。这一时期，表明朱熹思想中对“经”“传”之矛盾情形，存《序》曲解《诗》有罪于“圣人”，弃《序》“以《诗》说《诗》”则又得罪于后儒。真理与现实，在朱熹的诗经诠释学中产生了剧烈的冲突。

---

① 《朱子语类》卷八十，第 2085 页.

2.“经”与“传”的剥离

为了更好地解决《毛序》对于正确理解《诗经》所构成的危害性，朱熹认为应该从对“经”与“传”的剥离开始。

(1) 关于“经”“传”。

所谓“经”是指《诗经》本身。所谓“传”是指对《诗经》进行诠释的读本。当年产生《诗三百》，并没有“序”“传”冠之于首，“序”、“传”等出现是《诗》成为《诗经》之后之事。不过有“序”“传”冠之于首，则表明《诗经》诠释学的真正开始。

对《诗经》的正式诠释始于“秦火”之后的汉代。当时主要活跃着鲁诗、齐诗、韩诗和毛诗等四家，前三者都先后失传，惟独只有毛诗流传至今。毛亨为《诗》作有《毛诗序》。《毛诗序》分为《大序》和《小序》，用于解说《诗经》要旨，其中《大序》解说《诗经》全书，《小序》解说各篇，并冠之于篇首。

(2) 关于“经”“传”剥离的思想。

首先，朱熹认为“经”与“传”本不相连。朱熹根据《汉书》认为“传训皆与经别行”[①]，提出了《诗经》与毛《诂训传》本不相连的思想。据朱熹考索，只是因为后来学者为“省学者两读”，才有“经”“传”连载，后汉以来才开始“就经为注”，至于“引经附传，是谁为之”就不得而知了。朱熹在此对那种不顾《诗经》之本义的研究而随意地“引经附传”的行为是极为不满的。朱熹认为这既有损于《诗经》所具有的“经”的神圣地位，又有害于读者对《诗经》本义之理解，因此，“经”“传”必须剥离。

其次，朱熹认为“经”是本，“传”是末，“传”只是服务于“经”的，切不可以“传”乱“经”。朱熹特别强调“凡解释文字，不可令注脚成文”的原则，并认为注脚一旦“成文”，则“注与经各为一事”，就会造成“人惟看注而忘经”的局面。同时朱熹也认为“经”“传”的剥离不是目的，更重要的是“传”如何为“经”服务，而不乱“经”。因此，他认为真正的“解经”应该是这样：“窃谓须只似汉儒毛、孔之流，略释训诂名物及文义理致尤难明者，而其易明处更不须贴句相续，乃为得体。盖如此则读者看注脚即知其非经外之文，却须将注再就经上体会，自然思虑归一，功力不分，而其玩索之味亦益深长矣。”[②]

---

① 《朱子语类》，卷八十，第 2089 页.

② 《记解经》，《朱熹集》，第 3886 页.

此外，朱熹也并未完全否定《毛序》尤其是《大序》对于《诗经》的意义，这也可以看出朱熹的“经”“传”剥离并不是目的本身。

3. 关于朱熹的《诗序》之辨

我们来看看朱熹对《诗序》的划分及其态度。朱熹认为，“《诗序》起‘《关雎》，后妃之德也’，止‘教以化之’。《大序》起‘诗者，志之所之也’，止‘诗之至也’。”这一划分，获得了后世学者的普遍赞同。朱熹对《序》有不同的观点。朱熹认为《诗大序》即“诗者，志之所之也”到“诗之至也”三大段，由于没有具体阐述某一首诗的意蕴，而只是对传统儒家诗学观的总结，因此在朱熹看来也无大碍，基本值得肯定。当然，朱熹对《大序》也有微词。如《大序》对孔子“思无邪”“温柔敦厚”所引发的“变风发乎情，止乎礼义”的命题，朱熹多有辨说。《朱子语类》记载：当有人问到变风“止乎礼义”时．朱熹说：“如变风《梧舟》等诗，谓之‘止乎礼义’，可也。《桑中》诸篇日‘止乎礼义’，则不可。盖大纲有‘止乎礼义’者。”朱熹在此也揭露了《大序》未能做到对《诗》之本义的把握，是因为过分将《诗经》作为教化工具所致。朱熹认为《桑中》这样的变风旨在传达“男女相约之情”，具有审美意蕴，并不符合封建伦理纲常之“礼义”。

他攻击较多的是《小序》，也就是《诗经》中每篇诗前所冠之的《序》。所谓疑《序》辨《序》以至废《序》主要是针对《小序》。朱熹立足于正统观念的基础上，继承了郑樵的观点，认为《小序》不是毛亨、子夏所为，而是“村野妄人所作”，不是圣学嫡传，其论也自然“实不足信”。这就大大降低了《小序》在诗经学之神圣地位，使之顺理成章地只成为了一般解《诗》者之论说和观点，并不具有权威性。因此，《小序》对于《诗经》也就可有可无了，而那种“学《诗》不求《序》，犹欲人室而不由户”“经”“传”不分甚至以“传”统“经”的观念也被动摇了。

针对当时《小序》神圣不可侵犯的情形，朱熹曾指出：“后世但见《诗序》巍然冠于篇首，不敢复议其非，至有解说不通，多为饰辞以曲护之者，其误后学多矣!”① 确实到了该彻底清算《小序》的时候了!

朱熹的“经”“传”剥离，“传”不乱“经”的思想，实际上是其“唯本文是求”的独立思考精神的充分体现。正是凭借这种独立思考精神，朱熹提出了《周易》是一部“卜筮”之书，《诗经》是一部“感物道情，吟咏情性”之书等实事求是的观点。这也必然导出对“以《序》解《诗》”的批判，和

① 《朱子语类》卷八十，第2076页．

对“以《诗》说《诗》”、“还原”《诗经》之本义的理念的强调。

(三)“以《序》解《诗》”辨

如前所述，《诗经》学发展到朱熹时代，“以《序》解《诗》”仍然是说《诗》的基本或主要方式，从而使《诗》之本义不能得到应有的彰显。对此弊端，朱熹进行了激烈的抨击。朱熹说：“今人不以《诗》说《诗》，却以《序》解《诗》，是以委曲牵合，必欲如序者之意，宁失诗人之本意不恤也。此是序者大害处!”[①] 还说：“《诗》本易明，只被前面《序》作梗。《序》出于汉儒，反乱《诗》本意。且只将四字成句底诗读，却自分晓。见作《诗集传》，待取《诗》令编排放前面，驱逐过后面，自作一处。”朱熹反复申言，“《诗序》作，而观《诗》者不知《诗》意”，“《序》与《诗》全不相合”，“信《诗》不必信《序》。”[②] 又如，当有人问“变雅”时，朱熹说：“亦是变用他腔调尔。大抵今人说《诗》，多去辨他《序》文，要求着落。至其正文‘关关雎鸠’之义，却不与理会。”[③] 整个诗经诠释学界，都只以《序》的模式、观念去“说”《诗》，而不注重对《诗》文本之“理会”，甚至抛开文本，只去“辨他《序》问，要求着落”。最为糟糕的是，朱熹的理学前辈们也只附和《小序》对《诗》横加穿凿附会。这一切的祸根都在于《毛序》所存在的严重弊端，必须加以辩驳。

那么，《毛序》的主要弊端或失误究竟在哪里呢？朱熹认为主要在于“以诗附史”归于“美刺”论《诗》，使整部《诗》成为了一部儒家标准的政治伦理教化的教科书，大大失去了《诗》所具有的丰富内涵。具体说，《毛序》有以下五个方面失误：①以先秦具有政治功利性的“断章取义”、“诗以合意”等情形的“引诗”、“赋诗”说《诗》；②以孔子“思无邪”、“温柔敦厚”之“诗教”说《诗》；③以孟子“以意逆志”之“读者之意”说《诗》；④按照“以诗证史”的历史文献学方式说《诗》；⑤以“美刺”之社会功能说《诗》等。这样，《毛序》在对先秦儒家说《诗》观念加以整合贯通，从而使传统儒家诗学美学包括礼乐美学达到了一个新阶段的同时，也将原始儒学美学中丰富的内容过分地伦理化、功利化，过分地强调美与善（政教）的统一，而善占主导地位的美学特征。

对此，今人朱自清在《诗言志辨》中曾经指出，《毛序》“据‘思无邪’

---

① 《朱子语类》卷八十，第 2077 页.

② 《朱子语类》卷八十一，第 2101 页.

③ 《朱子语类》卷八十，第 2068 页.

一义先给‘作诗人之志’定下了模型，再在这模型里‘以意逆志’，以诗证史，人情自然顾不到，结果自然便远出常人想像之外了。固然《传》《笺》以诗证史，也自有他们的客观标准，便是《诗经》中的国别与篇次；郑氏根据了这些，系统的附合史料，便成了他的《诗谱》”。① 朱自清在此抓住了《毛序》的实质，而这与朱熹的攻《序》废《序》是有一定渊源关系的。也就是说，朱熹在当年也同样是从这几个方面辨《序》的。

1. 朱熹对《春秋》“断章取义”之辨

“断章取义”深深地潜藏于《毛序》的说《诗》模式之中。朱熹辩驳《毛序》的第一个说《诗》原则就是“断章取义”。

对《诗》“断章取义”、附会发挥是先秦典籍“引诗”“教诗”“赋诗”中常常出现的普遍现象，而“引诗”又以《春秋左氏传》为甚。并且“断章”“取义”一说也直接来源于《春秋左氏传》。在《左传·襄公二十八年》中记载，卢蒲癸有得宠于齐国庆舍，且庆舍将其女儿嫁给他。而卢蒲氏与庆氏同为姜姓，为同宗，于是就有人问卢蒲癸：“男女辨姓，子不辟（避）宗，何也?”卢蒲氏回答说：“宗不余辟，余独焉辟之？赋诗断章，余取所求焉，恶识宗?”这里卢氏有一种答非所问之嫌，卢氏用断章赋诗的形式来达到其为何不必“男女辨姓”的目的。显然卢氏的赋诗与其诗之本义毫不相干，而是作了另外的发挥。这也说明当时人们“用诗”不是为了对《诗》之本身意蕴的理解，而只是为了说明自己某种意图或“志向”的“借用”或“比喻”方式。于是也出现了《国语·鲁语》中所说的“诗所以合意”之极端，《诗》完全为我所用，这也是“断章取义”的目的。这种“断章取义”的说《诗》方式在当时是有其特定的时代氛围的。当时，无论是在外交场合还是在其他场合、领域，人们对于《诗》都有一种“心照不宣”之感，在“用诗”时也就不必着意于对《诗》之斤斤计较，人们只是用诗来加以“暗示”，以达到相互间的心灵沟通，达到自己的目的。

可见，当时的“断章取义”与“实用性”相关，而与《诗》之本义不一定相关。“在‘三百篇’全部问世、并已结为一集不久，即遭逢到纯粹实用主义的、远离文本的随机运用（用诗）和断章取义的随意发挥（说诗）。”② 先秦“用诗”“断章取义”是历史的必然，但绝不是对《诗》本身文义之理解。朱熹对此有精辟的论述：“问：《诗》虽是吟咏，使人自有兴起，固不专

① 朱自清，《诗言志辨》，《朱自清古典文学论文集》（上）．上海古籍出版社，1980（260）．

② 萧华荣，中国史学思想史．华东师范大学出版社，1996（6）．

在文辞；然亦须是篇篇句句理会着实，见得古人所以作此诗之意，方始于吟咏上有得。曰：固是。若不得其真实，吟咏个甚么？然古人已多不晓其意，如《左传》所载歌诗，多与本意元不相关。”[①] 朱熹在此指出《诗》的意义在于能使人“兴起”，并非只在“文辞”，强调《诗》所具有的情感性和感染力。但朱熹又注重对《诗》之篇句文字的理解，这样更可以“见得古人所以作此诗之意”，若不如此，“吟咏个甚么”。朱熹还批判了古人对《诗》的“断章取义”解读方式，认为“古人多不晓其意”，没有对《诗》之文辞用功着力，一味地只是强调“《诗》以言其志”，突出“用诗”“赋诗”之功利目的，最甚者当数《左传》所载歌诗，这些诗多是“断章取义”，与《诗》之本意“元不相关”。这一倾向有一定的历史环境因素，是历史的需要，但这种倾向无疑对《毛序》说《诗》造成了极坏的影响。

《毛序》说《诗》也多“断章取义”，是对先秦“用诗”精神之发扬，但已不合时宜. 因为那种“用诗”、“赋诗”的语言环境已不存在。这成为朱熹攻《序》的一个重要方面。他批评《毛序》“与《诗》全不相合”，只是“附会”的多，全不可信。如朱熹说：“《诗小序》全不可信。如何定知是美刺那人？诗人亦有意思偶然而作者。又，其《序》与《诗》全不相合。《诗》词理其顺，平易易看，不如《序》所云。且如《葛覃》一篇，只是见葛而思归宁，《序》得却如此，毛公全无序解，郑间见之。《序》是卫宏作。”还说：“《小序》极有难晓处，多是附会。如《鱼藻》诗见有‘王在镐’之言，便以为君子思古之武王。似此类甚多。”这就是说，《诗》本身具有“词理其顺，平易易看”的特点，而《小序》则“极有难晓处”，并且对《诗》论以“美刺”多是“附会”，与《诗》全不相合。

今人朱自清在其《诗言志辨》中也指出了《毛序》“断章取义”不合时宜的问题。他在分析先秦“断章取义”或“诗以合意”之情形以及对《毛诗》之深远影响时说：“春秋时赋诗引诗，是即景生情的；在彼此晤对的背景之下，尽管断章取义，还是亲切易晓。《毛诗》一律用赋诗引诗的方法，却没了那背景，所以有时便令人觉得无中生有了。”

朱熹还通过对当时《诗经》汉学的代表人物吕伯恭“断章取义”的批判来抨击《毛序》。如：“只缘《左传》中韩宣子引‘岂无他人’，便将做国人思大国之正己。不知古人引《诗》，但借其言以寓己意，初不理会上下文义，偶一时引之耳。伯恭只《诗纲领》第一条，便载上蔡之说。上蔡费尽辞说，

① 《朱子语类》卷八十，第2071页.

只解得个'怨而不怒'。才先引此．便是先瞎了一部文字眼目!"这里，朱熹指出《左传》中的"引诗"是"借其言以寓己意"，并无必要理会上下文义，完全只是偶而为之。而今人还存在着像吕伯恭这样"断章取义"，仅截取上蔡的"怨而不怒"的人，因此，"才先引此，便是先瞎了一部文字眼目!"而这个"眼目"就是《诗》之为诗的灵魂，或者《诗》之"意象"。

2. 朱熹对孔子"思无邪"之辨

"思无邪"、"兴观群怨"是孔子说《诗》的基本方法，这同样成为《毛诗》说《诗》的重要准则，成为了朱熹辨《毛序》的又一个重要问题。

如前所述，先秦"引诗赋诗"是以"断章取义"、"诗以合意"为目的的，孔子实际上也不例外，而且是其重要的理论阐释者和实践者。不过孔子说《诗》也有与《左传》等引诗赋诗很不相同的地方。孔子不再只是重《诗》在外交等政治活动中的意义，更强调其在人格培养等教育活动中的重要价值，也就是由"用诗"的外在目的转移到人的内在目的（心灵建构等）的"诗教"，这是孔子《诗》学的核心问题。

"思无邪"本是《诗经·鲁颂·駉》第四章中之诗句。这是一首以写马来歌颂鲁国国君之诗，共四章。第一章写"马之德"；第二章写"马之力"；第三章写"马精神"；第四章写"马志向"。"思无邪"即是指"马志向"。而孔子对此全然不顾，将其提取出来，以作为对《诗三百》的总体评价："诗三百，一言以蔽之，日：思无邪。"孔子在这里表现出来的实际上就是一种"断章取义"的"用诗"、说《诗》方式。朱熹在《诗集传》中引用苏辙的论述明确阐述了自己的观点，认为孔子的"思无邪"是一种"断章取义"。他说："苏氏日，昔之为诗者，未必知此也。孔子读诗至此，而有合于其心焉，是以取之，盖断章云尔。"正因为孔子这句"思无邪"，使得《毛诗》等将其作为解说整部《诗三百》的金科玉律，加以肆意穿凿附会，使《诗》没了"眼目"。朱熹因此对"思无邪"进行了诸多辨说，从而对孔子以来说《诗》权威发出了挑战。

首先，朱熹认为孔子"思无邪"是对《诗三百》的总体性之定位和评价，并不是指《诗》中所有的诗篇都不牵涉到"邪思"，都出于"情性之正"，即《三百篇》"不皆出于情性之正"。这一分析使得孔圣人之圣洁形象受到挑战，同时，《诗经》的"厚人伦、美教化"之"金尊"也开始动摇。曾有人这样对朱熹说："夫子言三百篇诗，可以兴善而惩恶，其用皆要使人'思无邪'而已。"朱熹则说："便是三百篇之诗，不皆出于情性之正。如《关雎》、《二南》诗，《四牡》、《鹿鸣》诗，《文王》《大明》诗，是出于情性之正。《桑中》《鹑之奔奔》等诗岂是出于情性之正！人言夫子删诗，看来只是采得许多诗，往往只是刊定。圣人当来刊定，好底诗，便吟咏，兴发人之善心；不好底诗，便要起人羞恶之心。”这里，朱熹指出了《诗三百》中，有像《二南》一类的出于情性之正的“好底诗”，也有如《桑中》之属的并非出于情性之正的“不好底诗”。但是无论“好底诗”还是“不好底诗”，都各自能够起到“思无邪”的作用。“好底诗”能“兴发人之善心”，而“不好底诗”也能“起人羞恶之心”，达到“思无邪”之目的。所以朱熹说：“今使人读好底诗，固是知劝；若读不好底诗，便悚然戒惧，知得此心本不欲如此者，是此心之失。所以读诗者，使人心无邪也，此是诗之功用如此。”由此，朱熹还认为孔子并未“删诗”而是“刊定”。所以朱熹说：“只是‘思无邪’一句好，不是一部《诗》皆‘思无邪’。”

第二，朱熹认为，“思无邪”不能理解为“作诗之人”“思无邪”，而应理解为“读之者”“思无邪”。为什么呢？朱熹认为，“盖谓三百篇之诗，所美者皆可以为法，而所刺者皆可以为戒，读之者‘思无邪’耳”。这里朱熹强调了读者（审美者）的主观能动性，“思无邪”完全在于审美者之接受，并不在于“作诗之人”的真实意图。因此，朱熹指出：“作之者非一人，安能‘思无邪’乎？只是要正人心。统而言之，三百篇只是一个‘思无邪’；析而言之，则一篇之中自有一个‘思无邪’。”任何一个“作诗之人”都有一定的“作诗”目的，“要正人心”，这不可谓之“思无邪”：推而言之，整部《诗》只是一个“思无邪”，一篇诗中也自有一个“思无邪”。总之，“思无邪”在于“读诗之人”。

第三，朱熹认为，“思无邪”切不可简化为“发乎情，止乎礼义”之极端。孔子的“思无邪”强调了“乐而不淫，哀而不伤”性情中和的美学理念，有着极大的方法论意义和指导性原则。但是，《毛序》则将整部《诗》都规范为“发乎情，止乎礼义”，认为“变风”也是如此。所谓“变风”是指《国风》中除《周南》《召南》体现“文王之化”“后妃之德”精神气象以外的“十三国风”。这“十三国风”比较真实地反映了当时各地的风土人情，对自然情感的抒发比较充分，尤其是《郑》、《卫》风诗对“男女之情”的描写更为精彩。朱熹当年就认识到了这一点，并肯定了《风》“多出于里巷歌谣之作”。因此，针对《大序》的“发乎情，止乎礼义”，朱熹颇有异议。如：

问：“‘思无邪’，子细思之，只是要读诗者思无邪。”曰：“旧人说似不通。中间如许多淫乱之风，如何要‘思无邪’得？如‘止乎礼义’，中间许多不正诗，如何会止乎礼义？怕当时大约说许多中格诗，却不指许多淫乱底说。某看来，诗三百篇，其说好底，也要教人‘思无邪’；说不好底，也要教人‘思无邪’。只是其它便就一事上各见其意。然事事有此意，但是‘思无邪’一句方尽得许多意。”①

朱熹认为“好底诗”和“不好底诗”都要教人“思无邪”，但并不一定要“止乎礼义”。

朱熹将“思无邪”问题引向了深入，对后世学者影响很大。例如，关于“思无邪”的多义性和复杂性问题，清人刘熙载就指出：“‘思无邪’，‘思’字中境界无尽，惟所归则一耳。《严沧浪诗话》谓‘信手拈来，头头是道’，似有得于此意。”②

对“思无邪”的辩论，直接引发了对“兴观群怨”“温柔敦厚”“诗教”的辩论，其矛头直指《毛序》。《毛序》作为先秦儒家诗学美学的集大成者，将孔子的“诗教”思想作了极端的政治、伦理、教化的阐释。孔子对《诗》所具有的“兴、观、群、怨”等功能之认识，已有重视“教化”之倾向，有些偏离于《诗》本义。但孔子那里仍然还有着原始混沌的“交感”之理念，所以孔子的“兴观群怨”首先关注的似乎还是《诗》所具有“感发”人的内在之“情”，然后才是“观群怨”等外在的功利目的。孔子也强调《诗》具有“乐而不淫、哀而不伤”之中和理念，而《毛序》却将孔子的思想改造为“正得失，动天地，感鬼神，莫近于诗。先王以是经夫妇，成孝敬，厚人伦，美教化，移风俗”。这样，孔子时代还具有鲜活味道的《诗》演变成了汉儒具有政治纲领性意蕴的《诗经》。这对后来“以《序》解《诗》”的经学有极大的指导意义。朱熹时代，“以《序》解《诗》”仍占据主导地位。这也就是朱熹重新诠释孔子“思无邪”、废《毛序》的现实根源和历史意义。

朱熹对孔子“思无邪”的辨说和重新阐释，导致了他对孔子“郑声淫”的发挥，也因此使其提出了他的“情诗”理论即“淫诗说”。

3. 朱熹对孟子“以意逆志”之辨

“以意逆志”是孟子诠释《诗经》提出的重要命题，对后世《诗经》学研究影响很大，并成为了中国古典美学中重要的审美方式。朱熹对孟子“以意逆志”之辨说，其矛头指向的是《毛序》及其造成的“以《序》解《诗》”的严重恶果。

① 《朱子语类》卷二十三，第540—541页.

② 刘熙载，艺概·诗概.上海古籍出版社，1978（81）.

《孟子·万章上》说：

咸丘蒙曰："舜之不臣尧，则吾既得闻命矣。诗云：'普天之下，莫非王土；率土之滨，莫非王臣。'而舜既为天子矣，敢问瞽瞍之非臣，如何?"曰："是诗也，非是之谓也；劳于王事，而不得养父母也。曰：'此莫非王事，我独贤劳也。'故说诗者，不以文害辞，不以辞害志。以意逆志，是为得之。如以辞而已矣，云汉之诗曰：'周余黎民，靡有孑遗。'信斯言也，是周无遗民也。"

孟子在这段对话中，提出了一个不同于"断章取义""引诗"的"以意逆志"说《诗》观。引诗和说诗是不同的，引诗基本上不顾及诗之本义，强调的是"用诗"者的主观意图，只注重诗句对"我"所具有的目的性意义。如《左传》中的"引诗"就只是考虑"用诗"者在外交辞令、政治活动中的修辞意义。孔子《论语》中的"引诗"则重在阐述其具有道德意蕴的"仁学"思想。一言以蔽之，引诗为"我"所用。而说诗就不同，说诗是说诗者在理解诗句的前提下，阐释自己的某种观点。说诗考虑诗之本义，但这个"本义"如何也只是说诗者对诗的某种理解，可能符合诗之本义，也可能只是解释某一方面的意义，甚至可能是对诗中所隐含的深刻意蕴的引发之意，有似于"诗外之意"。总之，说诗是注重诗本义的。孟子的"以意逆志"就是一种较早出现的"说诗"理论。

那么，什么是"以意逆志"呢?

对于这一问题，也可谓仁者见仁、智者见智。我们还是从咸丘蒙和孟子的问答中，来阐释这一命题。咸丘蒙对孟子说，您平日教诲我说，舜不以尧为臣。而《诗经·小雅·北山》中却说，普天之下哪一片不是天子的领土，四海之内哪一个人不是天子之臣民。而舜做了天子，舜的父亲瞽瞍却为什么不是舜的臣民呢?这里咸丘蒙是从纯逻辑的推理人手的，本身并没有错，但是他忽视了一个最为关键的事实，那就是艺术中言语是不能按理论逻辑的方式去推论的，更不能作为"日常生活"行为方式的某种参照。孟子针对咸丘蒙援诗推理的混乱指出，《北山》这首诗并不是你说的那个意思，而是说做诗之人自己因勤劳国事以致难于奉养父母，因此，就有"此莫非王事，我独贤劳也"之叹。孟子又引《诗经·大雅·云汉》中的"周余黎民，靡有孑遗"诗句说，并不能按诗句去推理出，周没有一个人了，这一诗句只是形容当时旱情的严重。由此，孟子对如何"说诗"提出了自己的见解。他认为说诗者既要"信书"又不能完全拘泥于"书"，说诗者应该是"不以文害辞，不以辞害志。以意逆志，是为得之"。

这里有几个重要的概念："文""辞""志""意""逆"。"文"即"文字"，"辞"即"语句""诗句"，"志"是指作诗者之志向、作品中所表达的情感或诗歌作品的主旨。这三者争议不大。争议较大的是"意"。"意"一般是指说诗者之主观情意、情思、情感等；但也有说诗者在阅读文本时所引发的"意"，这个"意"就不是说诗者之"意"，而是作诗者和作品之"意"。当然这个"意"不是文字表层之意，而是具有"虚"的意蕴的深"意"。这也就是朱熹所强调的读书要求其"意思"之"意"。这个"意"可能才是孟子所要强调的"以意逆志"命题并能够实现说诗者与作诗者（作品）真正沟通的重要原因之所在吧！那么，朱熹对此作如何解释呢？

朱熹在《孟子章句集注》中对上引文字作了较为合理的诠释，他说：

不臣尧，不以尧为臣，使北面而朝也。《诗叫、雅·北山》之篇也。普，遍也。率，循也。此诗今毛氏序云："役使不均，已劳于王事而不得养其父母焉。"其诗下文亦云："大夫不均，我从事独贤。"乃作诗者自言天下皆王臣，何为独使我以贤才而劳苦乎？非谓天子可臣其父也。文，字也。辞，语也。逆，迎也。《云汉》，《大雅》篇名也。孑，独立之貌。遗，脱也。言说诗之法，不可以一字而害一句之义，不可以一句而害设辞之志，当以己意迎取作者之志，乃可得之。若但以其辞而已，则如《云汉》所言，是周之民真无遗种矣。惟以意逆之。则知作诗者之志在于忧旱，而非真无遗民也。①

我们注意到，朱熹对孟子之"以意逆志"的诠释具有很深刻的意蕴。他认为"以意逆志"即"当以己意迎取作者之志"。这里的关键在于对"逆"之理解。就一般意义而言，"逆"即"回溯"之义。朱熹则将"逆"诠释为"迎"、"等候"。这一"迎"和"等候"就将"意"化解成了"己意"与"文本之意"（志）。正因为有这个"逆"才会有"意"与"志""自然相合"之可能。因此，他说："'以意逆志'，此句最好。逆是前去追迎之之意，盖是将自家意思去前面等候诗人之志来。……谓如等人来相似。今日等不来，明日又等，须是等得来，方自然相合。不似而今人，便将意去捉志也。"朱熹"将自家意思去前面等候诗人之志来"强调的是不要将自己的意思强加于作品（诗人之志），而要在反复阅读体验中"还原"或呈现诗人之志。所以朱熹认为"以意逆志"重在"等候""迎接"而不是去"捉"。朱熹认为"捉"带有不注重文本之阐释而只以自己的"先验模式"去"削足适履"的意味。

那么如何才能做到"迎取"诗人之志呢？朱熹认为说诗者必须要有"虚

① 《四书章句集注》，第306—307页.

心”的审美态度和心理条件。因为《诗》与《春秋》等不同，《诗》的特征在于“虚”和“情感之意象”，读《诗》说《诗》就不能像理解《春秋》之“历史事实”那样去理解《诗》之“情感”。所以当董仁叔问“以意逆志”时，朱熹说：“此是教人读书之法：自家虚心在这里，看他书道理如何来，自家便迎接将来。而今人读书，都是去捉他，不是逆志。”他还说：“是以自家意去张等他。譬如有一客来，自家去迎他。他来，则接之；不来，则已。若必去捉他来，则不可。”由此可见，朱熹的“虚心”实际上是要排除与理会诗句无关的杂念，就像等候客人一样，客人来了就去接，客人没来也就罢了，何必去捉他来呢！

朱熹对孟子“以意逆志”的重新诠释，实则是对《毛序》误用其说、对《诗》篇篇论之以“美刺”而不顾《诗》之本义的有力辩驳。

二、以《诗》说《诗》

从上述对“以《序》解《诗》”的辨说可知，朱熹反对以“断章取义”说《诗》、用《诗》，也对“思无邪”、“以意逆志”说《诗》有自己的理解，不赞同《毛序》不合时宜地套用这些方法说《诗》的做法。在此基础上，朱熹大胆提出了“以《诗》说《诗》”之主张。对于《诗》，朱熹以为是“感物道情”之结晶，而“情”有多方面，含义丰富，包括“男女相悦”之情、“思家”之情、“亲子”之情、“君臣”之情等等，既有道德性质的“情”，也有自然性质的“情”，还有审美性质的“情”。无论哪一种“情”，一旦“对象化”，就有成为“审美”之对象的可能。无论对其观照，还是对其“道”（包括审美创造和审美鉴赏），都是审美主客体的交融合一之产物。所谓“以《诗》说《诗》”就应该是从《诗》所“道”之“情”的方面去把握这种《诗》之“情”。朱熹的“以《诗》说《诗》”扬弃了包括《毛序》的说《诗》方法在内的多种观念，较为实在地解说了《诗》之“情”。

朱熹的《诗集传》突出了《诗经》文本，充分反映出朱熹的说《诗》风格和创新，是“以《诗》说《诗》”原则的集中体现。朱熹的“以《诗》说《诗》”的精神大致体现在五个方面。

1. 体例方面

朱熹突出了《诗》本身的优先地位，强调“传”“注”等只是为解《诗》服务的。他遵循了自己提出的“脚注不可成篇”的主张，注解力求简约。同时为了加深对《诗》句的理解，朱熹也辅助于相应的名物训诂。具体说来有：①朱熹一改自《毛序》以来将介绍诗篇主旨之词冠于篇首之法，而置于诗之首句句尾，并且将他认为前人比较好的诠释之词，置于整首诗的末尾，作为附录以供读者“吟咏”之余参考。②注释方面，除了必要的历史故事较长外，一律简洁明了。③注音方面：注重采用当时的“叶韵”理论，加强对《诗》之讽诵的韵律美，更好地还原《诗》意。④《诗》之每一章都标举“赋”“比”或“兴”。⑤更有意味的是，朱熹将《诗》常常化“零”（单篇的、似乎与其他诗没有关系的诗）为“整”（相互关联）。如，他说：“《诗》中数处皆应答之诗，如《天保》乃与《鹿鸣》为唱答，《行苇》与《既醉》为唱答，《蟋蟀》与《山有枢》为唱答。”⑥对《诗经》的部分篇目还进行了合理的调整。这些都体现了朱熹“以《诗》说《诗》”的精神，从而在形式上突出了《诗》之本体及其具有的文学审美价值。[①]

2. 内容方面

朱熹对不同诗体进行了较为实事求是的解说。

《诗经》的“诗体”有“风”“雅”“颂”三类。这三类既可以说是“诗体”，从一定意义上说，也可以说是《诗》之内容。现代学者常将《诗经》之内容按反映生活之不同领域，划分为“祭祀诗”“宴饮诗”“史诗”“农事诗”“战争诗”“怨刺诗”“情诗”等不同类别。在此，笔者以为还是以“风”“雅”“颂”划分为好。

关于“风”：

“风”在《毛序》以前，主要是指一种“乐”，强调的是“乐歌”之类型。《毛序》则开始从政治教化的角度对“风”进行规定，认为“是以一国之事，系一人之本，谓之风”。其意思是说：“一国之政事善恶，皆系属于一人之本意，如此而作诗者，谓之风”。[②] 这里完全没有顾及《诗》作为“诗”的性质，仅仅只将其作为一种伦理教化之工具。朱熹则“以《诗》说《诗》”，认为，“风者，民俗歌谣之诗”，“凡《诗》之所谓风者，多出于里巷歌谣之作，所谓男女相与咏歌，各言其情者也。”这就是说，朱熹把“风”定义为“民俗歌谣”，认为其带有“男女相与咏歌，各言其情”的性质，而不是所谓“政事善恶”之类。这里，朱熹突出了《诗》所具有的“情”之性质，并开始将《诗》作为“文学作品”来进行审美。这里不能不提到的一点是，朱熹特别对《诗经》“变风”中反映“男女之情”的“诗”作了“淫诗”的判别。这一判别固然有其时代和自身理论的局限性，但已打破了诗经诠释

① 关于《诗集传》体例之革新，可参阅张祝平《朱熹<诗经>学论稿》。

② 孔颖达，毛诗正义，北京：北京大学出版社，1999（16）.

界自《毛序》以来固守“陈说”即“美刺”的局面，为《诗经》学研究走向文学研究迈出了极其关键性的一步。

关于“雅”：

“雅”的本义同样是指一种“乐”，一种“乐器”。《毛序》则认为，“言天下之事，形四方之风，谓之雅。雅者，正也，言王政之所由废兴也。政有大小，故有小雅焉，有大雅焉”。这就是说，“雅”即“言道天下之政事，发见四方之风俗”，雅就是正，“此雅诗者，言说王政所用废兴，以其废兴，故有美刺也”。而王政有大小，也就有了大、小雅。《毛序》是沿着政治教化路数来理解《诗》之“雅”的，同样也远离了“雅”之本义。朱熹则从总体上恢复了“雅”之本义，他说：“《雅》者，正也，正乐之歌也。以今考之，正小雅，燕飨之乐也；正大雅，会朝之乐，受厘陈戒之辞也。故或欢欣和说，以尽群下之情；或恭敬齐庄，以发先王之德。词气不同，音节亦异，多周公制作时所定也。”朱熹在这里完全是从礼乐角度论“雅”的。通过考证《仪礼》、《礼记》，朱熹认为，正小雅，只与“燕飨之乐”相关，与所谓“王政”无关。整个“雅诗”，在朱熹的眼里完全是“礼乐”生活的艺术展现，实际情况也是如此。我们现在仍然可以从《雅》诗中深切地感受到“其乐融融”的“和乐”场景。

关于“颂”：

朱熹说：“颂者，宗庙之乐歌，《大序》所谓美盛德之形容，以其成功，告于神明者也。一盖颂与容，古字通用，故《序》以此言之。”朱熹同样将“颂”作为一种“乐”“乐歌”来理解也继承了《大序》“所谓美盛德之形容”的思想。

朱熹总结说：“‘风’‘雅’‘颂’乃是乐章之腔调，如言仲吕调、大石调、越调之类。”由此可见，朱熹基本上是从《诗经》所固有的审美性质去理解《诗经》的。

3. 艺术表现方面

朱熹是以文学家、美学家的眼光去审视《诗经》、研究《诗经》之“三经”的。所谓“三经”即指“赋”“比”“兴”这三种《诗经》中用以表现“情”的艺术手法。关于“赋”“比”“兴”及其在《诗经》中之应用和功能，我们可以通过朱熹与其学生的问答来进行认识：

问比、兴。曰：“说出那物事来是兴，不说出那物事是比。如‘南有乔木’，只是说个‘汉有游女’；‘奕奕寝庙，君子作之’，只说个‘他人有心，予忖度之’；《关雎》亦然，皆是兴体。比底只是从头比下来，不说破。兴、比相近，却不同。《周礼》说'以六诗教国子,'，其实只是这赋、比、兴三个物事。'风''雅''颂'，诗之标名。理会得那兴、比、赋时，里面全不大段费解。今人要细解，不道此说为是。如'奕奕寝庙'，不认得意在那'他人有心'处，只管解那'奕奕寝庙'。"

比虽是较切，然兴却意较深远。也有兴而不甚深远者，比而深远者，又系人之高下，有做得好底，有拙底。常看后世如魏文帝之徒作诗，皆只是说风景。独曹操爱说周公，其诗中屡说。便是那曹操意思也是较别，也是乖。

比是以一物比一物，而所指之事常在言外。兴是借彼一物以引起此事，而其事常在下句。但比意虽切而却浅，兴意虽阔而味长。

"《诗》，有是当时朝廷作者，'雅''颂'是也。若'国风'乃采诗有采之民间，以见四方民情之关恶，'二南'亦是采民言而被乐章尔。程先生必要说是周公作以教人，不知是如何，某不敢从。若变风，又多是淫乱之诗，故班固言'男女相与歌咏以言其伤'，是也。圣人存此，亦以见上失其教，则民欲动清胜，其弊至此，故曰'《诗》可以观'也。且'《诗》有六义'，先儒更不

曾说得明。却因《周礼》说《豳诗》有豳雅豳颂，即于一诗之中要见六义，思之皆不然。盖所谓'六义'者，'风'、'雅'、'颂'乃是乐章之腔调，如言仲吕调，大石调，越调之类；至比、兴、赋，又别：直指其名，直叙其事者，赋也；本要言其事，而虚用两句钓起，因而接续去者，兴也；引物为况者，比也。立此六义，非特使人知其声音之所当，又欲使歌者知作诗之法度也。"

上述引语，体现了朱熹对"赋""比""兴"特别是"比""兴"的深刻认识和丰富的美学思想。首先，朱熹对"赋""比""兴"分别作了界定。什么是"赋"呢？朱熹说："直指其名，直叙其事者，赋也。"朱熹这里完全是从艺术创作的角度去理解和诠释的。而《毛序》的追随者郑玄则在注释《周礼·春官》中的"六诗"时说："赋之言铺，直铺陈今之政教善恶。"郑玄显然是局限于政教伦理之中来认识"赋"的。

诗经学史上对于"赋"似乎歧义不大，而关于"比""兴"则阐释颇多。朱熹也是如此，并且将"比""兴"相比较而论。什么是"比""兴"呢？朱熹的诠释也很多。仅就上述引语如："本要言其事，而虚用两句钓起，因而接续去者，兴也；引物为况者，比也。""说出那物事来是兴，不说出那物事是比。""比是以一物比一物，而所指之事常在言外。兴是借彼一物以引起此事，而其事常在下句。"这里朱熹同样也完全是联系艺术创作来谈的，而且

还突出了“比”与“兴”之差异。朱熹通过进一步分析，认为“兴、比相近，却不同”。

其次，朱熹对三者在《诗》中之作用，作了深入的研究，尤其探讨了“比”与“兴”在《诗》中之价值。朱熹指出：“比虽是较切，然兴却意较深远。也有兴而不甚深远者，比而深远者，又系人之高下，有做得好底，有拙底。”这里，朱熹最为突出的是对“兴”之特殊意蕴的把握和关照。在朱熹看来，“比意虽切而却浅，兴意虽阔而味长”。无论诗“兴”之“深远”还是“意虽阔而味长”，都体现着“兴”所追求的是“象外之象”“味外之味”的“大象”和“至味”境界。这里的“兴”就不只是艺术创作手法的问题，而展现出一种“技进于道”的气象。

再者，朱熹对“兴”作了更深层次的挖掘，认为“兴”不只是一种艺术手段，更是《诗》之本体，为后世创作诗歌艺术的基本规律。所以，朱熹说：“《诗》之兴，全无巴鼻。”所谓“巴鼻”，有似“把柄”。这句话是说“诗”之兴所具有的魅力，是无法想像或没办法说清楚的。就像处于高度审美兴奋状态的审美者一样，不知手之舞之、足之蹈之。

此外，朱熹对“赋”“比”“兴”与“风”“雅”“颂”之关系进行了分析。朱熹说：“盖所谓‘六义’者，‘风’‘雅’‘颂’乃是乐章之腔调，如言仲吕调、大石调、越调之类；至比、兴、赋，又别：直指其名，直叙其事者，赋也；本要言其事，而虚用两句钓起，因而接续去者，兴也；引物为况者，比也。立此六义，非特使人知其声音之所当，又欲使歌者知作诗之法度也。”虽为“六义”，但对于《诗》却有不同之意义。“风”“雅”“颂”可以用“乐章之腔调”来总括。而“赋”、“比”“兴”就不可统而言之，必须分而究之，方可得之。这是二者之不同。当然二者也有其内在联系。如朱熹认为：“‘风’‘雅’‘颁’，诗之标名。理会得那兴、比、赋时，里面全不大段费解。”掌握了“赋”“比”“兴”之意蕴，对深刻理解《诗》之“风”“雅”“颂”有极大的帮助。

朱熹将“赋、比、兴”、“风、雅、颂”归结为“三经”“三纬”：“三经”即“赋、比、兴”，“三纬”即“风、雅、颂”。朱熹认为“三经”是作诗的“骨子”。“骨子”本是人体能够支撑起来的不可缺少的因素，朱熹这里用来指诗歌艺术创作必须遵循的基本规律。所以说：“骨子”是“无诗不有，才无，则不成诗。盖不是赋，便是比；不是比，便是兴。”而“三纬”就不同了，只是《诗经》这一特殊诗集中“里面横串底”，即使如此，也“都有赋、比、兴，故谓之‘三纬’”。

4.《诗经》的接受方面

关于《诗》的接受与诠释问题，朱熹也是从“以《诗》说《诗》”这一基本原则人手的。朱熹认为《诗》与《易》《书》《语》《孟》《庸》《学》等不同，《易》《书》等“字字较实，应一一加以理解”，而《诗》“字较虚”，不能以“字字求义”之方来获得诗意，而要“讽诵涵泳”去“还原”诗人作《诗》之义，从而整体地把握《诗》所蕴含和呈现的“意象”。所以朱熹说：“圣人之言，在《春秋》《易》《书》无一字虚。至于《诗》，则发乎情，不同。”“虚”“实”被朱熹认为是《诗》之为诗，不同于《春秋》《易》《书》的关键所在。这就涉及到“诗”与“史”的关系问题，后面将详论。“史”的“实”是指“历史之真实”或“生活之真实”之义；而“诗”之“虚”是指“情感想象之构成的意象”或“艺术虚构”。这里可以看出朱熹通过《诗》之“虚”的特征突出了“情”之意蕴。

同时，“虚”“实”也是中国古代美学中的重要范畴。“虚”“实”涉及诸多的审美范畴和领域。如“虚”“实”就涉及“意”与“象”、“神”与“形”、“情”与“景”、“心”与“物”、“一”与“多”、“显”与“隐”等。在“虚”“实”问题上，中国古代美学特别青睐“虚”，老子就强调“以虚无为本”。有了“虚”就有了“虚境”“境界”。由此可见，朱熹是深得传统美学之精髓的。

正因为《诗》所具有的特殊性质，所以，朱熹在对《诗》的诠释中十分注重便于读者的“讽诵涵泳”，并辅之以“叶韵”、简洁的注解等。

5.目的方面

朱熹说《诗》的目的与《毛序》也有差异。如前所述，《毛序》的目的是通过“以诗附史”、“美刺”等来实现其干预现实政治国家之理想。而朱熹的目的是求得人之心灵结构之完善，以实现和弘扬孔子之“仁学”的“内圣”维度。如在《诗集传序》中有“性情之正”，《诗集传·讽·关雎》注有：“得其性情之正，声气之和”。这一思想是传统儒家教化理论的延续和整合。不过，这种“性情中正”理想实则是儒、释、道思想在宋代走向合一的标志，也是朱熹理想的完善。

三、关于《诗》与史

朱熹“以《诗》说《诗》”主要是在对《毛序》“以诗证史”的辩论中产生的。“以诗证史”或“以诗附史”是《毛序》说《诗》解《诗》的基本原则。《诗三百》作为中国先民生存的基本反映，确实具有“史”即文献学、史料学的意义，而且一些作品中的人物、事件等确有史实依据，如《大雅》中《公刘》《生民》《绵》《皇矣》《大明》等篇目就反映和记载了周民族创业时期的历史。再如《国风》中大量反映西周时期各地风俗、人情等诗篇，也具有"史"的意义。不过绝大多数作品，无论是其创作时间还是作品所反映的"本事"等都无明确的"标示"，很难将它们与某个具体的历史事件直接联系起来。按照现代的学科分类，《诗》是用以"道情性"的，而记载历史事件的任务已由"历史"著作承担。关于"诗"与"史"的分工以及《诗》与"史"(《春秋》）的内在一致性，早在孟子以前的时代就已明确，孟子"《诗》亡然后《春秋》作"就是影响深远的论断。

《毛序》中将《诗》历史化的倾向特别明显，其将《诗》中的每一篇都与历史上的某个人物、事件联系起来考察，给予或"美"或"刺"之说法。"对毛诗的这种解释倾向和其作用，余宝琳指出两点：第一，'用历史实证法来论证《诗经》的价值'，就是'对任何诗人的作品都是坚持列举其具体史料和各种参考资料'；第二，'在历史中确立了《诗经》各首歌谣的基点之后'，'把以地理组合起来的诗篇解释为某个王国政治和道德史的编年系列'。这种理解的'基本着眼点却是要建立历史的脉络，而这种热情也反映出中国古典文化特有的假设与要求'。Steven Van Zoeren 也点出毛诗注解的特征说：因为毛诗的注释，不着重推究诗意，而着重探究诗歌的历史背景，所以，以追索文字的本义的训诂和简洁的解释（训诂通大义）为其特征。"① 这种结合历史实事来研究《诗经》的方式，对客观地认识《诗经》起到了一定的作用，但过分地求"实"求"史"势必导致对《诗经》所具有的文学美学价值的忽视。尽管这种"以诗附史"不同于先秦的"赋诗""引诗"加以"断章取义"附会己说，但二者有着极为密切的渊源关系。这种渊源关系主要体现在《毛序》对"知人论世"的发展。所谓"知人论世"由孟子在建构其"以意逆志"的说《诗》法时提出，主要是关于对诗歌、作者、世运三者关系的综合认识的命题，即知人知世以知诗，或因诗而知人知世双向互动的审美流程。

《毛序》系统地阐释了"知人论世"方法的理论原则。首先，《毛序》在论述《诗》之性质时提出"诗言志"，并对"志"作了一定的限制，要求"志""以一国之事，系一人之本"来显现"先王之泽"的意蕴，同时又将"志"与世事联系起来，也就是将诗人之"志"放到特定的生存环境中去加以描述、展现和理解。这就是要知其人，要明其志，则必知其世。其次，《毛序》认为艺术产生与时代政治有密切关系，社会政治的治乱得失是艺术创作的基础。尤其是《毛序》提出了“变风、变雅”，更加丰富和完善了“知人论世”学说。《毛序》的这一精神在《郑笺》中获得了发扬光大，其将《诗经》的每一篇都确定了时代背景、确切的作者，以至任意揣测、穿凿附会，而且还按时间先后加以编次整理，建构起了所谓的《诗谱》。由此，一部形象生动的文学作品的《诗经》完全给历史化了。这对于后世理解和诠释《诗经》有极其重大的影响，对《诗经》学研究由经学走向文学有很大的阻碍作用。这也成为朱熹“辨《序》”“废《序》”的重要因素。

尽管朱熹诗经诠释并未完全走出《毛序》，但他已开始关注和考察《诗经》之特殊性质问题，他认为，《诗》有别于《春秋》《易》《书》之类，强调《诗》的特质在于“情”，对其把握方式不是求其文字的字面意义，要以“想象”的方式对其进行“涵泳”，由此，他开始了对《诗》与“史”的辩论。

首先，朱熹认为，《诗》发乎情，其特征是“虚”；而“史”是“历史事实”，其特征是“实”。他说：“圣人之言，在《春秋》《易》《书》无一字虚。至于《诗》，则发乎情，不同。”这就是说，圣人之言表现在《诗》中注重是“发乎情”，突出了《诗》所具有“情”的性质和“虚”的特征，这恰好与注重“历史真实”的“史”相对。“虚”到底是指什么呢？朱熹没有正面回答，而是从与“实”的对比中呈现出来的。

众所周知，《春秋》是一部历史著作，以分年纪事方法，记载着上起鲁隐公元年，下止鲁哀公十四年，长达242年的历史。《春秋》的特征突出的是“史实”，表明某年某月发生过某事，记载得清清楚楚，可以去查实。而《诗经》则不一样，是以记言为特色的，尽管也有类似“史”的诗篇，但那只是作《诗》人的“史”，并不具有可靠性。因此诠释《诗经》就不能以“史”的方法去罗列编排诗中所记的“史”。这就是说，“虚”是指“艺术虚构”、“文字”之后的“情感”“意蕴”，其落脚点是无限之情”与有限可感之“景”的统一和升华。在中国美学中，“虚”特受关注。审美本体方面，“虚”与“无”“道”“意”“天”“气”等概念相关联，从而构成审美的基本性质。审美体验方面，“虚”常与“静”等构成中国古典审美体验论的核心范畴。审美境界方面，“虚”是“境界”、“意境”、“中和”等审美理论的内在要素和本质特征。正因为“虚”，人与自然、我与人、心与物等才会有“上下与天地同和”之审美意蕴生成。很显然，这里的“虚”实际上是一种“实”，一种“有”，而且是一种“大有”，是一种内涵着“实”的“虚”。这个“虚”就像严羽所描写的“羚羊挂角，无迹可求，故其妙处莹彻玲珑，不可凑泊，如空中之音，相中之色，水中之月，镜中之象。言有尽而意无穷”。因此，对“虚”的把握就不能以“有”、“实”（即理性的逻辑推理等）的方式来求得，而要以直觉、想像、妙悟等非逻辑的方式去“感悟”。

其次，正因为《诗》的特征是“虚”，朱熹批评《毛序》解《诗》“不会宽说，每篇便求一个实事填塞”，这种以“史实”求证《诗》之意蕴的做法，有时可能自圆其说，与《诗》无碍，但有时就与《诗》有碍，以致破坏了读者对于《诗》之艺术形象的完整把握与理解。

那么，为什么《毛序》会出现这种弊端呢？朱熹认为《毛序》不懂得《诗》之本体意蕴之“兴”的特征。朱熹说：“《诗》之兴，是劈头说那没来由底两句，下面方说那事，这个如何通解？”这个“没来由”之“兴”，如果只拘泥于一字一句，不能宽说，那么对诗所呈现的“意象”就不可能做到“通解”。这里的“没来由”正表明了《诗》之“兴”具有“来不可遏，去不可止”的审美情思，没有逻辑规律可循的性质。朱熹这里的“通解”与其常用的“通悟”相同，有强调审美者完整理解和把握《诗》之“兴”或“意象”之意。

第三，朱熹又进一步分析说，《诗》与“史”还有“无所据”与“有据”之分别。《诗集传》为什么要尽去《小序》呢？朱熹认为，《小序》对《诗》如《硕人》《定之方中》等篇的解说，在《左传》中可以查找到具体史实。但有些诗就不能找到“史实”（无所据）。对于《小序》强以“史”说《诗》，朱熹进行了考察。他说：“且如苏公刺暴公，固是姓暴者多；万一不见得是暴公则‘惟暴之云’者，只作一个狂暴底人说，亦可。”朱熹在此认识到了《诗》之“意象”的模糊性、多义性等问题。《诗》中“暴”固然可以解作“暴公”，如果确实与“史实”中的“暴公”不符，那么，将其解作“一个狂暴底人”似乎也说得通。这个“狂暴底人”之“意象”不是具体实指“某个人”，而是指人们生活中“熟悉的陌生人”，是一种真正的、具有普遍性的艺术创造。所以对于《诗》之“意象”这一特性，朱熹认为说《诗》“只见得大意便了”，根本没必要实指其名姓。这里的“大意”和上面的“宽说”都是强调对“意象”的把握，要充分认识到“意象”的多义性特点，充分认识到“言与意”的关系。关于“言”能否尽“意”，早在先秦就为哲学家、美学家所关注和讨论。“言”是抽象的静止的传达方式，而“意”是整体性的流动性的“情思”，这样就出现了“言不尽意”。为了解决这一悖论，先秦哲学家又提出了“立象以尽意”，但是“象”本身也具有多样性特点，所以，这一命题也是一个悖论。这可谓是令历代美学家苦恼的重大难题。关于意象的多意性、模糊性特点，后来王夫之以“现量说”作了系统诠释，从而使朱熹的这一思想焕发出灿烂光芒。

朱熹对“淫诗”即《郑诗》问题的关注，也是在围绕《诗》与“史”关系的辩论中产生的。“淫诗”说实际上冲击了《毛序》“以诗附史”的原则，部分还原了《诗》之本义，是其“以《诗》说《诗》”的具体落实，更重要的是，这也是对《诗经》审美性质的真正发现。当然，朱熹并没有完全否认《诗》之“史”的意义，只是强调不可过分地穿凿附会。

朱熹辩论“以诗附史”或“以诗证史”，有其很高的现实价值和深远的历史意义。宋代诗坛“以议论为诗”、“以诗为史”成为一种时代倾向。这一倾向的产生与推崇杜甫特别是推崇杜甫的后期作品是有直接关系的。以杜甫为祖，尊黄庭坚为宗的“江西诗派”特别强调“诗”的历史继承性，诗中所反映的内容要有“出处”，“有来历”，“点铁成金”。这是对杜甫“诗史”风格的发扬与偏至。朱熹对此激烈地抨击说：“或言今人作诗，多要有出处。曰：‘关关雎鸠’，出在何处？”这里就涉及了中国诗学史上一个较为重要的问题：“诗史”问题。

“诗史”的说法早在唐代孟棨《诗本事》中就出现了。他说：“杜逢禄山之难，流离陇蜀，毕陈于诗，推见至隐，殆无遗事，故当时号为‘诗史’。”这里的“诗史”显然不具有普遍性的意义，仅指杜甫“流离陇蜀”或朱熹所说的“夔州以后”诗之气象。朱熹对这一气象评述说：“自出规模，不可学。”看来朱熹对杜甫“诗史”气象之诗还是极为赞赏的。不过他又说：“人多说杜子美夔州诗好，此不可晓。夔州诗却说得郑重烦絮，不如他中前有一节诗好。”这里，虽然朱熹对“诗史”有褒抑之分，对诗与史之关系有所涉及，但并没有过分将“诗”与“史”对立起来。

在朱熹之前，邵雍也曾讨论过“诗史”，他认为“诗史善记事，长于造其真”，邵雍的观点突出了“诗”与“史”的一致性，即两者都有“造其真”的功能。这样“重在内容，形式方面就忽视了”。[①]

对于“诗史”问题，朱熹只是有所关注，而真正作为一个命题加以理论探讨的，是明代的杨慎。杨慎本着“唐人诗主情，去《三百篇》近；宋人诗主理，去《三百篇》却远”的观点，通过批评宋诗，尤其是“江西诗派”诗之“史”的特点，来探讨“诗史”问题。他认为宋人因为杜甫“能以韵语纪时事”而称其为“诗史”，是一种“鄙”见，不足以论诗。杨慎认为《诗》

① 陈望衡，中国古典美学史．湖南：湖南教育出版社，1998（751）．

的本体在于"情""含蓄蕴藉""意在言外"，而不在于"直陈时事"，具有"史"之意蕴。这里，他过分地夸大了"诗"与"史"的差异，否认了《诗》原本所具有的"诗""史"交融的原初样态和品格。造成这一偏见的现实原因在于：当时文坛出现了"唐宋之争"，"抑宋褒唐"的思潮在杨慎思想中不可能不有所反映；此外，这也是对王阳明的"六经皆史"观念的"矫枉过正"。不过，杨慎也有矛盾之处，如他在抨击朱熹的"今人论诗往往要出处，'关关雎鸠'出在何处"时，就认为"此语似高而实卑"。这就肯定了"诗"与"史"的内在联系，而回到了《毛序》论《诗》。综上所述，朱熹关于"以诗证史"或"诗史"问题的辩论，可以看出他既把握住了《诗》与"史"的本质差异，同时又注意到了《诗》与"史"的统一性。这一点在《诗集传》中有突出之体现。

四、关于《诗》与"论"

朱熹建立"以《诗》说《诗》"诠释原则，除了与《毛序》重点辩论《诗》与"史"之外，还涉及了《诗》与"论"之关系。所谓"论"即"政治"和"教化"之义。关于这一问题前面已多有涉及，现集中讨论。

应该说朱熹和《毛序》都是注重《诗经》之"教化"作用的，毕竟双方都属于经学。但也有很大差异，《毛序》篇篇都论之以"美刺""王政国事""王化""妃德"等。而朱熹则不一样，尽管在有些方面遵从《毛序》，但废《序》另起炉灶者居多。朱熹对《诗》与"论"的辨说，实际上是对自孔子以来长期将《诗》赋予"道德伦理"意义及并将其作为政治工具倾向的反动，这对人们正确地理解《诗》之性质具有重大意义。

首先，我们来看看《诗》与政治。

早在春秋时代，《诗》与政治就结下了不解之缘。如前面所谈到的《左传》"引诗"，"引诗"的目的不是为了理解《诗》之本义，而是作为政治手段，在外交等活动中能够体现"用诗"者的"志向"和"政治抱负"。这就是"《诗》以言志"，《诗》志不分，《诗》志交融。孔子在讨论《诗》对于政治之意义时，就说："诵《诗》三百，授之以政，不达；使于四方，不能专对；虽多，亦奚以为?"（《四书章句集注》，第143页。）这里，我们可以体察到，对于孔子，《诗》可以通向"王政"、"国事"，《诗》的用途不在于审美，而在于作为政治工具。为什么会这样呢？朱熹诠释说："《诗》本人情，该物理，可以验风俗之盛衰，见政治之得失。其言温厚和平，长于风谕。故诵之者，必达于政而能言也。"朱熹的解释是比较符合孔子原意的，强调了

《诗》对于“政”的价值与意义。最为明确地将《诗》作为“志”之工具的是《庄子·天下篇》中的“诗以道志”，这里的“道”即“导”。这就是说，《诗》的目的是“导”出“用诗”者之“志向”。《毛序》继承了孔子将《诗》与“志”、“政治”统一起来的精神，并对《诗经》作了政治化的诠释。如：《毛序》就是从“王政”“国事”去诠释“风”“雅”的。《大序》说：“是以一国之事，系一人之本，谓之风；言天下之事，形四方之风，谓之雅。雅者，正也，言王政之所由废兴也。政有大小，故有小雅焉，有大雅焉。”再如，《小序》对《诗》篇篇冠之以“美”或“刺”，以强调《诗》所具有的“正得失”、“观风俗”之工具性意蕴。

朱熹也有将《诗》作为政治工具的思想，但不同的是在强调的程度上与孔子、《毛序》相比要轻得多。对于“风”、“雅”，朱熹就根本没有从“王政”、“国事”去理解，而是从其“乐”本义去理解的。如，“《诗》，古之乐也，亦如今之歌曲，音各不同：卫有卫音，鄘有鄘音，邶有邶音。故诗有鄘音者系之《鄘》，有邶音者系之《邶》。若《大雅》《小雅》，则亦如今之商调、宫调，作歌曲者，亦按其腔调而作尔。《大雅》《小雅》亦古作乐之体格，按《大雅》体格作《大雅》，按《小雅》体格作《小雅》；非是做成诗后，旋相度其辞目为《大雅》《小雅》也。”这里，朱熹完全是将《诗》作为审美对象来解读诠释的，基本上“还原”了《诗》之为诗的本质。当然，他也有尊孔、崇圣的一面。由于“二南”（即《周南》《召南》）被孔子定为人人必读之作，《毛序》赋予其“正始之道，王者之基”的崇高地位，“二程”也将其比作《易》之《乾》《坤》，在这一强大压力之下，朱熹也不得不违背“以《诗》说《诗》”原则，而退回到《毛序》立场，建构起他的“二南政治体系”。

其次，我们再看看《诗》与伦理教化。

把《诗》作为教化手段，应始于孔子。孔子在论述“温柔敦厚”或“诗教”时曾说：“人其国，其教可知也。其为人也，温柔敦厚，《诗》教也。疏通知远，《书》教也。广博易良，《乐》教也。洁静精微，《易》教也。恭俭庄敬，《礼》教也。属辞比事，《春秋》教也。故《诗》之失愚，《书》之失诬，《乐》之失奢，《易》之失贼，《礼》之失烦，《春秋》之失乱。其为人也，温柔敦厚而不愚，则深于《诗》者也。疏通知远而不诬，则深于《书》者也。广博易良而不奢，则深于《乐》者也。洁静精微而不贼，则深于《易》者也。恭俭庄敬而不烦，则深于《礼》者也。属辞比事而不乱，则深于《春秋》者也。”孔子在这里将《诗》诠释为“教”，而“教”的目的或特征在于“温柔敦厚”。最为集中地推崇《诗》的教化功能的是《毛序》。《毛序》认为《诗》的意义在于：“经夫妇，成孝敬，厚人伦，美教化，移风俗。”还说：“上以风化下，下以风刺上，主文而谲谏，言之者无罪，闻之者足以戒，故曰风。”这一教化理念充斥于整个《毛诗诂训传》中。例如，《行苇》本是一首描写“宴饮”“比射”场面的诗，而《毛序》则曰：“《行苇》，忠厚也。周家忠厚，仁及草木，故能内睦九族，外尊事黄耇，养老乞言，以成其福禄焉。”朱熹对此可谓深恶痛绝，在对该诗作了细致合理的分析后说：“《行苇》，自是祭毕而燕父兄耆老之诗。首章言开燕设席之初，而殷勤笃厚之意，已见于言语之外；二章言侍御献酬饮食歌乐之盛；三章言既燕而射以为欢乐；末章祝颂其既饮此酒，皆得享夫长寿。”而且朱熹指责《毛序》不知诗之本旨，说：“今序者不知本旨，见有‘勿践履’之说，则便谓‘仁及草木’；见‘戚戚兄弟’，便谓‘亲睦九族’；见‘黄耇台背’，便谓‘养老’；见‘以祈黄耇’，便谓‘乞言’；见‘介尔景福’，便谓‘成其福禄’：细细碎碎，殊无伦理，其失为尤甚！”

尽管朱熹也注意到了《诗》所具有的审美性质，但他也从其“心性学”的角度强调了《诗》对人的心性结构的重大意义，他推崇“诗教”说：“圣人之意，使人法其善、戒其恶，此则炳如日星耳。”这里朱熹就不是从政治角度论述“诗教”，而是从“正心”之“心性结构”去阐释“诗教”，认为“圣人之意”犹如日月。不过总体而言，朱熹注意到了《诗》不同于“教”的特殊性，这也导致了他对“淫诗”的关注。“淫诗”的提出远远超出了“诗教”的领域，而真正进入了“以《诗》说《诗》”之境界。

此外，朱熹还注意到了《诗》（包括整个艺术）与政治社会发展之间不同步的问题。孔子曾提出“《诗》可以观”的理论，该理论在《左传·襄公二十九年》“季札观乐”中得以体现。所谓“季札观乐”即旨在通过演奏不同的诗乐来判断各诸侯国的政教得失。这就是说，诗、乐与政教具有同步性，是相通的。孟子也同样表述了这一观点，他说：“王者之迹熄而诗亡。”这说明“诗”（艺术）的盛衰更替与朝政的治乱密切相关。后来，《乐记》、《毛序》、刘勰《文心雕龙》等都持这一观点。如《毛序》：“至于王道衰，礼义废，政教失，国异政，家殊俗，而变风、变雅作矣。”到了宋代，欧阳修首先提出了艺术盛衰与社会治乱不同步的问题。他认为治世并不一定有诗文之兴盛，乱世也并不就是诗文艺术的衰亡。不过，他没有肯定乱世有艺术的兴盛。朱熹则将此问题深化，认为艺术的兴盛存在于各个时代，“有治世之文，有衰世之文，有乱世之文”，并且认为《战国策》虽然出于“乱世”，但也有“英伟气”。他还明确提出“大率文章盛，则国家却衰”的论断。朱熹这一思想对正确理解艺术与社会的关系具有极大意义。

由此可见，朱熹对于《诗》与“论”的关系问题是具辩证性的。他既肯定《诗》不是“论”，突出了《诗》的特殊性质；也注意到《诗》毕竟与“论”有一定的内在关系，认为两者可以统一起来以达到人生和艺术的“中和”。

通过对朱熹“以《诗》说《诗》”诗经诠释学美学基本原则的考察，我们认为朱熹实现了对《诗》与“史”和《诗》与“论”（教化）的整合与超越，成功地建构起了“以《诗》说《诗》”基本原则。

第二章 《诗经》英译研究基础

第一节 翻译的定义与分类分析

一、翻译的定义

古今中外仁者见仁，智者见智，有人认为翻译是一种科学；有人认为翻译是一种艺术；有人认为翻译是一种技能；有人认为翻译是一门学科。

沿着中国翻译理论和实践的历史轨迹探究发现，翻译的定义在我国的译学史上经历了自发到自觉，实践到理论的发展演变及升华历程。经历佛经翻译的漫长实践磨炼后，到清朝，中国译学终于走上了自觉反思的道路，此后便出现了一系列翻译定义。我国许多的伟大翻译家给出了不同的翻译定义，而这些定义无一例外均与他们的翻译理论和实践密切相关。他们提出的翻译定义往往与翻译标准、翻译目的、翻译方法和策略等等联系在一起。如严复提出了“信、达、雅”，林语堂提出了“忠实、通顺、美”，钱钟书提出了“化境说”等等。

严复（1854～1921）的翻译理论和实践为中国翻译史揭开了重要的一页。在翻译理论方面，严复提出了“信”“达”“雅”的翻译标准。他曾在1898年发表的《天演论译例言》中说“译事三难：信、达、雅。求其信已大难矣，顾信矣不达，虽译犹不译也，则达尚焉”。他明确地将三国时支谦在《法句经序》中提出的“信”“达”“雅”三字作为翻译标准。罗新璋评价“信达雅”说“客观上起到了继往开来的作用，一方面集汉唐译经论说之大成；另一方面开近世翻译学说之先河”。①

林纾（1852～1924年）则把翻译当成是救国强国的途径之一。林纾是近代中国难得的一位翻译家、古文家和爱国者。青年时就心怀一颗爱国之

---

① 罗新璋．翻译论集［M］．北京：商务印书馆，1984（6）．

心，认为中国要富强，必须学习西方。中年后更是爱好读书、买书和藏书。他不懂外语，不能读原著，只能靠译本“按图索骥”。后来，他与朋友合作翻译小说达200余种，为中国近代译界所罕见，曾被人誉为“译界之王”。国难当头，林纾希望通过自己的译作警醒国民，激发国民的爱国热情，以达到救国的目的，这也是林纾翻译外国小说的主要目的。

林语堂（1995～1976）学贯中西，深谙东西方文化，一生写作和翻译了大量文学作品，为传播中国文化、促进中西方文化交流做出了巨大贡献。林语堂是20世纪中国文坛上创作和翻译并举的优秀作家之一，尤以英文创作与翻译闻名于世。他用英文创作了《吾国与吾民》（1935），《生活的艺术》（1937）和《京华烟云》（1939）等多部描述中国、中国人生活的书。作为翻译家，其翻译成果主要是 The Wisdom of China and India（1942），The Wisdomof Confucius（1938），The Wisdom of Laotse（1948）及 The Importan，ce of Understanding（1960）等作品。钱钟书先生主要从文学翻译角度提出了翻译理论——“化境论”。钱钟书认为：“文学翻译的最高理想可以说是‘化’。把作品从一国文字转变成另一国文字，既不能因语文习惯的差异而露出生硬牵强的痕迹，又能完全保存原作的风味，那就算得入于‘化境’”。在《林纾的翻译》中，钱钟书通篇就是围绕“诱”“媒”“讹”“化”展开对林纾译作的分析和评价。在文中，钱先生认为翻译的作用可概括为“诱”“媒”二字。他认为，“诱”指读者可能会因为读了译作的原因而对原作品产生更浓厚的兴趣，从而勾起想读原著的欲望和冲动；另外，这个“诱”和“媒”字从广义上来说其实反映的正是翻译对文化交流所起到的巨大作用。在《论翻译》一书中，他首先提出了“忠实、通顺、美”的翻译标准。

吕俊教授（1997）认为翻译是一种跨文化的信息交流与交换活动，其本质是传播。王克非教授（1997）认为翻译是译者将这一种语言文字所蕴含的意思用另一种语言文字表述出来的文化活动。综上所述，中国的翻译家、学者提出的翻译定义往往与翻译标准、翻译目的、翻译方法和策略等等联系在一起。

从上述英语词源出发可知，翻译的定义是将原文本语言转换成目的语文本语言内容，使其文本意义传递给对方。当代美国翻译理论家尤金·奈达（Eugene. A. Nida）在此基础上，又提出：翻译是指从语义到文体在译语中用最贴切而又最自然的对等语再现原语信息，首先是意义，其次是文体。翻译远不止是一种科学，它还是一种技巧，而且完美的翻译永远是一种艺术。

所以奈达的翻译理论强调意义优先，文体第二。前苏联语言学派翻译理论家费道罗夫认为翻译就是用一种语言把另一种语言在内容和形式不可分割的统一中已表达出来的东西，准确而完全地再现出来。英国应用语言学教授J.C卡特福德认为翻译是一项对语言进行操作的工作，即用一种语言文本来替代另一种语言文本的过程。

纵观中西林林总总的翻译定义，我们可以看出，不同的民族在不同的时间和空间对于翻译有着不同的认识，因而赋予它不同的定义；而且翻译的定义是随着世界各地翻译研究的深入和世界各地研究者不同的研究视角而给出了不同的定义。所以翻译的定义不是一成不变，而是一个动态变化的连续体、集合体。翻译的定义问题反映的是翻译认识的本体论，而翻译本体论认识的差异决定或包含了翻译研究的一系列其他方面，如翻译分类、翻译标准、翻译目的和功能、翻译的过程、翻译策略、翻译评论，还包括译者、译作和翻译效果的评价等等。所以不同的翻译定义折射出了人们不同的翻译研究视角，折射出人们对于翻译研究内容和方法的差异，而这些不同和差异可以导致对翻译性质认识的差异。

因此，翻译是不同语言的国家、民族或个人进行思想交流，达到相互理解的中介手段，是促进沟通的桥梁。翻译、语言和文化密不可分。语言是文化的载体，翻译是跨文化交际的桥，翻译是跨语言、跨文化、跨社会的交际活动。我国的许嘉璐教授认为，“翻译活动最本质的作用是为人类拆除语言文字障碍，促成不同社会、不同地域、不同文化背景的国家和民族之间的沟通与交流，而这种沟通与交流的结果，往往能启迪新的感悟、新的智慧、新的视角，从而产生巨大的社会推动力，这是社会变革和文化进步不可缺少的加油器”。可以说，人类文明、文化不断发展，人类社会不断进步的过程，就是不同地域、不同国家和民族文化不断交流、融合与创新发展的过程；而在这一过程中，翻译工作的桥梁和纽带作用是无可替代的。

二、翻译的分类

翻译的分类是由分类的标准和范畴决定的，分类的标准和范畴不同，分类的结果就不同。这些分类的标准和范畴众多，如翻译的功能、翻译的工具、翻译的形式、翻译的目的、翻译的服务内容等等，不同的翻译环境、不同的翻译读者或客户、不同的翻译方法等等。

下文主要谈谈语内翻译和语际翻译、全译和变译、文学翻译和非文学翻译三种翻译分类。

按符号代码划分，翻译可分为：语内翻译（intralingual translation）、语际翻译（interlingual translation）和符际翻译（intersemiotic translation）。1959年雅各布森（R. Jakobson）从符号学的观点出发，把翻译分为语内翻译、语际翻译和符际翻译。语内翻译是在同一种语言内部，也就是把一种语言符号译成同一语言中的其他符号，如汉语中的简体、繁体互换；语际翻译是不同语言之间的翻译，如把本族语译为外族语或把外族语译为本族语，如英语、汉语互译；符际翻译是把一种语言翻译成另一种非语言的符号系统，即不同语言系统之间的翻译，如把公式翻译成文字解释等。

语内翻译和语际翻译的概念与本书讨论的《诗经》乃至所有的典籍翻译密切相关。因为典籍翻译既涉及语内翻译又涉及语际翻译的问题。古代典籍翻译过程包括：首先必须进行语内翻译，即把古代语言文本转换为现代译本；其次，进行语际翻译，即把现代译本进一步翻译为外文译本。

按译品形式来分，可分为：全译（full translation），变译和校译。其中，变译可以指节译（选译）、译要（摘译，partial translation）、编译（translationplus editing）、综译、转译、译述、改译、阐释、译写、改写等。

按翻译客体性质或文体可分为：文学翻译和非文学翻译。文学翻译强调文学作品文本的艺术审美与文学欣赏、风格、价值观和思想，再现原文作者的精神活动和语言艺术美，这些文学作品包括诗歌、小说、戏剧、故事、叙事文学、散文等；非文学翻译涉及的内容和学科知识十分广泛，强调的是现实世界中的知识、事实、事件和信息，再现实用性事实、信息的交际性和功能，包括经贸翻译、科技翻译等等。

翻译按照信息处理方式可以分为：完美翻译（perfect translation）、等值翻译（adequate translation）、综合翻译（composite translation）和科技翻译（translation of learned，scientific，technical and practical matter），完美翻译纯粹传递信息的翻译，如广告、布告等。等值翻译因为其服务对象是一般读者（general reader），他们只对故事情节而非原作语言感兴趣，所以不拘形式，只管内容的翻译；译文只要在内容上与原文保持一致，文字上的出入无关紧要。译者可放手增补、删节甚至更改。综合翻译的服务对象是严肃读者，他们的求知欲远胜于仅仅了解一些故事情节；翻译的形式是从散文体到散文体、从诗体至散文体、从诗体到诗体的文学翻译，主要包括古典作品的高质量的译本；其翻译难度最大，形式与内容同等重要，甚至比内容更重要。科技翻译内容的重要性远远超过语言表达形式的重要性，因其翻译文献本身对于生产或科研来说有借鉴价值，译者一般对于该文献包含的知识具有一定的了解。

第二节 《诗经》英译研究的意义

本节主要讨论《诗经》英译研究的理论意义、实践意义和当代意义。《诗经》英译研究的理论意义是由《诗经》文本所具有的文学、美学、文化、史学、社会学价值决定的；《诗经》英译研究的实践意义是学术和科研的需求决定的；《诗经》英译研究的当代意义是由我们所处的时代背景决定的。

一、《诗经》英译研究的理论意义

《诗经》英译研究极具理论和实践意义。其理论意义在于中国文化典籍博大精深，《诗经》又是我国文化典籍中的珍宝，尤其值得研究。《诗经》是我国诗歌发展的源头，又是我国著名的经典著作之一。因此《诗经》的影响早已超越我国的范围，不仅对东亚的日本、朝鲜等国有明显的影响，而且对欧洲、美、俄等国也有广泛的影响，从而成为世界诗歌史上的瑰宝之一。作为中国的重要典籍之一，自19世纪以来不同的《诗经》翻译版本不断出现，架设起了中西文化交流的桥梁。"《诗经》翻译卷帙浩繁，历史悠久，内涵博奥，代表着我国民族文化的独特个性……"①

《诗经》的译本中有外国传教士或学者的版本，如 James Legge，WillamJennings，Arther Waley，Cranmer－Byng，H. A. Giles，Zellen Upward，HelenWandel，Ezra Pond 等；也有中国学者如杨宪益、许渊冲、汪榕培等翻译版本。笔者曾发表的论文中提到"研究《诗经》的这些不同译本乃至其他中国文化典籍翻译，可以唤起更多华人对中国古典诗歌及其他中国典籍的热爱，对文学的热爱，并挖掘古典诗歌乃至中国古典文学中蕴含的中国传统文化和思想。这对弘扬中华文明，提高我国的文化软实力大有裨益。"②

二、《诗经》英译研究的实践价值

《诗经》英译研究的实践价值除上述理论意义外，也极具实践价值。《诗

① 李玉良，于巧峰.《诗经》翻译中的难题与对策［J］.宜春学院学报，2009.

② 梁高燕.《诗经·国风》中的植物英译及其中国文化意象的传达［J］.南华大学学报，2011.

经》英译理论与实践的研究会进一步加强高校的英语专业建设，尤其是文学专业和翻译专业建设，有利于学科专业建设；同时对文学和翻译教学也具有重要意义。此外，本课题实施过程中，可以联合不同专业和学科的学者、教授和其他资源，发挥学科优势，有利于学术研究的发展。

三、《诗经》英译研究的当代意义

当今，多元文化的时代背景更凸显了《诗经》英译研究的当代意义。因为英语作品的翻译活动频繁且成果卓著，但汉语典籍的翻译活动却少人问津，中国文化“走出去”面临一系列的问题。因此，当代社会的文化交流出现了巨大的“逆差”，语言和文化的多样性受到威胁，文化生态不平衡的问题日益突出，开始逐渐引起许多专家学者的关注和重视。目前，全球化已经成为一种巨大的潮流，经济全球化带来的一个直接后果就是文化上的全球化或趋同化现象，这极大地威胁着我国的文化安全。为了保护我国的文化安全，抵制文化霸权，需要更深入、全面地研究我国的文化典籍，在世界上传播中国文化的精髓。研究《诗经》乃至其他中国文化典籍翻译，可以加强民族认同感和自豪感，增强民族凝聚力。

在全球化背景下，文化软实力正日益成为全球认同的衡量国家或地区发展的一个重要指标。值得一提的是《大中华文库》（汉英对照）工程中就包括《诗经》的翻译，这项工程是我国历史上首次系统地、全面地向世界推出外文版中国文化典籍的国家重大出版工程，借此契机，我们更应研究经典翻译，促进文明交流。

第三节 《诗经》英译研究现状与发展趋势分析

《诗经》的英译研究中，既有基于译者的翻译研究、基于译作的翻译研究，也有翻译评论研究，这些研究主要是从文学翻译角度或文学翻译评论角度针对《诗经》某个或某些译本或译者的研究，缺乏横向联系的综合性研究，其中尤其缺乏《诗经》名物的英译研究和《诗经》英译史的研究。

笔者以为，目前《诗经》英译研究中存在的问题有以下三方面。

其一，缺乏《诗经》英译史的研究。目前的《诗经》英译研究很少涉及英译史的研究，可供参考的资料极少。而《诗经》乃至其他中国文化典籍的英译历史，就是中西文化的冲突、交流和融合的历史。

其二，《诗经》中文化因素和文化意象的英译研究较少。由于文化因素本身涉及面的广泛性和复杂性，文化因素的翻译对译者而言更具挑战性，在文化冲突与融合的当代更具研究价值。

其三，需要创建《诗经》英译语料库并进行相关研究。这需要运用不同的学科方法和不同领域的知识，因此本课题研究过程，需要不同研究者从诸如语言学、文学、翻译理论与实践乃至跨文化交际学和统计学等不同学科和专业领域、视角来研究，需要研究者的通力、长久合作。

基于以上认识，笔者以为《诗经》英译研究的发展趋势包括以下三点。

第一，在系统理论指导下进行较全面的《诗经》英译研究，尤其是《诗经》英译史研究。

第二，时代背景决定了不同国家、不同文化间的交流日益加深。而文学交流是文化交流中的重要部分。文学作品的译介和文化交流、冲突和融合的互动关系必然成为《诗经》英译的重要方面。

第三，突破禁锢，充分利用现代科技和网络进行大量的《诗经》英译实证研究是《诗经》英译乃至典籍英译研究的学术前沿研究趋势。另外，需要创建全面的《诗经》英译语料库并进行相关研究，虽然目前已有许多学者致力于该研究，如天津科技大学外国语学院语料库语言学研究所的陈建生、高博采用语料库语言学的方法，对 Ezra Pound 和 James Legge 的《诗经》英译本进行对比分析。其研究论文“基于语料库的《诗经》两个英译本的译者风格考察——以‘国风’为例”发表在《天津外国语大学学报》2011 年第 4 期。该研究将定量和定性研究相结合，运用相关翻译理论及实例分析差异产生的原因，进而揭示两个译者的风格。另外，高博、陈建生在《外国语言文学》2011 年第 4 期还发表了“基于语料库的中国古典诗词译本中的翻译共性研究——以《诗经》英译本为案例”的论文，该研究通过自建的可比语料库进行原语和目的语的实证对比研究。首先，自建语料库，翻译语料库的语料来自许渊冲翻译的《诗经》。然后，“利用语料库语言学检索软件，对比《诗经》英译本与英语原创诗歌在词汇和句法两个层面上的差异，验证翻译共性在以诗歌为体裁的英译本中的表现程度。研究结果印证了大部分共性假说，但也证明了原语特征、体裁以及译者等因素对于翻译共性的效度有着不可忽视的影响，进而指出基于单语可比语料库进行翻译共性研究的不足与改进方法。”可见，语料库的创建和研究对翻译的译本、译者的翻译风格、翻译策略、原语与译语研究、翻译共性研究方面有广阔的应用前景。

第三章 《诗经》的对外传播

第一节 英译的背景与动机分析

一、英译的背景

1978年，中国迈进了改革开放的新时期。从此，中国的经济、政治、科技、文化迎来了欣欣向荣、飞速发展的新时代。经济、政治、科技的进步，大大推动了文化的繁荣，哲学、宗教、文学、艺术如雨后春笋，发展迅速，呈现出一派生机勃勃的景象。随着中国综合国力的不断增强，国人生活水平的日益提高，中国学者增强了自信心。为了配合改革开放，让世界了解伟大的中华文化，他们开始自觉地把自己的国家所取得的新成就和传统优秀文化介绍给全世界，于是，各种形式的对外文化交流蓬勃展开。翻译作为中外文化交流的重要桥梁发挥了越来越大的作用，一批中国学者开始把中国传统文化介绍给西方。《红楼梦》《离骚》《儒林外史》《宋元话本选》《唐宋诗歌散文选》《魏晋南北朝小说选》《鲁迅选集》《史记选》《唐诗三百首》《毛泽东诗词》《老子》《牡丹亭》《孙子兵法》以及中国现代经典散文等一大批中国典籍先后被翻译成外文。1983年，杨宪益翻译出版了《诗经选》，10年后，许渊冲《诗经》全译本出版，又过两年，汪榕培《诗经》全译本面世。期间，丁祖馨也选译了《诗经》的部分篇章，《诗经》翻译史上出现了一个新的高潮。其中，许渊冲译本、汪榕培译本是本次《诗经》翻译高潮的代表作。

二、翻译动机——对外传播中国文化

历史地看，20世纪末的《诗经》翻译高潮可以说是历史带来的新机遇。但具体地说，这次《诗经》翻译高潮还有更为直接的动机。既然《诗经》此前已经有了多种西方学者翻译的译本，为什么还要重新翻译，而不是翻印旧

译本呢？一个重要的原因，是中国学者并不十分认同西方学者的译本。他们认为，尽管西方学者翻译了《诗经》等中国经典，但他们毕竟是异族人身份，他们或者缺乏对中国文化的亲身体验，或者不能全身心融人中国文化，因此不能够真正了解中国文化的历史渊源和精神实质，即便他们学养深厚，他们的翻译也难免有臆测和人为的曲译误译等貌合神离的弊端。他们认为，中国经典最好还是由贯通中西文化的中国学者来翻译。冯浩菲的观点就是其中的一个代表：

中国学者在新世纪的这种格局中，既有吸收世界先进、优秀文化，滋养和提高中华文化的天职，又有将中华文化推向世界，促进全人类文明进程的责任。为此，就有一项用自己所精通的外语语种译释《诗经》的工作要做。精通外语的本国学者对本国典籍的外语译注，往往比精通对方语言的外国学者译注更传神，更真切，更可靠。从这个意义上讲，对包括《诗经》在内的中国典籍的外语注释，将成为今后精通外语的中国学者的用武之地之一。[①]

夏传才对此也有同样的看法，他认为，尽管外国译者的《诗经》翻译创获颇丰，但他们还是不能精通中国语言和文化，“外国学者盼文化人类学《诗经》研究所常常发生的失误，就在于他们对《诗经》文本的误读和对中国古代社会形态的误解”。于是有些出版机构纷纷组织中国典籍的外译。1995 年湖南出版社组织了一批知名学者进行中国“经、史、子、集”英译审校和英译，以丛书的形式出版。组织者在丛书前言中说：

近代以来，随着西方殖民主义者的东侵，中西文化接触、撞击、交流，同时，中国文化西渐，对西方产生了较大的影响。在早期，这种影响主要是通过来华传教士译介中国文化、历史，特别是儒家经典而实现的。1594 年（明万历二十二年），意大利传教士利玛窦翻译的《四书》拉丁文本，是儒家经典最早的译本。自那以后，特别是本世纪以来，许多中外名家学者在译介中国古典名著方面做了很多工作，为中国文化走向世界付出了艰苦的劳动。有名的如辜鸿铭、林语堂、英国人理雅各、德国人卫礼贤等，但他们的译介多欠系统全面，像理雅各英译的多卷本《中国经典》只是以四书五经为主，译介中存在不少偏重甚至偏见，未能全面适度地反映中华传统文化的本质和全貌。加上这项工作多由国外汉学家所为，其中的错误、缺漏和增添不少，许多译本问世时间较早，未能吸收利用许多新的研究成果。有鉴于此，我们组织编译校注出版本丛书，以期推动中国文化对外宣传介绍工作。

---

① 冯浩菲 . 21 世纪<诗经>训诂走向展望［M］. 学院出版社，2001（230－235）.

这种解说诠释了中国文化界进行典籍外译的初衷，颇具代表性。他们的目标很明确，即通过中国译者的翻译，吸收现代研究成果，纠正外国译者的偏见和舛误，弥补他们留下的缺憾，“适度地反映中华传统文化的本质和全貌”，推动中国文化的对外交流。有些老一辈学者，出于对中国古代文化的热爱，也积极参加了这次翻译热潮，但他们事先并没有受到任何文化机构的委托，而是凭个人的热情进行翻译，他们的目的同样也是为了纠偏正误，弘扬中国文化。因此，这一时期的《诗经》翻译的一个特点是译者都是我国老一辈学者，他们古今兼治，中西贯通，既有较为深厚的国学功底，对西方文化也有专攻。另一特点则是，由于以纠偏正误、真实反映中国文化为要务，因此在翻译原则上一般讲求原文标准，译本不仅十分讲求韵律效果，而且字面意义也较贴近原文。

第二节　英译对史料价值和文化价值的重视

“五四”以来的现代《诗经》学研究，开创了以文学研究为主流的多视角研究的时代。许多学者对《诗经》进行了交叉学科的研究，如以《诗经》为史料开展的历史学研究、民俗学研究、史料学研究、音韵学研究、语言学研究、文字学研究等。《诗经》虽然不是历史，但它有重要的史料价值，这一点早已成为人们的共识。研究周代历史在很大程度上是以《诗经》的史料为依据的。《诗经》翻译该不该保存原诗中的史料，是在一定程度上为当代《诗经》翻译所关注的问题。因为要通过《诗经》传播中国古代文化，忠实地传达诗篇中的历史内容就自然成为翻译策略的重要组成部分。《诗经》中的《雅》是史料比较集中的地方，我们可以以此为例。

在大部分涉及史料的地方，许、汪译本除了略微的调整外，一般都译得比较忠实和准确，表现出了较强的历史意识。如《十月之交》中首次纪录了中国历史上发生的地震，现在看来很有史料价值。原文第一章是：

十月之交，朔月辛卯，
日有食之，亦孔之丑。
彼月而微，此日而微。
今此下民，亦孔之哀。

许渊冲的译文是：

In the tenth month the sun and moon
Cross each other on the first day.

The sun was then eclipsed at noon,
An evil omen, people say.
The moon became then small;
The sun became not bright.
The people one and all
Are in a wreLched plight.

译诗的字里行间与原诗较为切近。

“史诗”之一《绵》中“捄之陾陾，度之薨薨。筑之登登，削履冯冯。百堵皆兴，鼛鼓弗胜!”记录了古公亶夫带领周人建造家园的情景。汪榕培的译文基本上反映了原诗中热烈的劳动场面：

They filled the baskets with dry earth
And dumped it into frames in mirth.
They pounded walls in repeated thud
And scraped the walls torid of mud.
So many walls were built around
That sounds of beating drums got drowned.

许渊冲的译文形式上十分贴近原文，意思也更为明晰：

They brought basketfuls of earth
And cast it in frames with mirth.
Then they beat it with blows
And pared the walls in rows.
A hundred walls did rise;
Drums were drowned in their cries.

《大明》记录了周朝推翻商朝昏庸统治的最后决战——牧野之战。这可以看做关于牧野之战最早，也是最可靠的历史记载。原文最后一章是：

殷商之旅，其会如林。
矢于牧野：“维予侯兴。
上帝临女，无贰尔心。”
牧野洋洋，檀车煌煌，驷骠彭彭。
维师尚父，时维鹰扬。
凉彼武王，肆伐大商，会朝清明。

这是以文学的语言记录下来的历史事实。汪榕培的译文几乎是行行对应，也同样以文学的语言传达了这段历史。但因为译者使用的是文学语言，有的地方在字面上也就有所调整：

There came battalions of Yin-Shang,
Like aforest they all sprang.
Lord Wu made vows upon Mu-ye：
"We shall win the battles here.
The gods on high are watching you；
Be of one mind and dreams come true."
Far，far spread the fields of Mu-ye；
Bright，bright shone the chariots here.
There galloped stalwart steeds in groups；
Here stood Jiang Shang，who led the troops.
Eagle-like was Jiang Shang in view，
Who helped the brilliant king，Lord Wu.
The troops gave Shang a deadly stroke，
And fight was over when day just broke.

除了个别地方有添加改动外，如"dreams come true"，译文对这段历史事实基本上是忠实的。许渊冲的译文诗行相对简洁：

Shang troops did wield
Stones on hard wood.
Wu vowed afield："To us kinghood!
Gods are behind.
Keep your strong mind!"
The field is wide；
War chariots strong.
The steeds we ride
Callop along.
Our Master Jiang
Assists the king
To overthrow the Shang
Like eagle on the wing.
A morning bright
Displaced the night.

译诗的最后四行使用比喻的手法，形有小异，而神存大同，是较为可靠的译文。

但是，许、汪对史料的翻译也有不少与原文不同之处，改写和变异的痕迹十分明显，这大概与对原文的理解不同有关。如《公刘》第一章：

笃公刘，匪居匪康。
迺埸迺疆，迺积迺仓。
迺裹糇粮，于橐于囊。
思辑用光，弓矢斯张。
干戈戚扬，爰方启行。

汪榕培的译文是：

Reverent was our Gongliu，
Who always had something in view.
He drew the bounds for farms and fields
And set up mows and barns for yields.
He dried the crops，stored them in stacks
And collected them in bags and sacks.
To gather forces according to plan，
He tested bows and arrows in his clan，
With shields and weapons large and small，
They started marching once for all.

在这里，“匪居匪康”被改成“总是有眼光”；“迺积迺仓”也不等于 He dried the crops，stored them in stacks（他把粮食晒干，然后成堆储藏）；To gather forces according to plan，He tested bows and arrows in his clan. 意为：“为了按计划聚集军队，他把族中的弓箭检验了一番。”与“弓矢斯张”之意相差一段距离；而原诗中交代的原因“思辑用光”被删掉了；“干戈戚扬，爰方启行”被概括为“他们拿着大大小小的盾和武器开始了行军，一劳永逸”。而实际上这种概括是不符合原文也不符合历史事实的，因为后来周室在古公亶父的带领下，又从豳迁到了岐，而不只是迁豳的这一次。

许渊冲的译文改写痕迹也比较明显：

Duke Liu was blessed；
He took nor ease nor rest.
He divided the fields
And stored in barns the yields.

In bags and sacks he tied
Up grain and meatWhen dried.
He led people in rows,
With arrows and drawn bows.
With axes, shields and spears,
They marched on new frontiers.

开头一句的“笃”字被改成了“上天保佑”;“糇”变做了“肉”,不知是不是对理雅各的借鉴,“思辑用光”也被删掉了。总的来看,许渊冲在译文中所作的删改,主要出于两种原因:一是对文学艺术性方面的考虑,一是对原文的理解在有些地方似乎还不够到位。史料以真实准确为要,从史学的角度看,翻译过程中的删改若触动意义,值得慎重考虑。虽然文学化的翻译可以忽略文本中史料的准确性问题,但《诗经》毕竟不是一般意义上的文学作品,若能以文学的形式忠实地再现历史,岂不两全其美?

《诗经》作为一部古老的诗歌总集,其自身的重大价值之一是文化学价值。古代统治者采诗的目的是观民情和民风民俗,在今天来看,这些民情就具有社会学意义,而民风民俗就具有文化学意义了。比如我们从诗篇中可以了解到周人的服饰文化、饮食文化、燕饮礼俗、婚嫁礼俗、农事文化、建筑文化、祭祀礼俗等等多种文化内容。若从文化角度来观察当代的《诗经》翻译,可以看到诗篇中的文化内容受到了一定的重视。

例如,婚嫁礼俗是《诗经》中的重要内容,这类诗篇在《诗经》中占有相当大的比例。从许、汪两译本来看,这些内容在译文中得到了不同程度的反映。如《鹊巢》描绘了贵族女子婚礼的盛大场面:

许渊冲的译文是:

The magpie builds a nest,
Where comes the dove in spring.
The bride comes fully-dressed,
Welcomed by cabs in stnng.
The magpie builds a nest,
Where dwells the dove in spring.
The bride comes fully-dressed,
Escort′d by cabs in string.
The magpie builds a nest,
Where lives the dove in spring.

The bride comes fully-dressed,
Celebrated by cabs in string.

其内容稍有些改动，如添加了“fully-dressed”，但基本上是诗的原貌。汪榕培的译文变化则较大：

When the magpies build a nest,
The turtle-doves come to abide.
Indeed, the bride is blest;
So many folks await the bride.
When the magpies build a nest,
The turtle-doves come to reside.
Indeed, the bride is blest;
So many folks see off the bride.
When the magpies build a nest,
The turtle-doves live with pride.
Indeed, the bride is blest;
Large dowries go with the bride.

译文中诗行内容有所改动，但“百两”迎送新娘的盛大场面基本上被反映了出来。

又如，《豳风·东山》最后一节描写新娘出嫁的情形非常细腻：“仓庚于飞，熠耀其羽。之子于归，皇驳其马。亲结其缡，九十其仪。其新孔嘉，其旧如之何？”“仓庚于飞”表示春季，“皇驳其马”表明结婚驾车的马匹以花色马为吉祥，“亲结其缡”是说新娘的母亲亲自为出嫁的女儿结佩巾。许渊冲译本对此保留较完整：

The oriole takes flight
with glinting wings outspread.
I remember on horse bright
My bride came to be wed.
Her sash by her mother tied,
She should observe the rite.
Happy was I to meet my bride;
How happy when my wife's in sight.

汪榕培译本也较忠实：

With orioles flashing in sun-rays.

My love became my bride that day,
Her mother wrapped her sash tight,
And told her all about the rite.
The wedding rite was full of glee;
How happy will our reunion be?

以上两个译文把古时结婚的季节、马的风俗、母亲为女儿结佩巾的风俗都反映了出来。

再如《豳风·七月》，这是反映周族农事文化最全面的一首诗，许渊冲的译文显然是在努力反映周人的生活：

六月食郁及薁，七月亨葵及菽。
八月剥枣，十月获稻；
为此春酒，以介眉寿。
七月食瓜，八月断壶，九月叔苴。
采荼薪樗，食我农夫。

In sixth moon we've wild plums and grapes to eat;
In seventh we cook beans and mallows nice.
In eighth moon down the dates we beat;
In tenth we reap therice
And brew the vernal wine,
A cordial for the oldest-grown.
In seventh moon we eat melon fine;
In eighth moon the gourds are cut down.
In ninth we gather the hemp-seed;
Of fetid tree we make firewood;
We gather lettuce to feed
Our husbandmen as food.

除了个别细节如“A cordial for the oldest-grown”和“fetidtree”有异于原文外，其他都一如原文。汪榕培的译文亦复如是，此不复摘录。

上个世纪末的《诗经》翻译尽管分属两次不同的翻译活动，却有着共同的特点，那就是两位译者在翻译中突出的都是《诗经》文学。这与现代《诗经》学的影响有直接关系。根据我国传统诗学标准——以诗译诗，是两位译者共同遵循的原则，比如赋比兴的手法、意象的运用、简短的诗行、隔行押尾韵的韵律等在译诗中都有体现，这使得所有译文读起来比前译有更多的中国诗韵味。

两个当代译本的审美效果有多种特点。其一是保留原文的艺术特色，这是译本的主要特点。其二是对原文的审美效果进行现代转换。例如《硕人》，汪榕培在翻译第二章时把“柔荑”“蝤蛴”“瓠犀”“蛾眉”等意象略掉不译，直接换成了美化“硕人”的形容词，因为译者担心现代读者会认为原文的意象不美。这种创造无可厚非。但若保留原文意象，也不能算是不适当，因为古人自有古人的审美观，如果要原原本本地介绍古代文化，那么就不用顾及现代读者是不是会接受这种美的问题。现在有那么多的现代汉语译本不是也没有改变原诗的说法吗？我们读《诗经》现代汉语译本时好像从没有感到这些比喻有什么不妥。

从整个翻译来看，两位译者对诗中的名物及历史典故的态度也是十分谨慎的，每遇到有疑难和争议的地方一般都查阅现代《诗经》学论著，如四始之首的《关雎》，其中的“关雎鸟”怎么译的问题，就令他们颇费周折，经认真研究，许渊冲选择了用“turtledove”来译“关雎”，汪榕培则选择了“waterfowl”一词。其严肃态度由此可见一斑。

当然，译者对原文的误解现象在两个当代译本中也是存在的。例如许渊冲翻译的《丘中有麻》，其中的“留”姓三男子被误译：译者误把“留”当“留住”（detain）来译，从而改变了全篇诗的内容。这种错误产生的主要原因，是译者用现代汉语的眼光去理解原文，而忽视了其自身的意义和逻辑。

总之，当代两个《诗经》译本比较突出的特点，是突出了《诗经》的文学价值，并比较注重传达原文的文化内涵。另一方面，由于译者比较倚重现代《诗经》学研究成果，对传统《诗经》学的训诂成果借鉴相对少一些，所以在某些文字的翻译上存在一些值得商榷之处。此外，为了音韵的缘故，译者有时有意识地对原文进行改写，使得不少译文有凑韵的痕迹，这在一定程度上对译文效果产生了一些副作用。但是，瑕不掩瑜，这一时期的《诗经》翻译功不可没，必然会为我国古典文化对外传播事业做出重要贡献。

第三节　古典诗与现代诗的美学比较

一、新诗的利弊

汉语新诗和汉语古诗分属不同的审美领域和美学体系。“前者刚有一百年的实践经验，还不能说完全成熟，而后者辉煌了两千多年，已成为人类文化库藏的瑰宝。”不过，虽然新诗由于发展时间较短而尚显稚嫩，但仍然有着古典诗歌所无法取代的自己的特点和优势。

(一) 新诗的缺点

新诗的缺点，是在与古诗的比较中才得以凸显出来的。“白话新诗作为一个崭新的诗歌形式，其青涩稚拙在所难免。用有数千年历史的古典诗词的规范和标准来审视评价新体诗，自然会发现新体诗多有不尽如人意的地方。”谈及新诗，谢冕说：“打破山林的宁静，装进工业时代的喧嚣，那些由经典的节律和音韵造出的完美受到了轻蔑。中国人好像下定了决心，不惜以一个空前的大破坏，来重建一种理想的诗歌秩序。当时人们要做的事，就是竭力要把他们新发现的白话诗，做得完全不同于以往的那些圆润剔透的古典诗。用当时流行的话来说，就是‘要把诗做得不像诗’。这里有一种‘破坏’的快感，也有一种从头做起的创造的愉悦。……而实际上，中国新诗在它的草创期就留下了许多弊端。”这些弊端，可简述如下。

1. 散漫晦涩

新诗与古诗的第一个区别，就是诗歌语言的区别。因为“五四诗歌革命运动的第一步就是语言的变革，也就是说，诗歌革命是以诗歌语言为突破口的，是从用白话做诗入手的。”当时，文言文被推倒，而代之以白话文；格律诗被推倒，而代之以自由诗。如此诗体大解放，正是新诗诞生和成长的契机和动力。新诗弊端的表现之一，便是在全盘西化的洗礼中，抛弃了汉语整齐的句式结构形态，抛弃了汉语本身特有的骈偶规律。朱光潜说：“依我猜测，许多新诗之不能引人入胜，正因为我们的新诗人在运用语言的形式技巧方面，向我们的丰富悠远的传统里学习的太少。”其实，旧体诗的优点，在于诗体的短小、整齐和语言的精练。目前的新诗，虽然也有短小、整齐、精练的，但总的趋势是越写越长，越写越散文化。语言散漫、内容晦涩，显为汉语新诗的一般通病。旧体诗的优点，是新诗应当学习的。

2. 抛弃格律

汉语古诗与音乐有着密切的关系，可谓诗乐一体，诗乐不分。如果说古诗主要建立在口耳相传的基础之上，新诗则主要建立在书面阅读的基础之上。换言之，古诗强调音韵，新诗则抛弃格律。“‘五四’以后，许多白话诗与音乐离了婚，不押韵，不能唱，像散文似的。其结果，大大影响了新诗的流传。现在不少人能背出不少旧诗，可是新诗有谁能背出来呢？即使能背，也背不出几首来。新诗同音乐离婚，不能唱，应该说是新诗‘迄无成就’的一个重要原因。”当新诗在“自由诗”的名义之下，抛弃了诗的韵律之时，也就抛弃了诗的格律美与和谐美——虽然有的新诗也押韵，但毕竟不占新诗的要津或主流。写出了不和谐之音，正是新诗的失误之_。因此，何其芳说："我们实在需要有一些有才能的作者来努力建立现代格律诗，来写出许多为今天以至将来的人们传诵和学习的新的格律诗了。"

3. 诗无定形

虽然新诗发展已有近一百年的历史，却一直未能建立起自己的形式。贺祥鳞说："新诗有一个它自己始终没有解决的问题，说严重些，它有一个致命的缺陷，即它从来也没有一个自己的形式，也就是说新诗的问题，不在内容，而在形式。"在新诗向外国诗学习的过程中，虽然吸取了西方诗的一些精华，却未能保留其形式上的优点。吕进一针见血地指出："英语自由诗和中国新诗中的自由诗是不一样的：中国新诗中的自由诗多半将诗的形式因素遗弃得一千二净，而外国的自由诗却保留了一定的形式、音韵和节奏等格律诗的要素。"诗，无论中外，无论古今，都应该是内容和形式的最佳结合。新诗以自由为著，但若自由过度，连诗的最基本的形式都抛弃得一千二净，就等于抛弃了诗的艺术；那么，新诗所剩下的，也就只有自由，而无诗可言了。龙泉明说："从总体上看，五四新诗运动由于只注重语言工具的更新，不考虑诗歌本身的审美特征，就使一些白话新诗的'非诗'倾向越来越严重，越来越偏离自己的艺术轨道。"在这种情况之下，包括新诗的形式建设在内的新诗的诗美规范建设，仍是中国新诗所面临的任务之一。

4. 远离读者

在五四新诗之前，汉诗创造了世界上无与伦比的古典诗歌的辉煌。诗中隽永的意境，常常把读者带进一个充满魅力的诗意世界。"当前，在新诗的行销大滑坡的同时，种种古典诗歌的选本仍然畅销于市。这一事实，除了体现了这些优秀作品本身的价值以外，同样也反映了中国诗歌读者的审美取向。"许多读者仍然视新诗为"非诗"，认其为传统诗家族的逆子。可以说，"新诗从胡适的《尝试集》开始，走上了一条悲剧性的道路。"直到当下，新诗远离读者的情况仍未改观。总之，"说穿了，白话诗之所以不成功，其中一个关键的原因就在于它过度抛弃了古诗这个具有数千年优秀传统的宝库。"

（二）新诗的优点

新诗的缺点固然不少，但是，新诗的成就也不可否认。黄维樑说："六十年来的新诗，经过时间的淘汰，已留下了可观的杰作名篇。形式上，新诗以自由诗为主，辅以格律不太严谨的格律诗；语言方面，现代口语加上文言和若干欧化语。经过了六十年的实验，新诗这种体裁已经完全确立了。"至少，我们可以说，虽然新诗尚显幼稚，但仍不乏一些优秀的作品。这自然归功于新诗的优点。

1. 白话炼字

从语言上来看，新诗以口语为主。而“口语是美的，它存在于人的日常生活里。它富有人间味，它使人感到无比亲切。口语是最散文化的，很具散文美”。一些优秀的新诗作品，挣脱修饰性的枷锁，还语言以纯净的本色。然而，这种口语并非完全等同于生活中的口语，而是由浓艳到平淡、复杂到简单的口语。例如，“梁小斌的《中国，我的钥匙丢了》，是彻底的白描性语言结构，没有典雅意象，更没有奇绝的比喻，天然朴实像乡间木讷的孩子；但丢钥匙的具体生活琐事一旦与‘中国’这个抽象庞大的概念铸在一起，则出现了奇迹，平朴语言获得了意想不到的奇妙，给人以崭新的认知感受。”其实，钥匙，正是家庭与温暖的代表。但是，“我的钥匙”却“丢了”。通读《中国，我的钥匙丢了》，显然可见诗人的一颗沉重而痛苦的童心。诗人以一颗童心看世界：结果看到的却不是一篇色彩斑斓的童话，而是一部失却童话的断代史。诗以“白描性语言结构”或日白话，给读者带来“认真思考”。同时，和古典诗歌一样，新诗也需要炼字。新诗的语言，应易懂而不俗，凝练而不杂，平易而有力。总之，“在诗艺上，白话新诗以清新、质朴、流畅、平易近人的口语取代了陈腐、深涩、僵化、脱离实际的文言文，以参差变化、灵动自然的语序建构取代了刻板雕饰、拘泥划一的诗规体制，真正实现了汉诗语言的大解放。”

2. 诗意深化

古诗虽然有着众多的优点，但在经历数千年的发展之后，到了20世纪初期，似已成为强弩之末。古诗的框架，在表达现代人的现代情思方面，显得越来越力不从心了。尤其是随着西学的渐进，中国古诗传统而单一的审美机制，越来越引起诗人们的不满。“在他们看来，真正的好诗不只要在情感上打动人，它还要能带给人知性层面的触动和精神意识上的震撼。”于是，“理性内容压倒感性形式，遂成为新诗发展的基本倾向。”于是，“我们比较中国古典诗歌和中国现当代诗歌就会发现，诗人的审美视域和诗歌的审美空间是不断扩展的。”具体说来，“古诗多表达一种知识分子诗人的态度，而且以人生的无常和人间的际遇为主，情调柔和而悲愁者多。现代诗的题材要广泛得多，思想比较刚硬而富于张力，有穿透现实的力度。”随着现代社会的发展，人的感情越来越趋于复杂化，而这种复杂的情感，正是新诗所要表达的内容。可以说，正是在哲理和理性的方面，新诗超越了古诗。废名说得好："如果要做新诗，一定要这个诗是诗的内容，而写这个诗的文字要用散文的文字。以往的诗文学，无论旧诗也好，词也好，乃是散文的内容，而其所用的文字是诗的文字。"总之，诗意深化，乃是新诗的优点之一。

3. 意象新颖

新诗所面对的挑战，就是超越古诗的成就。而为了超越古人的成就，新诗是以一种崭新的姿态出现的，并显示出与古诗有所不同的种种差异。差异之一，便是意象的新颖。冯至说："通过外国诗的借鉴，中国新诗在本国诗歌传统的基础上丰富了不少新的意象、新的隐喻、新的句式、新的诗体。"美籍华人学者奚密说："最后是意象的差异。汽车和邮筒、阿拉伯数字和罗马字母都来自现代科技、商业和跨文化交流的世界。……如果古典诗简洁的文字和密集的意象一向被视为其艺术特色，现代诗的跳跃式意象和断裂式并置提示它和西方广义的现代主义之间有着密切的联系。"例如，蓉子《晚秋的乡愁＞诗中的最后几行："谁说秋天月圆/佳节中尽是残缺/每回西风走过/总踩痛我思乡的弦"，诗所表达的感情浓度与强度，不逊于古诗。然而，诗中的月亮、西风、琴弦等，均为跳跃式意象。这种意象组合的方式，在古诗中是不常见的。

4. 诗式多变

古诗的形式，往往一律而缺少变化，多为豆腐块似的排列；即便是词的长短句，也是词牌一律而固定，不容诗人随意更改变化。现代人的生活，已然是节奏加快、多姿多彩。如果说古诗或律诗只有一个格式的话，新诗的格式，却是层出不穷的。闻一多说："律诗的格律与内容不发生关系，新诗的格式是根据内容的精神制造的……律诗的格式是别人替我们定的，新诗的格式可以由我们自己的意匠来随时构造。"因此，新诗的格式或诗式，自然多变。古诗分句而不分行，每句为意义相对完整的单位；新诗却改句为行，分行而不分句，常有跨行现象，这是新诗向西方诗歌学习的结果。黄维樑说："我们今天写的新诗，主要因为形式自由，可以相体裁衣，使形式和内容做最佳的配合。"总之，诗式多变，乃是新诗的优点之一。

5. 借鉴西诗

汉语新诗，本来就是在翻译和学习西方诗歌的背景下产生的，因此，西方诗歌对汉语新诗的影响，自然昭著。汉语新诗自诞生之始，便有了翻译腔的介入，或日出现了所谓欧化现象；同时，新诗也在形式上充分吸纳了西方诗歌形式方面的美学特质，增加了汉语传统诗歌中所没有的诗歌体式。另外，标点符号也从西方借鉴而来，古诗向来没有标点。章亚昕说："新诗之所长，在于借鉴了海外的抒情艺术体系，开拓了民族诗艺的新境界；新诗之不足，在于脱离了传统的抒情艺术体系，失去了民族审美心理图式的支撑。”总之，在诗歌的语言和艺术形式等多个方面，西方诗歌都对中国的新诗产生了重大的影响。可以说，对西方诗歌的吸取和借鉴，正是中国新诗所赖以发展和丰富自身的手段之一。

二、新诗与旧诗的区别与联系

新诗诞生于20世纪初的五四运动时期。虽然这是个新诗与旧诗的分水岭，但实际上，新诗与旧诗之间的关系，却是难以割舍的。黄维樑断言：“而观察新诗六十年的发展，我们也发现新诗并没有与传统断绝；相反地，新诗与传统有极深的关系。”那么，新诗与旧诗之间的区别与联系，究竟体现在哪里呢？

（一）新诗与旧诗的区别

新诗与旧诗，分属不同的诗歌审美系统。这主要体现在两个大的方面：其一，旧诗重音，新诗重义。其二，旧诗具格律之美，新诗具散文之美。

1. 旧诗重音，新诗重义

“旧诗重音，新诗重义，决定了新诗艺术的基本走向。诗歌是抒情的语言艺术，音与义之间以谁为主，决定不同诗歌体式的美学特质。新诗重义的美学特质，是同旧诗重音的艺术风貌相对而言的。”旧诗以格律取胜，凡不符合音韵格律者，则不能当其诗词之名；新诗以意蕴取胜，凡诗无创新之意者，则不能称其为好诗。两者的侧重点，自是不同。叶公超认为：“新诗是用最美、最有力量的语言写的，旧诗是用最美、最有力量的文言写的，也可以说是用一种惯例化的意象文字写的。新诗的节奏是从各种说话的语调里产生的，旧诗的节奏是根据一种乐谱式的文字的排比做成的。新诗是为说为读的，旧诗乃是为吟的为哼的。”总之，旧诗重音，新诗重义，这是旧诗与新诗之间最为显著的区别之一。就汉语古诗英译而言，存在着两个主要的流派：格律派与自由派，两者各持一端，各行其道。但是，古诗的英译，如果采取与新诗英译同样的翻译策略，即如果采取自由派的英译策略，则译诗不能反映古诗的面貌，只能将汉语古诗与汉语新诗混为一谈。

2. 旧诗具格律美，新诗具散文美

旧诗具格律美，新诗具散文美，这与上述“旧诗重音，新诗重义”是一脉相承的。旧诗重音，所以多具格律之美；新诗重义，所以多具散文之美。旧诗的格律美，自毋须赘言；而新诗的散文美，可从新诗的散文化得到启发："诗的散文化就是对诗的自然、流畅、朴素、清新、活泼、真挚的追求，就是对一种更接近生活原生状态的现代诗歌形式的追求。"与此同时，"新诗讲究散文美，但切勿把它和散文化混为一谈"。新诗毕竟是诗，不可随便把它降低成散文。过于散文化的新诗，注定不可能是好的新诗。所谓新诗的散文美，即指新诗所采取的散文的语言，但诗的内容，却是诗性的。另外，格律美与散文美，并非矛盾，而是可以共生同长的。因此，倘若一首新诗能散文美与格律美两者俱备，则当为新诗之精品矣。

（二）新诗与旧诗的联系

虽然新诗与旧诗分属不同的诗歌审美系统，但新诗与旧诗之间的联系，还是十分密切的。主要表现在这样几个方面：新诗旧诗，语言相传；新诗之意，因袭旧诗；诗之艺术，不分新旧；新诗旧诗，长期共存。

1. 新诗旧诗，语言相传

朱湘认为：必得采取日常白话的长处，并且吸收旧文字的优点、融化进去，然后才能创造出一种完善的新诗的工具来，只有这样，新诗才有发达的希望。确实，新诗要有新鲜的语言，还要保留着文言的优点，这样，新诗的语言才能亦新亦古、亦质亦典、亦淡亦浓、亦谐亦庄，造成诗歌语言质而不俚、流而不俗的独特风格。在新诗中适当采用一些文言而典雅的句式，大有好处，因为："在很多时候，文言句式的遒劲，文言辞藻的凝重，会给一首现代诗带来某种异质性，使之呈现为多层次多元素的奇妙混合。即使不考虑如何丰富诗篇的内在肌质，它们也可以调节语言的速度，造成节奏的变化，以拗救清一色'现代汉语'的率易平滑。"因此，从语言的层面来讲，新诗与旧诗绝不可决裂，而是应当好好地学习和继承。

2. 新诗之意，因袭旧诗

之所以说"新诗之意，因袭旧诗"，是因为，"尽管新诗最初是以与旧诗决裂的姿态出现于世的，新诗的传统仍然是整个中国诗歌传统在现代的延续，是这个大传统内部的小传统。这个情形，与古体诗、近体诗、词和曲的各别的发展相对于整个中国诗的发展是一样的关系。"新诗，实在是旧诗的别一种延续和发展。另外，孤雁、流萤、秋叶、莲花、月亮、扁舟、鱼蚕、朝雾、流云等，这些古典诗词中常见的意象，也常常出现在新诗中，这恰好表明了新诗对于旧诗的因袭与继承。

3. 诗之艺术，不分新旧

"诗有新、旧，诗的艺术性却应该不分新、旧。"旧诗有好的，新诗也有艺术质量比较高的。旧诗之旧，在于其诗歌形式之旧；新诗之新，在于其语言与内容之新。此外，旧诗新诗，毕竟共诗，即诗之为诗的艺术性。新诗与旧诗，不应该隔绝关系。新诗应该向旧诗学习的地方很多，同时还要注意创新。作为中国诗歌的一部分或一种延续，中国新诗既背叛着旧诗，又继承着旧诗。龙泉明说："中国新诗是在接通传统诗歌的基础上，又能对外来诗歌营养有所吸纳，同时在吸取外来诗歌的优长的基础上，又能从本民族诗歌传统中获得一种有机发展，即在中外古今的珠联璧合中产生出新的合成品，创造出一种崭新的诗歌模式，这种诗歌模式虽与古典诗歌模式和外国诗歌模式有着一定的内在逻辑联系，但它必定是一个新的产儿。"

4. 新诗旧诗，长期共存

首先，新诗产生之后，旧诗并没有绝迹，它仍在创作着，而且还有着很强大的生命力。其实，"新旧体诗并存的现象早在三四十年代已经出现，不少新文学大家如鲁迅、郁达夫、茅盾、田汉、何其芳，……都写下不少古体诗佳作，同样深受欢迎。"可以说，自新诗产生以来，中国的诗歌创作，就形成了新诗和旧诗并重的局面。直到 21 世纪的今天，在新诗遭受到前所未有的冷遇之时，旧体诗的创作，比之新诗，大有出其右者。其次，新诗之美，旧诗难以代替；旧诗之美，新诗也难以代替。新诗固然有新诗的好处，但是，"另外一个不可推翻的事实：而有些思想、感情或感觉，只有用文言或旧体诗才能很到位地表达出来。……我在想：若田汉入狱，瞿秋白被囚，只作新诗，而不作旧诗，大概作出来的诗，就不像是一个中国文人作出来的诗了，也就不像一个中国囚犯了，而像巴士底狱的囚犯了。"新诗与旧诗，各有所短，各有所长。其实，就像两种不同的乐器，适合于不同的演奏风格一样。

第四章　多维视角下的《诗经》英译研究

第一节　翻译研究视角下对《诗经》诗篇的英译研究

一、对《诗经》诗篇英译研究概况

《诗经》中许多诗篇的英译受到学者、译者的关注，尤其是《诗经》中的一些经典名篇如《关雎》《采薇》《摽有梅》《桃夭》《静女》《硕人》《黄鸟》《子衿》《蒹葭》等等。

所有从外国语言文学角度对《诗经》诗篇的研究论文中，笔者认为值得大家认真揣摩、阅读、研究的是李林波、李贻荫、蒋骁华等人的相关研究，他们的思路、观点和设想很值得我们学习和借鉴。李林波 2011 年发表的从《"关雎"多元英译看中国典籍外译现状与问题》以"关雎"的 22 种英译文作为研究对象，探讨各个译文在结构、主题、叙述视角、词义等多方面的差异；按照译者身份、翻译目的、译文形态上体现出的不同特征，分为"传统型翻译""现代型翻译""诗性创译"三类；并指出，现代意义上的典籍事实上是原本、注解本、今译本与外译本等的共同组合体。李林波教授的论文是"一沙一世界"式的研究，通过对《诗经》中的经典名篇《关雎》英译文的全面、细致的分析对比，提出了中肯观点和看法，而且通过这一个案分析管窥典籍翻译的一些普遍性状况与问题：如版本问题、定位问题、语言问题、文化问题等等。所以不难看出，李林波教授也很认同王宏印教授提倡的必须重视典籍英译中的"底本"研究。翻译的版本、底本研究越来越受到学术界研究者的重视。

李贻荫 1996 年发表的《（诗经・关雎）的英译》，主要就 Arthur Waley 译本、杨宪益及戴乃迭译本、Arthur Cooper 译本、许渊冲译本、汪榕培及任秀桦译本从翻译目的、词句翻译、篇章翻译等方面对比总结了各个译本的特点，并提出了一些个人设想——比如译诗与译歌词的区别何在？后者有没有什么窍门可找、途径可循？高度浓缩和精炼的译诗有没有可能通过谱曲者的加工变成译歌词？虽然笔者并不赞同把诸如《诗经》等古典诗歌译成歌词，但毕竟“诗”和“歌”同源，二者关系密切，笔者更赞同诗歌翻译要注意“音韵美”，因为诗歌的“音韵美”对于本国的文化传承和国际上的文化传播很重要。而他的设想不禁使笔者想到了最近国内外提倡的“中华诗词经典诵读活动”，二者的共同点就是通过朗朗上口的歌词或朗诵使得高雅文化变成大众文化的一部分。从这个角度而言，他的设想很有意思。

另外，蒋骁华教授的论文“异化翻译与文化传播”以《诗经·硕人》的英译为例，考察异化翻译的特点和作用，认为异化翻译是传达文化因素的最佳策略选择，对文化传播、促进文化交流具有重要作用。笔者以为，2003年学术界关于“异化翻译与文化传播”的讨论与研究还很少，所以蒋骁华教授的观点很具有前瞻性。2011年10月党的十七届六中全会提出了文化强国战略。中国五千年的优秀历史为文化强国战略的提出奠定了基础，关键问题是如何让中华文化“走出去”，当然中华典籍的传播是很重要的一方面，有远见的一些学者如卓振英教授、蒋骁华教授早在2002年、2003年就将二者结合起来讨论对典籍翻译事业的发展乃至我国的文化建设具有重要借鉴意义。

二、文学意象在《诗经》中的英译研究

（一）“意象”的概念

意象是什么？中西文论都有相关讨论和阐述，而且中西文论中“意象”的内涵不同。《诗经》中文学意象的英译研究主要从意象和中国文化的关系角度展开。

中国文论中的“意象”一般与“情和景”“诗与画”相联系。“象”最早出现在《周易·系辞上》中，“子曰：圣人立象以尽意”意思是古代圣人文辞，都是为了表达人的思想意义服务的。后来，刘勰在其经典著作《文心雕龙》中首次总结了作为文学理论术语的“象”，认为“象”指的是一切悟彻人生的艺术家能运用笔墨描写想象中的景象。之后许多关于意象的讨论都承袭了刘勰的精髓。朱光潜说：“所谓意象，原不必全由视觉产生，各种感觉器官都可以产生意象。不过多数人形成意象，以来自视觉者为最丰富，在欣赏诗或创造诗时，视觉意象也最为重要。”意象是语言的视觉功能体现。意象是“意”和“象”的统一，“意”即人的主观感情色彩，“象”即表意的符号和形象。在中国文学作品里面，自《诗经》始，对任何景物或事物的“客

观”描写，都隐含人的“主观”情感。正如金圣叹所说“《诗经》三百篇，虽草木虫鱼鸟兽毕收，而并无一句写景”。又如王国维的精辟总结“一切景语，都是情语”。中国古代文论中的“意象”一般与“情和景”“诗与画”相联系，这与中国诗歌重视写景的传统密切相关。

在西方文论中，意象的含义经历了复杂的演变过程。美国著名学者M. H. 艾布拉姆斯说：“意象是现代文学批评中最常见，也是最含糊的术语。”文艺复兴之前，意象仅指普通意义上的“影像”“仿制品”或“复制品”。17世纪末，英国哲学家Thomas Hobbes提出“想象说”。他认为“感觉是一切知识的源泉，感觉通过意象印在脑海里，想象则是储存感觉印象（即意象）的仓库。”18世纪，一些批评家开始重视诗歌中意象的作用。20世纪意象派诗歌的兴起和新批评派的观点使当代意象研究得以扩展和深化。西方文论中“意象”概念所指逐渐泛化，它与形象、象征等文艺理论术语的界限变得含糊。

（二）《诗经》中的文学意象

本文的“意象”含义侧重中国文论中“意象”概念的内涵。目前，从汉语语言文学角度对《诗经》中的文学意象已经颇为成熟和彻底，但从外国语言文学角度对《诗经》中文学意象的英译研究很少。

研究专著中关于《诗经》中文学意象英译的讨论，主要存在于顾正阳教授的专著《古诗词曲英译文化溯源》中。顾正阳是上海大学外国语学院英语系教授，在长期从事古诗词曲英译、英汉互译的教学与研究的基础上，他已出版《古诗词曲英译论稿》《古诗词曲英译理论探索》《古诗词曲英译美学研究》《古诗词曲英译文化研究》《古诗词曲英译文化视角》等古诗词曲英译方面的专著5部。他的著作《古诗词曲英译文化溯源》主要从中国传统文化角度探讨古诗词曲的英译及其技巧。他的所有翻译研究，尤为关注文化因素的英译。“实际上，在他的所有著作中，文化观起到了统领的作用。他的文化观是通过两个过程实现的：一是探索文本中沉淀千年的文化因素，这个过程也可以说是‘探宝’，二是探讨传译这些文化因素的‘道’与‘技’。值得指出的是，他对‘道’与‘技’的研究不局限在翻译的单个领域，而是拓展到文学、艺术等更为广阔的世界。这个过程也可以说是‘示宝’。”

顾正阳教授分析古诗词曲英译过程中，善于利用中国文论中的有关诗、画的概念如“动”“静”“明”“暗”“远”“近”“色彩”“留白”“有声”“无声”等等来讨论翻译中的‘道’与‘技’。书中所举译例有中外名作，也有作者的译作，其中，以许渊冲的多部著作（《翻译六论》(1991)、《宋词三百首》(1992)、《翻译的艺术》(1994)、《唐宋词一百首》(1996)、《汉魏六朝诗一百五十首》(1996)、《唐宋词一百五十首》(1996)、《唐诗三百首新译》(1997)、《唐诗三百首》(2001)等等)中的英译例子讨论为主。另外，还选用了汪榕培的《英译陶诗》(2000)、《唐宋词一百五十首》(2003)，杨宪益、戴乃迭的译著 A Dream of Red Mansions (1978) 的英译例子。也选用了外国译者如 Stephen Owen 的著作 The Poetry of the Early Tang (1978)、Hart 的著作 The Hun，dred Names (1938)、Giles 的著作 Gems of Chinses Literatures (1923)、Arthur Waley 的著作 A Hundred and Seventy Chinese Poems (1978) 等中的英译例子。

顾正阳教授关于《诗经》中文学意象的讨论很有启发性。在《古诗词曲英译文化溯源》一书中他探讨了许多文化意象的翻译问题，如第二章"古诗词曲英译中的鸟类文化"中谈到了诸如喜鹊、乌鸦、燕子、凤凰等在我国古诗词曲中所代表的意义、情感和文化内涵的英译问题。第四章"古诗词曲英译中的乐器文化"中谈到了许多古代乐器如笛、琵琶、胡笳、羌笛等中所代表的意义、情感和文化内涵以及英译的问题。其中，与《诗经》有关的文化意象有两个，即"乌"和"柳"。在该书第二章"古诗词曲英译中的鸟类文化"部分，作者讨论了乌鸦的文学意象，"'乌鸦'也有二重意义，它是慈善之鸟，据传母哺子六十日后，幼反哺其母，此一重意义；它又是不祥之鸟，朱熹注《诗经·国风·邶风》：'乌鸦，黑色，不祥之物，人所恶之者也'，此又一重意义。"另外，还有《诗经·小雅·采薇》诗句"昔我往矣，杨柳依依。今我来思，雨雪霏霏。"中的"杨柳"意象，"汉代以来，杨柳成为送别诗中的突出意象，以折柳表惜别之情，不忍送别的挽留之情意，风靡有唐一代，流风波及两宋。"

顾正阳教授所有关于意象的讨论，目的"那就是让译语读者见到浮在表面上的一点文化，让他们见到冰山一角，或者冰山一角之一角，或者是一块大冰块；让他们见到水面上的鱼尾，或者溅出的白色小花，或者微微转动的涟漪；让他们知道这儿有文化，并且透过蛛丝马迹的文化，结合诗歌意境，想象到大体的文化意义。通常是一个大的方向，不可能是精确的含义。译语读者的想象力有点像孙中山先生所说的'装上了罗盘的帆船'，它们大多数情况下能到达大洋的彼岸，但不一定到达预定的港口。联想之鸟一旦展翅，就会与本民族的文化联系起来。"所以，笔者以为顾正阳教授对我们《诗经》英译研究的启发颇大，即《诗经》意象的英译分析研究需要和我国的文学、诗学传统联系起来，更能凸现《诗经》英译研究的价值和意义。

研究论文中关于《诗经》中文学意象的讨论很少。笔者查阅相关资料，发现“张之于意儿思之于心”一文中对许渊冲先生翻译的《诗经·小雅·采薇》一诗中的意象分析很中肯。原诗“昔我往矣，杨柳依依。今我来思，雨雪霏霏。行道迟迟，载渴载饥。我心伤悲，莫知我哀!”

许渊冲先生译文如下：

“When I left here,
Willow shed tears.
I come back now;
Snow bends the bough.
Long, long the way;
Hard, hard the day.
My grief o'verflows.
Who knows? Who Knows?”

作者分析了译作中两个意象——“Willow shed tears”和“Snow bends thebough.”。“译诗中用‘Willow shed tears’来译杨柳依依，表达了离别的人一看到杨柳，就会想起离别时依依不舍的场面，就会浮现出赠柳惜别的情景，心中就会涌起离愁，也就不禁潸然泪下的情感。‘Snow bends the bough.’则把连年的征战压弯了士兵的腰肢比作大雪压弯的树枝，十分传神。”作者的这种以人的真实情感体验的再现方式分析原文和译文的意象方法很有借鉴意义，通过这种“移情式”理解和翻译，才能理解译者的妙译。实际上，译者的翻译是文学意象和审美体验相结合的合理“创译”。

第二节　文学研究视角下《诗经》英译的翻译标准和策略

一、《诗经》英译的翻译标准

译诗的标准林林总总，从古至今，中西方有许多梳理和总结，但汪榕培教授的翻译标准最简洁鲜明——传情达意。用汪教授自己的话就是“从根本上说，‘传情达意’四个字就足以概括，其余的细节都是操作上的具体问题了。”“神似必须达意才行，但又不同于字对字、句对句的对应，而是在精神实质上的对应或相似，从而给人以生动逼真的印象。”

早在1994年，汪榕培教授英译《诗经》时就提出了“传神达意”的典籍英译思想，之后始终以此为标准，以满腔热情和实干苦译的精神从事着典籍英译这项高投入、低回报的翻译活动。汪教授经过多年的文学典籍翻译实践和研究，在《传神达意译＜诗经＞》一文中，首次在国内译学界提出“传神达意”的翻译标准。“传神达意”理论的基本思想包括“传神”和“达意”两方面，而且“传神达意”二者是辩证统一的。其具体内涵是：“达意”就是表达思想之义，字、词、句、章各个层次都存在达意的问题。需要注意的是字词的字面意义的理解对于译诗的达意起着决定性作用。与此同时，修辞格的合理使用，对于达意也有着重要的作用。他引用《现代汉语词典》中的定义对“传神”作了阐述，“‘传神’的译作应该给人生动逼真的印象。就译诗而言，要给人原诗的生动逼真的印象，需要尽可能保持原诗的风貌，也就是通常所说的‘以诗译诗’。从形式方面来看，诗节的行数、诗行的长短、节奏和韵律都能相同或相似自然是最理想的。但从实践来看，要做到形似也不是一件容易的事情。”所以“传神”就是给读者以生动逼真的印象。“传神”的译作就是把原作译“活”了，拉近了读者和作者的审美距离。“达意”是翻译的基本标准，“传神”是翻译的较高标准。所以，从“传神达意”的内涵来看，该翻译理论更适合于文学翻译，而不太适用于哲学、历史、科技资料的翻译。须要指出的是，汪教授通过多年的翻译理论和实践中总结认为“传神达意”不是单纯的并列关系，而是偏正关系，即“传神地达意”，其中“达意”是翻译的基础，“传神”是“达意”基础上的锦上添花，两者是一个不可分割的整体。“达意”是忠实于原作的思想内容，“传神”则是要求忠实于原作的风格。“神似”必须达意才行，但又不同于字对字、句对句的对应，而是在精神实质上的对应或相似，从而给人以生动逼真的印象。

翻译理论来自于翻译实践，又反过来服务于实践，指导着实践。汪榕培教授是翻译理论与实践相结合的典范，他不尚空谈，根据自己扎实而丰富的翻译实践活动，提出了“传神达意”翻译标准理论，并以该理论为依据，指导自己的翻译实践。历经二十余载，汪榕培共发表译著30部，目前有8部入选中国典籍翻译《大中华文库》，包括《紫钗记》（2009）、《诗经》（2008）、《汉魏六朝诗300首》（2006）、《墨子》（2006）、《陶渊明集》（2003）、《邯郸记》（2003）、《庄子》（2003）、《牡丹亭》（2001）。目前，汪教授是《大中华文库》中收录译著最多的译者。

笔者以为，值得进一步研究汪教授“传神达意”的翻译理论与中国传统理论的渊源关系及其在当代中国翻译理论的地位和影响。关于“传神达意”的翻译理论与中国传统理论的渊源关系，笔者很认同李瑞凌的相关论述——

"'传神'是东晋顾恺之首倡作为人物画的美学要求，后来推而广之，成为我国绘画创作的最高准则。……因此，'传神达意'翻译标准的理论源头是中国传统画论，后被借鉴和移用至其他艺术领域，如传统文论和译论。……以效果论，翻译应当像临画一样，所求的不在形似而在神似……"，"无论是'传神'还是'达意'，其渗透出的忠实原则与中国传统译论中'信'的翻译标准是一脉相承的"。

二、《诗经》的翻译策略

就翻译标准和翻译策略的关系而言，翻译标准是翻译策略之根本准则，翻译策略是翻译标准的具体化和操作化形式。翻译标准既是翻译活动需要遵循的准则，又是翻译成果进行鉴定的尺度。

翻译策略可分为原语中心翻译策略和译语中心翻译策略两种。前者强调原语，后者突出译语。所以，下面谈谈影响《诗经》翻译策略的因素。

翻译策略的选择受到多种因素的影响：文本内因素（包括原文本的性质、特点）、文本外因素（包括诗学、意识形态、赞助人等等的影响，具体包括翻译背景和目的动机、译者的偏好等等，同时也受到目的语读者的阅读习惯及审美习惯的影响等），因此，造成翻译策略差异的原因有翻译发起人的翻译指令、原语文本类型、原语译语写作范式一致性等。其中，影响力最大的当属翻译发起人的翻译指令。翻译发起人是翻译赞助人甚至投资人，了解译文交际环境和用途，向译者发出翻译指令，以满足译文读者期望和社会要求，实现自身利益。翻译策略是多种因素相互作用的折中结果。

关于影响《诗经》的翻译策略的因素，下面主要以《英译（诗经·国风）》原语文本的性质和特点为例，谈一下文本内因素的影响。

翻译《诗经·国风》必须考虑到原语文本《诗经·国风》属于中国古代诗歌范畴，它同古代其他诗歌一样有共性，也有其独特之处。翻译中国古代诗歌，必须传达汉语诗歌本身的特点。

《诗经·国风》同古代其他诗歌一样具有的共性特点是：汉语诗歌的特点既表现在内容方面，也表现在形式方面，更表现在内容和形式的统一方面。特点之一，汉语诗歌重在抒情。抒情是诗歌的根本特点。诗歌凭借它饱和感情的艺术形象，情景交融的美妙意境，抑扬顿挫的节奏，格调精美和谐的诗语言，精巧、美感的形式去感染读者，激发他们的情感和联想，使他们在审美享受中获得教育和鼓舞。特点之二，更富于形象性和自由、大胆的想象。诗歌的想象，比其他的文艺作品想象更自由、更大胆，结构上具有更大的跳跃性，语言上不用连接、转折之类的词语。因为诗歌富于自由、大胆的想象，所以，诗歌能给读者留下广阔想象余地，极易调动读者联想的积极性，使读者获得更为丰富的想象。特点三，高度凝练，短小精悍。诗歌由于着重抒情，所以在内容和形式方面，必须高度凝凝练，用尽可能短小的篇幅，最小、最精确、最富于表现力的语言，集中概括地反映社会生活，体现作者的思想感情。由汉字记录的汉语诗歌具有独特的语言造型之美。

在我国的诗歌发展史乃至文学发展史中，《诗经》具有重要而独特的地位。《诗经》在我国文学史上有着很高的地位，对后世的文学创作影响极为巨大。首先，它是我国最早的诗歌结集，是诗歌创作的光辉源头，滋养了我们的文明和文化，也成为世界文学、文化的重要部分。其次，它奠定了汉语诗歌的抒情传统，成为诗歌创作和鉴赏的重要内容。而《诗经·国风》部分又是《诗经》中的精华，是抒情诗中的的佼佼者。《诗经·国风》收入了大量的民歌，它们真实而全面地反映了古代的社会生活，直接而鲜明地表达了劳动人民的思想感情，所以更注重抒情；同时在艺术上，也创造了朴素和优美相结合的范例。所以如果说《诗经》是我国文学的光辉起点，《诗经·国风》则是我国文学精华中的精华，是我国文学宝库皇冠上的一颗璀璨明珠。

《英译（诗经·国风）》的翻译策略和汪教授的一贯翻译标准一致。其“传神达意”翻译标准体现出的基本翻译主张是在准确理解和解读的前提下，阐释和表达原作的思想内容，这也是“传神达意”翻译理论的核心思想。

所以汪教授翻译诗歌，尤其是《诗经·国风》的策略是在坚持“传神达意”翻译标准的前提下，坚持“以诗译诗”的原则，更好地体现《诗经·国风》中诗歌的抒情美、思想美和音乐美。因为只有以诗歌的形式来译诗才能达到最佳的效果，因为诗歌跟其他文学样式最大的区别在于它具有强烈的抒情美学功能——正所谓“诗言志”。翻译理论和实践中他坚持以顺畅自然、符合英美读者阅读习惯的英语诗歌来翻译中国诗歌，体现中国诗歌特有的声美、形美、意美，突出中国诗歌特有的简洁、凝练和形象、耐人寻味之特点。即使遇到体现中国特有的文化、传统的词汇和名称，汪教授一般采用“直译”的翻译策略，目的是希望读者阅读轻松愉快，获得最大化的审美情感体验。正因为如此，在他的译著中很少使用注释。因此可见，汪教授很有“读者意识”，目的是希望读者阅读轻松愉快，不至于使读者迷失在一大堆“注释”当中。尽管由于语言、文化等方面的差异，诗歌翻译的时候必然会失去某些原有的特点，但是汪教授尽量通过补偿的方式使其获得新的生命。

具体的《诗经·国风》的翻译策略实质是汪榕培教授“传神达意”翻译

原则具体内涵和外延的典型体现。“传神达意”内涵和外延包括：“传神”既指传递外在的形式（包括诗节、分行、节奏、韵律、意象等），也指传递内在的意蕴（包括推敲字义，传达诗篇的立意背景、内涵、语气、乃至关联和衔接等）。“传神达意”要求译者熟悉原诗的内容、形式和音韵，研究英诗的表达和格律，还要求译者把握诗歌翻译中出现的文化差异。

根据笔者研究，汪榕培、潘智丹教授在翻译《诗经·国风》时，首先注意保持诗歌外在形式，具体表现在以下几方面：诗节完全忠实于原文，分行大多忠实于原诗歌分行，节奏、韵律亦基本忠实于原文。韵律一般遵循《诗经·国风》的押韵特点，即隔行押韵且一韵到底。译文意象和原文意象相比则变化较多。其次，译者注意传递原诗的内在意蕴，包括诗歌的主旨内涵，诗作采用的语言、语气及句与句、诗节与诗节之间的衔接自然而流畅。以《诗经·国风》开篇的《关雎》为例详细分析，为了便于分析对比，兹将《关雎》原文及汪榕培、潘智丹译文抄录如下。

关雎	The Cooing
关关雎鸠，	The waterfowl would coo,
在河之洲。	Upon an islet in the brook.
窈窕淑女，	A lad would like to woo,
君子好逑。	A lass with nice and pretty look.
参差荇菜，	There grows the water grass,
左右流之。	The folk are fond to pick;
窈窕淑女，	There lives the pretty lass,
寤寐求之。	For whom the lad is sick.
求之不得，	Ignored by the pretty lass,
寤寐思服。	The lad would truly yearn.
优哉游哉，	The day is hard to pass;
辗转反侧。	All night he'll toss and turn.
参差荇菜，	There grows the water grass,
左右采之。	The folk are fond to choose;
窈窕淑女，	There lives the pretty lass,
琴瑟友之。	Whom the lad pursues.
参差荇菜，	There grows the water grass,
左右芼之。	The folk are fond to gain;
窈窕淑女，	There lives the pretty lass,

钟鼓乐之。 The lad would entaintain.

上述译文总体译文自然、流畅、优美。汪教授曾坦言“就译诗而言，要给人原诗的生动逼真的印象，需要尽可能保持原诗的风貌，也就是通常所说的‘以诗译诗’。从形式方面来看，诗节的行数、诗行的长短、节奏和韵律都能相同或相似自然是最理想的。但从实践来看，要做到形似也不是一件容易的事情。”从翻译《关雎》中便可见确实如此。就《关雎》形式翻译方面而言，汪教授翻译《关雎》标题采用 The Cooing 是典型的意译，标题作者没有采用直译 The Waterfowl，笔者比较认同这种译法，因为正是意译才可准确传达原诗旨意。从传达原诗内涵方面分析，这个标题准确、简洁而形象表达了诗歌的主旨内涵，即通过动物的求偶声音和行为 The Cooing 喻之青年男女子之间表达爱慕和追求的过程及详细的心理过程。就诗歌形式方面而言，原文和译文均为四节且每节为四句，每句由 4～6 个单词构成；节奏自然而舒缓。韵律采用的是 abab cdcd cece cfcf cece，与原诗隔行押韵且一韵到底的韵式相符，所以译诗读来音韵铿锵悦耳，颇有诗味、美感。作为译诗者能做到这一点，实为不易。

就《关雎》内容翻译方面而言，译文语气和时态除第一节、第三节第二句和第四节最后一句采用过去时态外总体采用第三人称一般现在时，属于“历史现在时”的用法，这很利于历史性地还原《诗经》时代先民当时的恋爱生活细节，给读者以身临其境、如入诗境之感，所以笔者以为如果全诗统一采用第三人称一般现在时描述的话，译文在时态方面全诗更和谐统一。诗句间的衔接自然流畅，按其恋爱发展过程详细描述恋爱中青年男女的容貌、动作和心理，尤其第三节描述细腻而生动，比如 yearn，pass，toss and turn 等词汇的选用很准确、传神。“左右流之”，“左右采之”，“左右芼之”中的三个动词分别译作 pick，choose，gain，选词富于变化且似乎在暗示“君子”对配偶“淑女”的选择挑选很慎重。但笔者以为也有选词不当之处，如将“关雎”译为“waterfowl”即“水鸟，水禽”太笼统，因为水禽包括的具体种类实在太多了，选用了语言学中所谓的“上义词”而没有选用具体的“下义词”，所以笔者以为选用 turtledove 更准确，因为”根据《新英汉词典》turtledove 的比较贴近诗中原意：A small slender European dove having a white-edged tail and soft purringvolce.”关雎轻柔的求偶声恰似恋爱中青年男女情意绵绵的呢喃细语。另外，关于诗中的“荇菜”的选词也有待推敲，汪、潘选用“water grass”显然也属于“上义词”而没有选用具体的“下义词”。

另外，笔者对比了2008年的上海外语教育出版社的《英译（诗经·国风)》和同年的湖南人民出版社出版大中华文库中的《诗经》两书中《关雎》的译文，发现二个译本该篇的英译文完全一致。不一致之处在于大中华文库版本的《诗经》卷在每篇诗歌前增加了程俊英、蒋见元的今译文，这可能是出于大中华文库丛书出版的统一体例要求，所以笔者不得不从众多今译本选则较为认可的版本作为今译本参考。汪教授曾表示，翻译过程中他没有依照某个特定的版本或某派阐释，而是博采众长，择善从之。正如大中华文库的“前言”中所言“我们的译文最初完成于12年前，当时阅读了国内可见的《诗经》各种版本并参照了多种注解、今译和阐释，没有依照某个特定的版本或某派阐释，而是作了自己的判断和选择，但是篇章和诗行的大意均有所循，按照传神达意的原则进行翻译，通过英诗的形式对《诗经》进行再创作。……在译文即将收入‘大中华文库’之际，我们除了对若干细节略作调整以外，总体没有作大的变动……”

第三节　意象主义下诗学的构建研究

一、庞德生命里的《诗经》

庞德的一生是功业卓著的一生，也是命运多舛、漂泊追寻的一生。T. S. 艾略特誉他为“诗歌革命家”，莫克雷西（Archibald MacLeish）称赞他是“本世纪对英语诗歌影响最大的人”。他也因自己的政治主张与法西斯主义的关系而被指控为“叛国者”，并遭受过监禁。而无论是“诗歌革命家”的庞德，还是“叛国者”的庞德，都是与中国密切联系着的庞德。可以说，没有中国文化，就没有誉满全球的庞德；没有中国文化，也没有争议纷纭的庞德。

庞德与中国文化之缘始于1908年，颇感“人生不称意”的他于1908年漂洋过海来到英国伦敦，在那里他结识了翻译家艾伦·厄普沃德（Allen Upward)，并读了厄普沃德翻译的《论语》（节选）。从此，中国文化，尤其是儒家思想文化成了他生命中不可分割的一部分。

数年后，庞德生命中的另一件大事发生了——他得到了费诺罗萨的私人手稿——一本关于中国经典的札记。

费诺罗萨是美国人，毕业于哈佛大学，19世纪晚期在日本东京大学任教数十年，19世纪90年代回国后任波士顿艺术博物馆日本部负责人，并撰写《中日艺术史》(Epochs of Chinese and Japanese Art)。1908 年，他偕夫人去伦敦大英博物馆查阅资料，不幸心脏病突发去世。1912 年，费诺罗萨夫人重返伦敦为《中日艺术史》出版做最后的校对，在这里她与庞德邂逅，庞德从她的手中得到了这部影响了他整个余生的珍贵手稿。

1915 年，经过一年的努力，庞德在费诺罗萨手稿的基础上创作的《神州集》问世，其中就有选自《诗经》的《采薇》。这是庞德与《诗经》的首次接触。

庞德对《诗经》较全面的了解得益于翟利斯（H. A. Giles）的《中国文学史》(A history of Chinese literature. Taipei：Appleton and Co.，1923)。他于 1914 年读了翟利斯的《中国文学史》，但并没有读到《诗经》的全文。他于 1916 年在给父亲的信中说："不知道有没有好的《诗经》译本。我手头有鲍狄埃（M. G. Pauthicr）的一部法文译本，但不是《诗经》，而是《四书》。"1917 庞德读到了威廉·詹宁斯（William Jennings）《诗经》英译本《中国古诗经典——（诗经）》(The Shi King：The Old "Poetry Classic" of the Chinese)，但不知为什么，他却称其为"可怕""不可卒读"。I920 年，他又得到了孙璋（Lacharme）于 19 世纪早期翻译出版的拉丁文《诗经》译本。至此，庞德已经通过不同的语言，开始对《诗经》有了进一步的了解。

尽管此时的庞德并不通晓多少汉语，但他并不满足于读《诗经》的西文译本。实际上，他对读过的译本充满了怀疑，因此他开始寻求原文《诗经》。终于，1936 年他结识了日本友人北園克衛。次年，北園克衛从东京为他寄来了厚厚的四卷本《诗经》汉文本。

此时，庞德已经身在意大利。由于当时意大利国内政治形势的需要，庞德得到《诗经》汉文本后，并没有立刻开始翻译。他先是去研究中国历史，并继续撰写他的《诗章》第 LII 到 LXI，因为此时他的手头上有德·麦拉（de Mailla）著的《中国通史》(L'Histoire G6neral de la Chine)。不久以后，第二次世界大战爆发。庞德在罗马广播电台连续发表反英美言论，并公开赞扬墨索里尼和希特勒的法西斯政权。为此，他于 1945 年 5 月被美军逮捕，并被关进比萨附近的一个军事监狱。1945 年 11 月，庞德被押解回美国，准备在华盛顿联邦法院接受审讯，但联邦法院以患严重精神病为由对他免予起诉，并送他到圣·伊丽莎白医院进行治疗。1958 年 4 月，在公众的要求下庞德终于获释。就是在圣·伊丽莎白医院的这 13 年间，庞德一边继续写《诗章》，一边翻译《诗经》，后者于 1954 年由哈佛大学出版社出版。

二、意象主义诗学的实践与发展

尽管庞德的《诗经》翻译有一定的政治目的，并在翻译《诗经》的过程中对《诗经》的社会、政治、伦理、道德内涵进行了发掘和阐释，但他并没有把《诗经》翻译成散文或者政治论文，而是翻译成了诗。作为诗人，庞德无法忽视《诗经》的文学性。对他来说，《诗经》是一部政教经典，也是一部音乐合唱。他从中不仅听到了古人的歌唱，而且也听到了现代人的歌唱。20世纪初以来，庞德创作《神州集》和《诗章》，倡导“诗歌革命”，并不断构建和发展着他的意象主义诗歌理论。到《诗经》翻译为止，“诗歌革命”虽然已近尾声，庞德却仍在实践和完善着他的意象主义诗学，因此《诗经》翻译是他的诗歌创作生涯中不可分割的一部分。从语言特点上来看，庞德的《诗经》用的是雕塑艺术一般的语言。他模仿了蒙太奇式的语义组合手法，因为他相信，蒙太奇式语义组合就是汉语的本质特征。从意象的运用上看，庞德仍然遵循了《神州集》所开启的意象主义传统，在译诗中创造了大量的意象，可以说是庞德意象主义最集中最广泛的实践活动。从音乐性上来看，他关心活着的人的歌唱，关心诗篇的节奏和乐调，把一部分精力放在了传达诗篇的各种音乐性或诗篇的文学性上，“注重创造《诗经》的音乐感”。在风格上，为了在译诗中能为20世纪的西方读者创造一种主题上的宽阔感，庞德比其他任何诗人都更多地从西方文学中借用了多种韵律模式和声音表现手法，而这一切他在《神州集》和《诗章》中就已经开始使用了。综观整部译诗集，我们仍能够看到庞德“实验”和开创诗歌艺术的努力。

1913年，庞德在他主编的《诗刊》上发表希尔达·多丽特（Hilda Dollittle）的三首诗，首次称其为“意象派”，标志着意象派诗歌运动的开始。1914年，庞德出版《意象主义诗歌选集》(Des Imagistes：An Anthology)，正式提出意象派的三项创作原则：一、直接处理描述对象，无论是主观处理，还是客观处理；二、绝对不用无助于表现的词语；三、关于韵律，依据乐句旋律而不是依据节拍的机械重复进行创作。一年后，《神州集》出版，这是第一部意象主义诗歌的代表作，此后，意象派手法在《诗章》的创作中得到了十分广泛的应用。庞德的诗歌创作理论，实际上在翻译中也照例执行，他主张要“准确翻译细节，个别单词，单个的甚至是破碎的意象。而不去试图呈现整部作品唯一的整体的意义”。（Gentzler，2001：15）《诗经》的翻译当然也不例外。

观察庞德的《诗经》翻译，可以清楚地看到以下三个特点：高度的意象化；浓缩、质朴的语言；自由的节奏。

1. 高度的意象化

庞德在《诗经》翻译中自始至终采用的是全面意象化的策略。但值得注意的是，在大多数情况下，这些意象与原来意象相比是取象同而寓意不同，因此他在诗篇中使用的意象实际上是在原意象基础上的新的“发明”。此举数例观之：

（1）植物意象

名物意象是在译诗中出现最多的，原诗中的大部分事物，如植物、动物、器物等，都被重新意象化了。例如《葛覃》：

Shade o'the vine,
Deep o'the vale,
Thick of the leaf,

译诗中出现了五个单个意象：shade、vale、leaf、bird、oriole。这些意象非常简洁鲜明，被并置在一起，没有关联，没有阐释，喻义也不十分明确，是典型的意象派式的意象。但在有的诗中，不仅意象鲜明，寓意也是明确的。

《中谷有蓷》中庞德集中塑造了一个“衰草”意象，它喻指被遗弃的女子：

Dry grass, in vale:
“alas!
I met a man, I
met
a man.
Scorched, alas, ere it could grow.”
A lonely girl pours out her woe.
“Even in water-meadow, dry.”
Flow her tears abundantly,
Solitude's no remedy.

“dry grass”被太阳烤焦，不能生长；甚至在水泽地，也衰萎枯干。这一意象的寓意被后文的两句话点明：A lonely girl poursout her woe. Flow her tears abundantly, Solitude's no remedy. 译诗主要以意象抒情达意，与原诗在手法与效果上并不相同。

（2）光的意象

庞德在《雅》《颂》部分也创造了大量光的意象。庞德对光的意象创造，主要集中在《雅》《颂》部分。光的意象代表天和上帝，是光明、正义和权威的象征。因为篇目众多，其中一部分见下表：

篇目	原　文	译　文
小明	明明在上，照临下土。	Light upon light that shines above thesky，naught here on earth evades thyglittering eye.
文王	文王在上，于昭于天。	Bright，aloft，Wen，glitteringly，Chou，tho'an old regime，gat new decree.
大明	明明在下，赫赫在上。	O light that shineth neath dire power aloft.
昊天有成命	昊天有成命	Light above heaven focused the decree
时迈	时迈其邦，昊天其子之？	Light over sky through sky/this son is its leaf?
板	天之牖民，如壎如篪。	Light's lattice，the sky aloft，tunes manas flute or pitch pipe can.
雨无正	浩浩昊天，不骏其德。	Light，light aloft/slow in the deed.
抑	昊天孔昭	Bright is the light that gleams in over-sky

这些光的意象都有如下特点：高高在天庭之上（aloft，abovethe sky，above heaven），明亮（bright，shine，gleam，glitter），遍布整个天宇（light upon light，over sky through），被赋予一种神秘感和崇高感。它是极权的象征，它降命于天下，监视人君。它并不总是赐福于整个天下，而是赐福于明君、于大治之国，同时也降罚于昏君，降灾于庶民。文王被神化为“光”，居周朝至高神的地位。“light”这一意象可能与庞德对汉字“明”的解读有关。庞德在《大学》中借用曾子的训释，把“明”的意义作了这样的阐释：

①It is said in the K'ang Proclamation：He showed his intelligence by acting straight from the heart.

②It is said in the Creat Announcement：He contemplated theluminous decree，and found the precise word wherewith to defineit.

③1t is said in the Cannon of the Emperor（Yau）：His intelligence shone vital over the hill-crest，he clarified the high teachingvirtue，id est，that action which is due to direct self-knowledge.

他最后总结说：“所有这些解释都来自‘日’‘月’相结合构成的象形字的意义，即这个汉字表示所有的光照过程。”（Allthese statements proceed from the ideogram of the sun and moonstanding together. [that is，from the ideogram which expresses thetotal light process.]）由此，“light（光）”被赋予崇高的意义，其意象在译诗中得以广泛应用。

（3）声音意象

《诗经》中有许多拟声词，如鸟叫声、器乐声、物体撞击声等。庞德翻译时没有局限于机械地模仿这些声音，而在很多情况下把声音也意象化，从而声音也具有了意义。如《关雎》的“关关”声，就被创造成了一个十分独特的意象：

“Hid! Hid!” the fish-hawk saith，（关关雎鸠）

“hid”不是译者模仿鸟叫声出现的失误，而是有意选定的词。它有两层意义：从表面上看，它是模仿雎鸠鸟的叫声；在深处则有“藏匿（hide）”的意思，与下文结合在一起，就隐藏着关雎鸟寻求某物的意思。下文明示了这层意思：

by isle in Ho the fish-hawk saith：
“Dark and clear.
Dark and clear，
So shall be the prince's fere，”

原来，fish-hawk 声声叫着“hid”，暗指的是“Ho”（河）水幽深，其中也必有所匿藏。“fish-hawk”就是“君子”（prince），“河”（stream）就是“窈窕淑女”（fere），关雎寻求河中之物，喻指的是“prince”在“fere”身上探寻什么。至于所探之物，则有多解，指美德亦可，指性的愉悦亦可。从原始宗教的角度看，诗中的关雎鸟本来象征着男根，河、鱼象征着女阴。《关雎》中的“关雎”与“河”“鱼”的意象即源自古人的生殖崇拜。庞德在译诗中创造了鸟、河意象，其寓意已有所变异。类似的声音意象还有《草虫》中的“chkk”、《小雅·鸿雁》中的“whish”。

庞德有时还把乐器发出的声音意象化。如《有瞽》中的鼓、应田、鞉、馨、圉、箫管等发出的“肃雝和鸣”被用意象的手法突出出来，并赋予意义。《有瞽》云：

应田县鼓，鞉磬柷圉。
既备乃奏，箫管备举。
喤喤厥声，肃雍和鸣，先祖先听。
Drum sound shall make the “field”.
Stone gong，the “stall"，
With bamboo's ordered tones to “left” it all.

Lordly voice, played,
Over-played
Professional of sound
Reaching the shades
As this sound's mysteries.

乐器发的声音当然并不是“field”“stall”“left”，译者用它们来模仿声音并不逼真，但听起来却较肃穆，且可以赋予某种寓意。这三个词不仅已成为诗中“声象”，其本义也同时被用来人诗，从而创造出一种与祭祀仪式上人神对话相谐调的氛围。这不能不说是译者奇异的创造。

(4) 动作意象

在《诗经》翻译过程中，意象派“漩涡”意象手法显然是被使用了的。《诗经》中的采摘意象较多，庞德就把其中一些改造成了“漩涡”意象。如《芣苢》：

采采芣苢，薄言采之。
采采芣苢，薄言有之。
采采芣苢，薄言掇之。
采采芣苢，薄言捋之。
采采芣苢，薄言袺之。
采采芣苢，薄言襭之。

pluck, pluck, pluck, the thick plantain;
pluck, pick, pluck, then pluck again.
Oh pick, pluck the thick plantain,
Here be seeds for sturdy men.
Pluck the leaf and fill the flap,
Skirts were made to hide the lap.

译诗通过多次重复“pluck”“pick”，有效地突出了这两个动作，妇女忙忙碌碌反复采摘车前的形象如在眼前。第四行的 seeds 使采摘的意象带上了浓郁的民俗意味，这样看来，“pluck”“pick”就不仅是采车前了，而是同时隐喻了男女交合，由此祝祷生子的文化意义似乎在此也能够感受到。

2. 浓缩、质朴的语言

汉语诗追求“以物观物”为诗人与物象的最高感应形态，其结果是在诗中获得“意境”。“以物观物”的思维形式表现在语言上，就是事物间的并置，中间没有知性的参与，没有逻辑的分析。这种思维表达方式，近似于电影中的蒙太奇手法。在这种思维状态下，诗人与事物融合，成了事物的一部分。他忘却了事物的意义分析，抑或是太理解事物以至于无法言说，所以把事物间的关系和意义的分析和阐释任务全部留给了读者。庞德在《诗经》翻译过程中就模仿汉语特点，使用了蒙太奇手法。当然，他使用这种手法的目的，并不在于追求译文语言风格的忠实性，而在于加强译诗的艺术效果，这是与他的意象主义诗学相一致的。译诗中经常可以看到译者把事物并置的例子。如《十月之交》：

日月告凶，不用其行。
四国无政，不用其良。
彼月而食，则维其常。
此日而食，于何不臧。

Sun，moon，foretell
evil? run wild，
State without rule，
good men exiled.
Moon's gnawed out in normal course，
What imprecise force
Swallows the sun?

诗中前五行平行叙述了四种事物，译者没用任何显性逻辑手段对事物间的关系进行分析，最后两行暗示出前四种事物的意义，即天下多灾多难，原因是昏君当道，丧德无良。蒙太奇手法在《彤弓》中运用得更加典型：

Unstrung red bow，
Honour's token，honour'd guest，
From my heart's sincerity，
Bang gong，bang drum
Till the noon come，
Feast.

“red bow. token，guest，gong，drum，noon”这些词语看上去很随意地放在诗行里。从句法上看，这首诗的语言更加零散，诗行都是由单个词或词组构成的，其间的逻辑关系也更加隐讳，需要读者自行去推演。

以上是庞德在译诗当中部分运用蒙太奇手法，有时译者还在整首诗中运用，使译诗语言洁净得如水晶一般。如《鹊巢》：

Dove in jay's nest

To rest.
She brides
With an hundred cars.
Dove in jay's nest
to bide,
a bride
with an hundred cars.
Dove in jay's nest
at last
and the hundred cars
stand fast.

与原诗一样，译诗分为三章，每一章由鹊在巢中和新娘在车中两个意象并置对照，意象由词语构成，其间不掺入解释性词语，语言浓缩之甚，无以复加。

从整体上来看，庞德的译诗语言具有高度的意合性。不仅如此，从以上举例来看，庞译的诗句中很少使用修饰性的词语，有种赤裸裸的朴素感。从这里我们清楚地看到了意象派诗学第一条原则的影子，这条原则贯彻到了庞德的每一篇译诗当中。

3. 自由的格律

美国传统诗歌一般每个诗行都有三到六个音步，格律也较齐整。与传统的英语诗相比较，庞德翻译《诗经》使用的是一种新的形式。从上述数例可以看出，其突出特点是诗行长短不一，有的诗行很短，节奏显得较急促，西方传统诗歌中的严格的格律形式在他的译诗中很难找到。再如《东方之日》：

Sun's in the East,
Her loveliness
Comes here
To undress.
Twixst door and screen
at moon-rise
I hear
Her departing sighs.

译诗的诗行长度则相差较大，格律参差不齐，只有大致的韵脚韵。第一、二、五、六行每行两个音步，第三、四、七行每行只有一个音步，而最末一行有三个音步，且其中一个为不完整音步。每个音步的格律十分不固定，表现出意象派鲜明的自由风格。这首译诗代表了庞德《诗经》译本中所有译诗格律的一般面貌。

综观庞德《诗经》译本，译者使用的意象多数是创造出来的“意象派”式的意象，在很多情况下，这些意象与原诗意象并不吻合。但正因为如此，我们才更加清楚地看到了庞德在《诗经》翻译过程中实践和发展意象主义诗学的努力。

三、风格的多样化

庞德认为，《诗经》有《风》《雅》《颂》之分，诗篇的风格各不相同，因此在翻译过程中也采用了多种风格。在 305 首诗中，有些被译成了自由诗体，有的使用现代词汇。很多译诗模仿了盎格鲁·撒克逊诗歌、钦定《圣经》本中的诗、伊丽莎白时代的诗，有的译诗模仿了斯宾赛、罗伯特·彭斯、罗伯特·布朗宁，有的还模仿了美国乔尔·钱德勒·哈利斯的乡音，还有的吸收了希腊、罗马诗人的诗歌创作艺术，如荷马、贺拉斯等。此外，庞德也模仿原诗的风格。由于庞德在译文中拼凑了众多的诗学传统，使译文也形成了风格多样性的突出特点，但同时也造成了译文缺乏统一性和整体性的缺陷。这里仅就其中四种风格试作分析。

1. 美国民歌风格

庞德运用美国民歌风格翻译《诗经》，最突出的一篇是《小雅·黄鸟》。读着译文，一股浓郁的美国南部的乡土气息扑面而来：

Yaller bird, let my corn alone,
Yaller bird, let my crawps alone,
These folks here won't let me eat,
I wanna go back whaar I can meet
the folks I used to know at home,
I got a home an'I wanna' git goin'.
Yalla' bird, let my trees alone,
Let them berries stay whaar they'z growin'.
These folks here ain't got no sense,
can't tell'em nawthin' without offence,
Yalla' bird, lemme, le'mme go home.
I gotta home an'I wanna' git goin',

Yalla' bird, you stay outa dem oaks,
Yalla' bird, let them crawps alone,
I just can't live with these here folks,
I gotta home and l want to git goin',
To whaar my dad's folks still is a growin'.

译诗采用两种手段来突出民歌风格：一是诗中通篇使用不规则发音：yaller（yellow）、yalla（yellow）、wanna（want to）、git（get）、whaar（where）、nawthin'（nothing）、gotta（go to）、lemme（let me）、le'mme（let me）、dem（the）；二是使用非常语法结构：These folks here ain't got no sense、can't tell em'nawthin' without offence。这些不规则的发音和语法结构，使诗歌染上一层率真、粗犷的民歌情调，读来十分亲切。然而，译文的风格明显已去原诗甚远，原诗尽管是民歌风，但从遣词到句法都规范而儒雅。不过，庞德并不总是这么极端化，相比之下，《采葛》虽然也采用民歌风，读起来则文雅得多：

Plucking the vine leaves, hear my song:
"A day without him is three months long."
Stripping the southemwoods, hear my song:
"A day without him is three autumns long."
Reaping the tall grass , hear my song:
"A day without him is three years long."

2. 希腊、罗马古诗风格

有的译诗用词古雅，气氛庄严肃穆，很容易使人联想到古希腊、罗马诗。这实际上是译者有意模仿希腊、罗马诗风格的缘故。《天保》主要表达敬天安民的思想，使用希、罗古诗风格有利于突出内容的严肃性：

Heaven conserve thy course in quietness,
Solid thy unity, thy weal endless
That all the crops increase and nothing lack
In any common house.
Heaven susteyne thy course in quietness
That thou be just in all, and reap
So, as it were at ease, that every day seem festival.
Heaven susteyne thy course in quietness
To abound and rise as mountain hill and range

Constant as rivers flow that all augment
Steady th' increase in ever cyclic change.

Susteyne、thy 等古语的使用，与诗的内容和主题十分和谐，气氛古朴而庄严。

3. 汉古诗风格

在庞德的整个《诗经》译本中，与原诗风格最接近的一首译诗是《郑风·女曰鸡鸣》。这是译者在重新创作中对原诗风格的模仿。诗中使用了在中西诗歌中鲜见的对话的方式。试将原文和译文加以对照如下：

女曰："鸡鸣。"
士曰："昧旦。"
"子兴视夜，明星有烂。"
"将翱将翔，弋凫与雁。"
"弋言加之，与子宜之。
宜言饮酒，与子偕老。
琴瑟在御，莫不静好。"
"知子之来之，杂佩以赠之！
知子之顺之，杂佩以问之！
知子之好之，杂佩以报之！"

"Cock crow!" she says.
He says: "Tis dark."
"Up sir", she says,
"Up, see, get out
and shoot the geese that be flyin' about"
"You shoot, I cook, that is as it should be,
Eat, drink, grow old in mutual amity,
guitars and lutes in clear felicity.
I knew you'd come, by the girdle stone,
I to obey for the second one.
Three stones at a girdle be
Signs of retumed felicity"

4. 意象派风格

庞德的大部分译诗都是以意象派原则为翻译标准的。因此译诗中使用最多的还是意象派风格。以《清人》为例：

清人在彭，驷介旁旁。
二矛重英，河上乎翱翔。
清人在消，驷介麃麃。
二矛重乔，河上乎逍遥。
清人在轴，驷介陶陶。
左旋右抽，中军作好。

Ts'ing men in P'eng
having a fling,
staff car，tasseled spears，snorting
horses cavorting,
by Ho!
Ts'ing men in Siao，staff cars clank,
one spear higher than tother
as they meander
by Ho bank.
Ts'ing men in Chou,
drivers，guards，and a left tum，right draw,
space，a place,
as we observe the commander's
affable face.

蒙太奇式的意象并置，鲜明的意象塑造，简洁、生动的语言，短小的诗行和篇章是本诗的特点。

庞德在译诗中采用多种风格，在很大程度上反映出了《诗经》中诗篇风格多样性的特点。这一点是其他译本所没有做到的。但存在的问题是，《诗经》中不同的诗篇风格虽然有所不同，但是仍有较高的统一性，而译诗则破坏了这种统一性。《风》《雅》《颂》在风格上大致可以分成三大类，而作者采用的风格则过于分散，所以在一定程度上又歪曲了《诗经》风格多样性的总体风貌。

第五章　文学研究与《诗经》英译的统一

第一节　中西方《诗经》的新发展

一、我国现代《诗经》学研究的文学转向

20世纪初，“五四”新文化运动爆发，《诗经》学从此摆脱了两千年封建统治的束缚，开始走上了自由发展的学术研究道路。

以“五四”新文化精神研究《诗经》的首推郭沫若。1922年，他从《诗经》中选出40首译成现代文，名曰《诗经选》。他在本书前言中说：“我们的民族，原来是极自由极优美的民族，可惜束缚在几千年来礼教的桎梏之下，简直成了一头死象的木乃伊了。可怜！可怜我们最古的平民文学，也早变成了化石。”郭沫若“大胆”地离经叛道，凭个人对诗篇的直接感受来解诗。他选择的40首诗中有21首是王柏所要删除的所谓“淫诗”。这本译诗集的基本主题是讴歌自由和爱情，讴歌对幸福的勇敢追求。

胡适于1925年也指出，《诗经》不是经，而是“慢慢收集起来的一部古代歌谣总集”，它在《谈谈诗经》中说：“《诗经》并不是一部圣经，确实是一部古代歌谣的总集，可以做社会史的材料，可以做文化史的材料，万不能说它是一部神圣的经典。”他认为，古代经师所作的序说完全是曲解，所以应该推倒封建经学的全部解说，把“三百篇”当作古代歌谣重新研究。他提出《诗经》研究有两条路：第一是训诂，对于《诗经》的文字和方法上都重新注解。第二是解题，大胆地推翻传统经学的附会，用科学的、历史的、文学的眼光重新给每首诗下个解释，提倡新解。

1926年2月，顾颉刚发表了《瞎子断扁的一例——（静女）》，迅速引起了一场《诗经》大讨论，史称古史辨派。洪湛侯把这场《诗经》大讨论的主要特点总结为：①发扬反封建的民主思想，对封建经学发动了猛烈攻击。②主张尽抛旧说，彻底摆脱《诗序》和《传》《笺》《注》《疏》，重新开始研

究。“诗经大讨论”对《诗经》学的现代转向起了巨大的推动作用。

1926年，鲁迅在其《汉文学史纲要》中，批判了儒家诗教和“淫诗”说，后来在《且介亭杂文二集·从帮忙到扯淡》一文中又明确指出，“《诗经》是经，也是伟大的文学作品”。

闻一多不仅批判了传统经学对《诗经》的曲解，同时对近人以史事研究代替文艺研究的做法也痛加针砭。他在《文学的历史动向》一书中说：“在它（《诗经》）开宗的第一声里，便预告了它以后数千年间文学发展的路线……我们的文化大体上是从这一刚开端的时期就定型了。文化定型了，文学也定型了，从此以后两千年间，诗——抒情诗，是我国文学的正统类型，甚至除散文外，它是唯一的类型。”闻一多力倡把《诗经》当文学作品看待，并从方法论上主张用民俗学的方法研究《诗经》的内容与形式，同时主张利用文字学、考古学、社会学，根据当时的时代背景、社会结构和意识形态的特点，对《诗经》进行全面研究。他的观点和方法在世界范围内的《诗经》研究者当中产生了广泛的影响。

概括地说，20世纪末期《诗经》学研究的特点是基本上在《诗经》研究中批倒了封建经学思想，恢复了“《诗经》的本来面目”。学者们就重新确定《诗经》的价值的问题达成了共识：第一，《诗经》是中国古代第一部诗歌总集，具有重要的文学艺术价值；第二，《诗经》保留了丰富的上古社会史料、文化史料、博物学史料，真实而可信，具有宝贵的历史学史料价值；第三，《诗经》的语言是先秦规范汉语的代表，是研究上古汉语词汇、语法、音韵及其发展演变的不可缺少的资料，具有语言学的价值。《诗经》研究迈进了以历史文化研究和文学研究为主要特征的现代《诗经》学时代。

二、西方人类学《诗经》研究

在西方，迄止20世纪初，从人类学视角进行的《诗经》学研究已经有相当长的历史传统。法国汉学家爱德华·毕瓯（Edouard Biot）的《从〈诗经〉看中国先民的风俗民情》就是从文化人类学角度来研究《诗经》的典范。毕瓯运用体质人类学、社会人类学和文化人类学的研究方法对《诗经》内容从“华人的体格”“衣着”“建筑与居室”“农业与牧业”“狩猎”“食物及其炊制”“礼仪、祭祀和崇拜”“婚嫁成规”“家庭习俗和奴仆”等二十个方面进行分析。19世纪后半叶，汉学家们对《诗经》开始了《诗经》文学艺术的、语言的、文化的、社会民俗学的乃至比较文化的探讨，开辟了《诗经》学研究的新领域。理雅各和阿连壁的英译本都有文化研究的成分，其中阿连壁表现出了较强的文化人类学方法论意识。法国汉学家、社会学家葛兰言（MarchelGranet，1884－1940年）的专著《中国古代的节日与歌谣》，是西方第一部深入研究《诗经》的专著。他运用法国社会学和西方民俗学的研究方法论证《国风》诸篇与中国古代节庆、歌舞、求爱、劳动生活的联系，描绘了一幅中国古代人民的风俗画。他吸取中国传统的传疏比较可取的阐释，将中国西南少数民族和印支半岛的歌谣与《国风》做比较研究，进而探讨了远古中国的社会结构、宗教信仰和生活习俗。其法文版于1919年出版，1932年在伦敦和纽约同时出版英文版。葛兰言的研究具有文学、社会学、民俗学、民族学、神话学等综合研究的性质，对后来的《诗经》研究均有重要影响。

韦利是20世纪初西方著名的汉学家，20世纪初以来世界范围内汉学和《诗经》学研究的新发展对他的影响是不言而喻的。他的翻译直接得到了德国格廷根（Gottingen）汉学院古斯塔福·哈朗（Gustav Haloun）院长的指导和帮助。哈朗院长把汉学院图书馆中的汉语图书资料全部提供给他，其中就有郭沫若的著作，以及当时的《天下》杂志等。汉学资料中有《汉学界》（Academia Sinica），以及法国著名汉学家葛兰言的著作等。另外，韦利还广泛参考了人类学和民俗学著作等。因此，韦利的《诗经》翻译必然是文学的和文化研究视角下的产物。

第二节 文学性是英译的最高标准

一、汪译与许译并论："传神达意"与"三美"的翻译标准

对于我国学者来说，怎样翻译《诗经》这样一部中华民族的元典，是一个十分严肃的问题。他们较为一致的观点是，《诗经》是诗歌总集，必须当诗来翻译，而且《诗经》是文化元典，翻译必须讲求对原作的忠实。在此基础上，不同的译者又有不同的具体标准。汪榕培提出《诗经》翻译以"传神达意"为原则，许渊冲则提出以"意美、音美、形美"为圭臬。

在《传神达意译＜诗经＞》一文中，汪榕培具体解释了"传神"和"达意"的内涵：

《现代汉语词典》给"传神"下的定义是：（优美的文学、艺术作品）描绘人或物，给人生动逼真的印象。这个定义颇有点亚里斯多德的"模仿说"

的味道："有一些人（或凭艺术，或靠经验），用颜色和姿势来制造形象，模仿许多事物，而另一些人则用声音来模仿；同样，像前面所说的几种艺术，就用节奏、语言、音调来模仿……"当然这里指的是衡量原始作品的标准，对于翻译作品也应该以同样的标准来衡量，也就是说，"传神"的译作应该给人生动逼真的印象。……就译诗而言，要给人原诗的生动逼真的印象，需要尽可能保持原诗的风貌，也就是通常所说的"以诗译诗"。从形式方面来看，诗节的行数、诗行的长短、节奏和韵律都能相同或相似自然是最理想的了。……顾名思义，"达意"就是表达思想的意思，字词句章各个层次都存在达意的问题。

汪榕培的"传神"指的是传达原作的精神实质，给人以原诗的生动逼真的印象，以诗译诗，保持原作风貌。而保持原作风貌在很大程度上则在于诗节的行数、诗行的长度、诗的韵律是否与原诗相同或相近。这实际上是中国传统翻译理论中译作应当忠实于原作的内容与风格的理论在《诗经》翻译实践中的具体化。

相比之下，许渊冲提出的翻译原则更为具体。他主张译文要"尽可能传达《诗经》的意美、音美和形美，并且与以往各种语体译文也不尽相同"。关于译诗"三美"的具体标准，许渊冲后来有详细的论述。据许渊冲《译学要敢为天下先》一文，他的"意美、音美、形美"理论来自鲁迅的文章创作论：意美以感心，音美以感耳，形美以感目。意美并不指忠实原文字面意思，而是可以酌情进行添减；音美就主要是指在行尾使用韵脚，一般是双行体或四行体韵式；所谓形美，看来主要是指在每行字数上与原文尽量相同，至少要无限接近。

"三美"标准可以说是许渊冲为译文的文学审美品质所作的考虑，但也不尽然。他还要用"三美"的韵体形式，将《诗经》中的儒家"礼乐"文化传播给全世界。他说："把中国文化的瑰宝《诗经》译成具有意美、音美和形美的韵文，对东西文化交流，对 21 世纪世界文化的建立，一定会有不可低估的意义。"因此，许渊冲的《诗经》翻译中同时浸润着较强的文化意识，有着较强的文化传播目的。

二、突出文学价值

从当代的《诗经》研究成果来看，尽管《诗经》具有语言、文学、历史、文化、政治等多重价值和功能，但是现代《诗经》学史上受到强调的却主要是《诗经》的文学价值和功能。而对当代《诗经》翻译产生影响最大的也是《诗经》学研究中的这种文学化倾向。而几位《诗经》译者的翻译生涯也一直是从事文学翻译。如杨宪益先生曾经翻译了《红楼梦》，许渊冲曾经翻译了《红与黑》、《唐诗三百首》，汪榕培是《古诗十九首》、《牡丹亭》的译者。他们的文学素养使他们对作品的文学审美价值有一种特殊的兴趣和敏感。内外因素结合在一起，他们对《诗经》文学性的重视也就成了十分自然的事。下面从三个方面加以说明：

1. 韵律美——一个备受关注的问题

汪榕培在《漫谈＜诗经＞的英译本》中说："由于《诗经》的原文是有韵律的，所以在译成英语的时候，如果不用韵律果然也能译成好诗，但是，如果使用韵律、并且符合或者接近英诗的惯例的话，无疑是锦上添花的，只有神形皆似的译诗才是完美的作品。"对于韵律的关注，是汪译本和许译本共同的特点。两译本所采用的韵律格式都是韵脚韵，其基本格式为双行押韵、隔行押韵和三行或多行连韵，而许多诗篇是在这些基本韵律格式的基础上混合而成的。

笔者对许译本和汪译本中《风》和《颂》的200篇诗所进行的调查结果显示：许渊冲采用双行押韵的诗篇为75篇，隔行押韵的为73篇，如《关雎》《葛覃》等，两者约占诗篇总数的73%。另外还有双行隔行混合押韵20篇，如《采芣》《良耜》等；双行三行混合韵13篇，如《江有汜》等；三行连韵7篇：《采葛》《著》《十亩之间》《素冠》《麟之趾》《甘棠》《载见》；隔行三行连韵混合韵2篇：《桑中》《九罭》；双行隔行三行连韵混合韵2篇：《行露》、《淇奥》；ABBA和ABBBA式章首章末遥韵3篇，如《谷风》等。其他还有四行连韵1篇，韵律不整齐的诗只有4篇。

汪榕培译本采用的韵律形式比许译本要复杂多样些，但也更不规则些。其中双行押韵和隔行押韵为主要韵式，另外还有三行连韵、四行连韵、五行连韵、六行连韵的形式。在相同的200篇诗中，汪榕培采用双行押韵的70篇，隔行押韵的31篇，两者约占诗篇总数的51%。隔行押韵的诗篇中有的是第一二四行行尾押韵，显然是模仿了中国古诗的韵律。另外有三行连韵的1篇，章首章尾遥韵、中间连韵的6篇，韵律不规则的诗篇有14篇，较许渊冲译本为多。其他都是以双行押韵、隔行押韵、三行或多行连韵为基础的}昆合韵律形式。采用混合韵律的诗篇一般都是章内行数为奇数的诗篇。如果每章行数为五行，则采用双行押韵加三行连韵混合韵律或三行连韵加双行押韵的混合韵律，如果每章行数为七行，则可能采用一个双行押韵和一个五行连韵的混合韵律，或一个三行连韵和一个四行连韵混合韵律的形式。有的诗篇一章内诗行较多，则甚至有七行连韵的情况出现。如《良耜》全篇只有一章，共二十三行，其韵律就是由一个七行连韵，两个三行连韵，和五个双行押韵混合而成。从两个译本韵律的共同特点来看，译者所采用的韵式当然不完全是原文的韵式，但也不完全是英诗的韵式，而是兼采了汉语诗的通韵模式和英语诗的双行体（couplet）和四行诗（quatrain）的韵律模式而重新创造出来的一种韵律模式。一般情况下，原诗每章的诗行如果是偶数，则译者一般采用双行押韵或隔行押韵，如果原诗每章是三行，则一般采用三行连韵，每章如果是六行，则一般采用隔行双行混合韵，每章如果是七行，则一般采用隔行三行连韵混合韵。这些韵式是当代《诗经》翻译韵律的标志性特点。这些韵律对西方读者来说较熟悉，同时也会有一定的陌生感，但这种陌生感正体现了译作的异域文化风味。当然，其效果尚待进一步检验。

译诗里有一种现象可以证明译者对于译诗韵律美的极度重视，那就是，为了韵律的缘故，译者往往添加一些在语义上看来并不十分必要的词语。这种现象在汪译本和许译本中较为普遍。例如，《秦风·蒹葭》原文韵律优美，如乐如歌，脍炙人口，译诗为了韵律有添词现象。此只取第一节为例：

蒹葭苍苍，白露为霜。
所谓伊人，在水一方。
溯洄从之，道阻且长。
遡游从之，宛在水中央。

汪榕培的译文是：

Green reeds are thick and dense;
Clear dews become frost thence.
My love lives far away;
She lives across the bay.
Seeking her up the stream,
The way is hard and long, I deam.
Seeking her down the streams,
She's in the water, it seems.

许渊冲的译文是：

The reeds grow green;
Frosted dew-drops gleam.
Where was she seen?

Beyond the stream.

Upstream I go;

The way's so long.

And downstream，lo!

She's thereamong.

以上两种译文当中，汪译的添词较多，且痕迹比较明显。“thence”显然是为押“dense”而加的词；“far away”与“所谓伊人”没有什么关系，也是译者考虑与下行的“bay”押韵，译者可能在翻译过程中看到了“bay”在语义上是必选词，后来根据“bay”而调整了上一行，并添加了“far aWay”；第六行的“I deem”则显然是为照应“stream”而添加。许译中第二行“gleam”属于为韵律缘故而做的调整，添加的痕迹不明显；第七行的“lo”则是十分明显的添加。加词完韵虽然在一定程度上增加了诗的音美，但同时也为译诗涂上一层不十分和谐、自然的色彩，可谓功过参半。

2. 艺术形象塑造——译者审美活动的参与

从文学角度看，《诗经》中有许多优美的形象具有很高的审美价值，迄今为人们所喜爱。如何对待这些形象，直接反映了作者的价值取向和翻译理念。从译本情况来看，所有译者对此都采取了十分重视的态度，积极参与译诗中艺术形象的再创造。

例如《硕人》一诗的第二节集中描绘了庄姜之美，汪榕培的译文就很有特色。原文是：

手如柔荑，肤如凝脂。

领如蝤蛴，齿如瓠犀。

螓首蛾眉，巧笑倩兮，美目盼兮。

汪榕培的译文是：

Her hands are small，her fingers slim；

Her skin is smooth as cream.

Her swan-like neck is long and slim；

Her teeth like pearls do gleam.

A broad forehead and arching brow

Complement her dimpled cheeks

And make her black eyes glow.

译文的描写非常优美，其中美人的形象十分鲜明，给人以深刻的印象。

但我们可以看到，译者已经在译文中掺入了现代审美标准。译文对原文意象的修改如下：

"蝤蛴"——"鹤颈（swan-like neck）"

"瓠犀"——"珍珠（pearls）"

"螓首"——"阔额（broad forehead）"

"蛾眉"——"弯眉（arching brow）"

"巧笑"——"有酒窝的面颊（dimpled cheeks）"

这里且不论这些改动的是非曲直，我们从中可以清楚看到的，是译者在翻译过程中积极的文学审美活动。

再如《小雅·采薇》的最末一章，其中的情景描写十分优美细腻，与戍边将士的"伤悲"之心形成强烈的反差，大大增强了抒情效果，被誉为以喜写哀的千古绝笔。请看汪榕培的译文：

昔我往矣，杨柳依依。
今我来思，雨雪霏霏。
行道迟迟，载渴载饥。
我心伤悲，莫知我哀！

When I set out so long ago,
Fresh and green was the willow.
When now homeward I go,
There is a heavy snow.
The homeward march is slow;
My hunger and thirst grow.
My heart is filled with sorrow;
Who on earth will ever know!

如果说汪榕培的译文模仿了原文以喜写悲的手法，许渊冲则显然对原文的手法作了修改，译者的审美活动深透到了译文当中：

When I left here,
Willows shed tear.
I come back now,
Snow bends the bough.
Long, long the way;
Hard, hard the day.
Hunger and thirst

Press me the worst.

My grief o'erflows.

Who knows? Who knows?

许渊冲把“杨柳依依”的意象改为“杨柳洒泪（shed tear）”，转喜为悲，与上下文基调一致起来，生动地塑造了诗人的形象，并有效地传达了诗人的悲伤之情。从两个译文看，形象创造和感情传达常带有译者审美活动的痕迹。

3. 多种修辞手法的运用

这一时期《诗经》翻译的一个特点是，译者对《诗经》的各种艺术手法有清楚的认识，并采取了尽量保持艺术手法原貌的翻译策略。例如，“赋”“比”“兴”是《诗经》中十分重要的艺术手法，是《诗经》的一大艺术特色，朱熹在《诗经》中标“兴”者256章，其中《国风》484章中有“兴”者131章，《颂》诗71章中标“兴”者4章。根据现代《诗经》学的观点，“兴”有不兼比之“兴”和兼比之“兴”两大类。汪榕培在翻译中对“兴”的翻译基本上遵循了原文的模式。如《秦风·车邻》：“板有桑，隰有杨。既见君子，并坐鼓簧。”这是不兼比之“兴”，汪榕培将其译作：

The mulberries grow upon the hill;

The poplars grow inside the dale.

After I the prince salute,

Together we play the bamboo flute.

译文保持了以“兴”“起情”的作用。

再如《桃夭》：“桃之夭夭，灼灼其华，之子于归，宜其室家。”汪榕培译作：

The peach tree stands wayside,

with blossoms glowing pink.

I Wish the pretty bride

Affluence in food and drink.

这是兼比之“兴”，有以鲜艳的桃花比喻初嫁的新娘之意，译者没有把“兴”转化成比，坚持了“兴”的原有形式。许渊冲的译文是：

The peach tree beams so red;

How brilliant are its flowers!

The maiden's getting wed,

Good for the nuptial bowers.

这里同样也保持了原“兴”的形式。

再如，有的“兴”的比喻意义比较突出：“习习谷风，以阴以雨。黾勉同心，不宜有怒。”（《邶风·谷风》）诗中的“谷风”喻丈夫的暴怒，“阴”“雨”喻丈夫的性情反复无常，下文借一“怒”字点明了这层比喻意义，但译者仍然维持原“兴”的形式。汪榕培的译文是：

There blow the mountain gales;
Foul weather still prevails.
We're in the same boat;
Please speak no angry words.

表现手法与原文相同。许渊冲的译文是：

Gently blows eastem breeze
With rain 'neath cloudy skies.
Let's set our mind to please
And let no anger rise.

虽然译文意义与原文略有不同，但“兴”的手法始终保持着本色。

《诗经》中“比”的例子也十分普遍，有明喻，有隐喻，有借喻，还有比拟。译者在翻译过程中有意识地对这些艺术手法加以运用。如《卫风·伯兮》：“自伯之东，首如飞蓬。岂无膏沐，谁适为容!”以“飞蓬”比喻女子的乱发，是一个明喻，形象鲜明，十分生动，诗人倦滞憔悴的情貌跃然纸上，具有较大的文学价值。许渊冲显然认识到了这一层：

Since my lord eastward went,
Like thistles looks my hair.
Have I no anointment?
For whom should I look fair?

虽然 thistle 并不是“飞蓬”，译文却有效保留了以“乱草”喻“乱发”的艺术手法，可谓难能可贵。

再如《卫风·硕人》中的“手如柔荑，肤如凝脂，领如蝤蛴，齿如瓠犀”，许渊冲的译文是：

Like lard congealed her skin is tender,
Her fingers like soft blades of reed;
Like larva white her neck is slender,
Her teeth like rows of melon-seed.

其中除了第二句意思改变以外，其他的喻体和本体一概如旧，保持了原文的艺术手法，也保持了古人的审美习俗。

《诗经》中的隐喻很有特色，有时喻体和本体之间相隔较远，不宜辨别。如《卫风·氓》："于嗟鸠兮，无食桑葚。于嗟女兮，无与士耽。"据说鸠食桑葚会醉，醉则易入罗网。诗人以此为喻，劝诫女子不要与男子耽于情感，坠入情网。喻体为鸠，本体为女子，这样的比喻新颖别致，富有感染力。汪榕培的译文与原文手法一致：

Get away, turtledove;
Leave the mulberryI love.
A maiden young should never
Devote herself to her lover.

许渊冲的译文则没有出现本体，而是以喻体代本体，转成借喻，因而呈现出另一种风格：

Beware, O turtledove,
Eat not the fruit of love!
It will intoxicate.
Do not repent too late!

译文把比喻和解释性词句"It will intoxicate"结合在一起，突出了比喻所要表达的喻义。

借喻是以喻体代替本体以突出本体的某种特性的一种修辞手法，《诗经》当中已经大量使用。如《邶风·新台》是比较有代表性的一篇。其中一章为："新台有泚，河水。燕宛之求，籧篨不鲜。""籧篨"喻指卫宣公，起到了丑化卫宣公的作用，表达了诗人的憎恶之情。汪榕培的译文使用了同样的手法：

The new terrace brightly gleams
By the Yellow River road.
Of a lovely mate she dreams,
Yet her man's an ugly toad.

许渊冲的译文在字面上更加接近原文：

How bright is the new tower
On brimming river deep!
Of youth she seeks the flower,
Not loathsome toad to keep.

比拟是将物人格化或将人物格化的一种修辞手法，在《诗经》中也有较广泛的运用。这种手法可以使形象变得生动鲜活，有较强的抒情作用。比拟有以物拟人者，如《隰有苌楚》："隰有苌楚，猗傩其枝。夭之沃沃，乐子之无知!"诗中羊桃叶肥枝美，色泽娇艳，被与人的欢乐联系到一起，诗人认为树的欢乐是源于无知，因此也期望自己能如树一样无知而幸福。人树间的比拟使诗显得很空灵，诗人通过描写对欢乐的憧憬，使现实中的苦难境遇得到凸显。许渊冲的译文把这种手法嫁接到了译文当中，读来效果与原文相当：

In lowland grows the cherry
With branches swaying in high glee.
Why do you look so merry?
I envy you，unconsclous tree.

译文中的"cherry（苌楚）"也有"high glee（欢乐）"，也有"merry（快乐）"，诗人通过写树的无知，表达了对快乐和幸福的无比向往。汪榕培的译文直到最后才把比拟的手法表现出来，形式上与原文接近了许多，但比拟的运用却多少给人以突兀的感觉：

Carambolas grow in the vale，
With branches full of life.
They are so soft and frail，
And blessed to have no wife!

比拟也有以人拟物者，如《邶风・柏舟》："日居月诸，胡迭而微？心之忧矣，如匪澣衣。静言思之，不能奋飞。"许渊冲的译文是：

The sun and moon
Turn dim so soon.
I'm in distress
Like dirty dress.
Silent think I：Why can't I fly?

原诗和译诗中诗人都自比作飞鸟。汪榕培的译文则没有采用这一手法，而是直接阐释了比喻意义：

May I ask the sun and moon?
Why do they change so soon?
The anguish that's in my heart
Beats my peace apart.
When I think of all these，

There can be no release.

以上译文表明，译者在翻译过程中也并不是完全把原作的艺术手法照录到译文当中，在许多情况下还是适当地考虑了读者对象的阅读和审美习惯。

综而观之，原文的艺术风格在许译和汪译当中被当作重要的审美价值而受到了重视。这一点可视为两位译者文学观的又一重要体现。

第三节 从文学翻译角度看《诗经》英译

一、《诗经》意象翻译的先河

阿连壁在翻译《诗经》时几乎是把《诗经》的每一篇诗都当作叙事诗来解读和翻译。他总是试图在诗行之间寻求一种逻辑以贯通全文的内容。所以他一般把“兴辞”当陈述，把“兴辞”当比喻，遇到“兴不兼比”时，就觉得不可理解，遂将兴辞视为冗辞删去。仅从这一点上来说，阿连壁并不十分懂得《诗经》艺术，或者说他并不尊重《诗经》艺术，因此，他在翻译中尽管用了韵，内容却既概括又抽象，读起来像清水一杯，甚是乏味。

相反，韦利在翻译过程中则表现出了较强的文学意识。其突出表现之一就是对《诗经》意象体系的把握十分独到。他说：“英诗中用的许多意象，中国古诗中早就已经在使用。”“鸟的飞翔、鸣叫，动物的一行一动，花朵露水淋淋或是雨水淋漓的样子，飞虫飞动时翅膀发出的声音，星的隐没等等，所有这一切都是中国诗早期的意象。根据不同的语境，这些意象或被当作象征，或被看做说明，或被视为征兆，其中有许多是我们自己也在使用的。风的飒飒声或说低唱声，应该被解释为悲伤的声音；润物的细雨，应该是王侯慷慨的象征；湿漉漉的树叶，应该使人联想到泪流满面的脸颊。这些解释都是很自然的。鸟的叫声被解释为有意义的话语，起初使我们大惑不解，但我们应该记得，象咯咯、咕咕、嘎嘎、呱呱这样的典型的叫声，在古汉语里实际上早已经存在。很难说，鸟和兽就不像人一样用这些声音表达它们的意思。”这样的意象观，在《诗经》翻译史上可谓是划时代的首创。在此之前，从没有人提出《诗经》的意象概念并把“鸟兽草木”当作意象来对待，即使在世界范围内的《诗经》学研究史上，韦利的意象发现也是开先河之举。韦利对《诗经》意象的理解可以概括为以下五点：

(1) 意象乃取之于物。鸟、露、花、风、树叶、细雨等都可以构成意象。

（2）意象必须有“意”。例如润物的细雨，传“王侯慷慨”之意；风的低唱达“悲壮”之意；淋湿的树叶寓“悲伤”之意。

（3）意象就是“意”与“象”的统一。

（4）意象的意义，一在于象征，二在于说明，三在于征兆。

（5）《诗经》中所用的意象与西方所用的意象有许多相同点。

在韦利的视野中，《诗经》意象则主要有以下几类：自然意象（包括天体意象和山川河流意象）、动物意象、草木意象和器物意象。对于各种意象的象征和比喻意义，韦利主要做了民俗学和美学的理解，这基本上是合理的。在翻译过程中韦利常加注脚，对意义的阐释较为慎重。以下分别进行论述。

（1）自然意象。

对诗篇中出现的自然形象，韦利一般赋予其审美的或比喻的意义。如《东方之日》中的日月就是一对审美意象：

东方之日兮，
彼姝者子，
在我室兮。
在我室兮，
履我即兮。
东方之月兮，
彼姝者子，
在我闼兮。
在我闼兮，
履我发兮。

Sun in the east!
This lovely man
Is in my house,
Is in my home,
His foot is upon my doorstep.
Moon in the east!
This lovely man
Is in my bower,
Is in my bower,
His foot is uponmy threshold.

韦利在注脚中明确指出，“日”和“月”是美的象征，而不是诗人与情人幽会的时间标志。《诗三家义集疏》云：“韩说曰：‘诗人所说者颜色盛美，如东方之日。…但“诗人所说者”为男性还是女性，韩说没有言明，诗篇本身也难以辨别。韦利十分肯定地将其译作男性，其根据有可能是原诗中“彼姝者子”的“子”。但“子”字在古汉语中是男女均可指称的。若按中国传统文化，日为阳，当指男性，月为阴，当指女性，“姝”的意思为“貌美”，则当指女性为宜。但以韦利的学养，对此不会不了解。看来韦利理解的根据主要是日月与男性之间所具有的“强、大”这样的相似性，中国传统文化中日月所分属的阴阳之别并没有成为其主要根据，否则，翻译就会在性别问题上纠缠不清。

日月在韦利的译诗中多是审美意象。在《月出》中，韦利以月喻美，更为直接：

月出皎兮，佼人僚兮。
舒窈纠兮，劳心悄兮。
月出皓兮，佼人懰兮。
舒懮受兮，劳心慅兮。
月出照兮，佼人燎兮。
舒夭绍兮，劳心惨兮。

A moon rising white
Is the beauty of my lovely one.
Ah, the tenderness, the grace!
Heart's pain consumes me.
A moon rising bright
Is the faimess of my lovely one.
Ah, the gentle softness!
Heart's pain wounds me,
A moon rising in splendour
Is the beauty of my lovely one.
Ah, the delicate yielding!
Heart's pain torments me.

但是，有时日月却完全表达不同的形象。在《日月》中，日和月就都成了对人情冷暖无动于衷的天神，任弃妇再三哀诉，依旧漠然无视，毫无恻隐之心：

日居月诸，照临下土。
乃如之人兮，逝不古处。
胡能有定，宁不我顾。
日居月诸，下土是冒。
乃如之人兮，逝不相好。
胡能有定，宁不我报。
日居月诸，出自东方。
乃如之人兮，德音无良。
胡能有定，俾也可忘。
日居月诸，东方自出。
父兮母兮，畜我不卒。
胡能有定，报我不述。

On sun，ah，moon
That shine upon the earth below，
A man like this
Will not stand firm to the end.
How can such a one be true?
Better if he had never noticed me.
On sun，ah，moon
That cover the earth below，
A man like this
Will not deal kindly to the end.
How can such a one be true?
Better if he had not requited me.
On sun，ah，moon
That rise out of the east，
A man like this，
Of whom no good word is said.
How can he be true?
I wish I could forget him.
On sun，ah，moon
That from the east do rise，
High，father! Ho，mother，

You have nurtured me to no good end.
How should he be true?
He requited me, but did not follow-up.

江河也是韦利自然意象系统中的重要组成部分，对它们的理解，韦利多是从比喻意象的角度出发的，其寓意也随着语境的改变而发生变化。如《江有汜》以先分后合的江水来比喻妻媵的离合，第一节中分的江水是妻媵分离的象征：

江有汜，之子归，不我以。不我以，其后也悔。
江有渚，之子归，不我与。不我与，其后也处。
江有沱，之子归，不我过。不我过，其啸也歌。

The Kiang parts and joins.
Our lady went to be married
And did not take us.
She did not take us,
But afterwards she was sorry.

在第三节中，江水重新合在一起，比喻媵又来到了妻的身边，是妻后悔别媵的象征：

The Kiang divides and joins.
Our lady that went to be married
Did not move us with her.
She did not move us with her,
But in the end she let us come.

在有些诗中，河水则具有另一种比喻意义。如《新台》：

新台有泚，河水浼浼。
燕婉之求，籧篨不鲜。
新台有洒，河水浼浼。
燕婉之求，籧篨不殄。
鱼网之设，鸿则离之。
燕婉之求，得此戚施。

Bright shines the new terrace;
But the waters of the river are rniry.
A lovely mate she sought;
Clasped in her hand a toad most vile.

Clean glitters the new terrace;
But the waters of the river are muddy.
A lovely mate she sought;
Clasped in her hand a toad most foul.
Fish nets we spread;
A wild goose got tangled in them.
A lovely mate she sought;
But got this paddock.

诗中窗明几净的新台与泥泞的河水所形成的鲜明对照，对诗中主人公的形象构成了有力的反讽。这里的河水，是肮脏的象征，比喻肉欲的淫滥。

(2) 动物意象。

鸟兽虫鱼等各种动物在《诗经》中出现次数繁多，比如仅以鸟为兴象的地方就达23处之多。对于诗中的各种动物形象，韦利一般都赋予了各种寓意。例如《鸱鸮》中的鸱鸮相貌丑陋，是恶的象征：

鸱鸮鸱鸮，
既取我子，
无毁我室。
恩斯勤斯。
鬻子之闵斯。
迨天之未阴雨，
彻彼桑土，
绸缪牖户。
今女下民，
或敢侮予。
予手拮据，
予所捋荼，
予所蓄租，
予口卒瘏，
日予未有室家。
予羽谯谯，
予尾翛翛，
予室翘翘，
雨风所漂摇，

予维音哓哓。

OH, kite-owl, kite-owl,
You have taken my young.
Do not destroy my house.
With such love, such toil
To rear those young ones I strove!
Before the weather grew damp with rain.
I scratched away the bark of that mulberry-tree
And twined it into window and door.
'Now, you people down below,
If any of you dare affront me…'
My hands are all chafed
With plucking so much rush flower;
With gathering so much bast
My mouth is all sore.
And still I have not house or home!
My wings have lost their gloss,
My tail is all bedraggled.
My house is all to pieces,
Tossed and battered by wind and rain.
My only song, a cry of woe!

译诗中的鸱鸮是虏夺君王的叛臣形象，韦利在译诗后加注说："猫头鹰总是被中国人划为恶鸟一类，这里象征着成王的两个起兵叛乱的邪恶的叔叔。诗中受害的鸟，也就是诗中说话者，好像是周公，而被含辛茹苦养大的小鸟是年幼的成王。"

（3）动作意象。

在韦利的译诗中，鸟的动作是有意义的。例如《燕燕》[①] 中上下翻飞的"swallow"隐喻"our lady"对家乡的眷恋之情，十分形象：

燕燕于飞，差池其羽。

① 《燕燕》：燕燕于飞，差池其羽。之子于归，远送于野。瞻望弗及，泣涕如雨。燕燕于飞，颉之颃之。之子于归，远于将之。瞻望弗及，伫立以泣。燕燕于飞，下上其音。之子于归，远送于南。瞻望弗及，实劳我心。仲氏任只，其心塞渊。终温且惠，淑慎其身。先君之思，以勖寡人。

之子于归，远送于野。
瞻望弗及，泣涕如雨。

Swallow, swallow on your flight,
Wing high, wing low.
Our lady that goes home,
Far we escort beyond the fields.
Gaze after her, cannot see her,
And our tears flow like rain.

诗中的“wing high”“wing low”与下文的“our tears flow like rain”结合在一起，塑造了鲜明的依依惜别的动作意象，突出了诗人对“our lady”的深厚感情。

(4) 声音意象。

《诗经》中的诗篇常写到动物所发出的叫声或声音，如“关关（雎鸠）”、“交交（黄鸟）”、“呦呦（鹿鸣）”等。韦利有时把这些声音译成有特定意义的词语，从而把声音意象隐喻化。例如《关雎》中鸟的“关关”叫声译成“fair, fair”，“fair”本义是“美丽”，用以隐喻男女相悦，夫妻好合。在《螽斯》的翻译中，螽斯飞动时翅膀发出的声音也被意象化了：

The locusts' wings say 'throng, throng';
Well may your sons and grandsons
Be a host innumerable.
The locusts' wings say 'bind, bind';
Well may your sons and grandsons
Continue in an endless line.
The locusts' wings say 'join, join';
Well may your sons and grandsons
Be forever at one.

原诗中的“诜诜”“薨薨”“揖揖”被分别译成了“throng, throng”“bind, bind”“join, join”。这些词都一语双关，“throng”取子孙繁衍，绵绵无穷之意，“bind”和“join”则取和睦相亲，团结如一之意，也是王族繁荣昌盛的象征。

(5) 植物意象。

《诗经》中出现次数最多的名物是各种植物，如荇菜、葛覃、卷耳、樛木、葛藟、桃、芣苢、甘棠、梅、葭、匏、芄兰、木瓜、蔓草、勺药、苞栩、桑、楚、椒等，总数达160种。对于这些植物，韦利都是以文学意象来对待的，翻译时一般作民俗化的处理。例如《椒聊》：

The seeds of the pepper-plant
Overflowed my pint-measure.
That man of mine.
None so broad and tall!
Oh，the pepper-plant，
How wide its branches spread!

“椒”是什么？译者在注脚中说得最清楚：“爱人的佼好身姿被比作枝繁叶茂的椒，椒同时也象征着爱人炽热的爱情。”（The fme stature of the lover is compared to the luxuriance of the pepper-plant，which at the same time symbolizes the heat of his passion.）是多子多情的妇人的象征。

（6）器物意象。

《诗》中的器物包括了许多种类，如车、各种玉石、衣物、象牙制品等。韦利常能在这些器物中解读出非常的含义。如他认为衣服一般是个人财富和社会地位的象征。这与我国《诗经》学传统大不相同。例如《芄兰》：

The branches of the vine-bean；
A boy with knot-hom at his belt!
Even though he carries knot-horn at his belt，
Why should he not recognize me?
Oh，so free and easy

其中的“knot-horn”（佩觿）的意义，译者用一个问句揭开了谜底：“Why should he not recognize me?”原来它象征着新郎为新娘宽衣的权利。“thimble”（佩韘）则是男子到了出征年龄的象征。（The knot-horn，a pointed instrument for undoing knots，was worn by adult men，presumably symbolizing their right to undothe knot of a bride's girdle；while the wearing of the bowman'sthimble signified that. a man was of age to go to war.）由于看到了原始意象的意义，韦利在翻译这两个名物的时候十分注意选词的忠实性，无奈英语文化中原来并无此物，因此也找不到完全对应的词去翻译它们。

韦利对意象的理解总起来有三个特点：一是对意象的理解比较独特，二是一般从比喻或审美的角度去考虑，三是从原始意象的角度去考虑。例如，《蝃蝀》中的“蝃蝀”，韦利在翻译中就是当作原始意象对待的：

蝃蝀在东，莫之敢指。
女子有行．远兄弟父母。
朝隮于西，崇朝其雨。
女子有行，远兄弟父母。
乃如之人也，怀昏姻也。
大无信也，不知命也。

韦利的译文是：

There is a girdle in the east;
No one dares point at it.
A girl has run away,
Far from father and mother, far from brothers young and old.
There is dawnlight mounting in the west;
The rain will last till noon.
A girl has run away,
Far from brothers young and old, far from mother and from father.
Such a one as he
Is bent on high connections;
Never will he do what he has promised,
Never will he accept his lot.

韦利认为，诗中的"虹"呈弧形，喻指怀孕女子的腰带，因此译为"girdle"，象征着女子不该生子而生子。所谓"莫之敢指"，是因为"指"就意味着对天神的警告的不敬。"mounting"是怀孕女子鼓鼓的腰带的象征。"rain"则是私奔女子的泪水的象征，因为她最终发现情人所言非真，自己被所爱的人欺骗了。

在不少情况下，韦利从原诗中解读出了原始意象，如在《麟之趾》的译文中，韦利就创造了原始宗教意味颇浓的歌舞祝祷意象。

The unicom's hoofs!
The duke's sons throng.
Alas for the unicom!
The unicorn's brow!
The duke's kinsmen throng.
Alas for the unicorn!
The unicorn's horn!

The duke's clansmen throng.

Alas for the unicorn!

韦利为了给这一原始意象寻找根据，在注脚中援引了民俗学研究成果：在前越南王国中的安南（Annam）地区，就有一种古老的麒麟舞（unicom dance)，每年阴历的八月月圆时举行。人们有时用箭射被架起的主面具，以此作为化装舞会的结束。韦利认为诗中描绘了与此相似的情形：弓箭手先射掉麟的趾，尔后射掉前额，最后再射掉角，舞会到此结束。当然，这种解读的正确性，有待进一步研究。

二、译诗语言的艺术化

如果说意象化是韦利《诗经》翻译的文学特征之一，那么重视语言艺术，则是韦利《诗经》翻译的另一文学特征。爱德华·萨丕尔在其《语言论——言语研究导论》中说："文学这门艺术里是不是交织着两种不同类或不同平面的艺术——一种是一般的、非语言的艺术，可以转移到另一种语言媒介而不受损失；另一种是特殊的语言艺术，不能转移。"诗歌作为文学体裁之一应该属于后者，它起码在很大程度上是一种"特殊的语言艺术"。

韦利十分重视《诗经》的语言艺术，形式美是他整个翻译过程的不懈追求。韦利在后记中写道，从初次接触《诗经》开始，就深深为《诗经》的韵律美所打动。他赞扬《诗经》里的诗就像"荷马史诗一样，冲破了我们朗诵它们时那种残酷的无知而放声歌唱"。韦利的译文虽然主要使用自由诗体，但音韵和谐，朗朗上口。例如《丝衣》的译文中使用了头韵和变换语序的手法，读起来颇有音乐感。

In silk robes so spotless,
In brown caps closely sewn,
From the hall we go to the stair-foot,
Form the sheep to the bulls,
With big cauldrons and little.
Long-curving the drinking-horn;
The good wine so soft.
No noise, no jostling;
And the blessed ancestors will send a boon.

有时候，译文中的韵律也显而易见。如《裳裳者华》最后一节：

Put them to the left, to the left,

And gentlemen so what is best.
Put them to the right, to the right;
Gentlemen know what to do.
And knowing so well what to do,
Small wonder that they continue!

文中三行一组韵，每组头两行押韵，第三行虽不完全押韵，但行尾的词语最后一个音却与前两行最后一个词的尾音相同，读起来仍十分和谐。

韦利对原诗韵律的重视，还突出地表现在叠句的使用上。在很多原诗使用叠句的地方，韦利也使用了叠句。此略举数例：

《中谷有蓷》三章中叠句：

Bitterly she sobs, /Bitterly she sobs
Long she sighs, /Long she sighs
In anguish she weeps, / In anguish she weeps

《鸤鸠》四章中叠句：

Their ways are righteous. /Their ways are righteous
Their girdles are of silk. /Their girdles are of silk,
Their ways are faultless. /Their ways are faultless
Shape the people of this land. /Shape the people of this land

我们经常可以在译文中发现译者有意使用头韵的例子：

My tears fell flood on flood. (《氓》：泣涕涟涟)
How much the more must man. (《伐木》：矧伊人矣)

为了保持原文的形式特点，韦利在译文中严格保持行数相等，且尽量使诗行简短精巧，体现出原文的特点。在不少情况下，译者为了使诗行简短并保持相对独立性，还使用了意合程度较高的句法结构。如以下《君子偕老》的几行译诗中每行都是简短的省略句，且前后句基本上没有形式逻辑上的关联：

君子偕老，
副笄六珈。
委委佗佗，
如山如河，
象服是宜。

Companion of her lord till death,
The pins of her wig with their six gems,

Easy and steady,
Like a mountain, a river
Worthy of her blazoned gown.

再如《硕人》，诗行与诗行之间简直是纯粹的词语并置，十分精致：

手如柔荑，肤如凝脂。
领如蝤蛴，齿如瓠犀，螓首蛾眉。
巧笑倩兮，美目盼兮。

Hands white as rush-down,
Skin like lard.
Neck long and white as the tree-grub,
Teeth like melon seeds,
Lovely head, beautiful brows.
Oh, the sweet smile dimpling,
The lovely eyes so black and white. （《硕人》）

《诗经》的兴象和各种比喻手法较多，诗篇中常把女子比作桃花、葛覃、修竹、椒聊、荷花，甚至比作日月。韦利敏锐地看到了这些兴象和比喻形式的审美价值，对原文的表达法十分重视，在译文中也大量使用各种修辞手法，从而把原文的修辞艺术保存了下来。例如《有女同车》：

有女同车，颜如舜华。
将翱将翔，佩玉琼琚。
彼美孟姜，洵美且都。
有女同行，颜如舜英。
将翱将翔，佩玉将将。
彼美孟姜，德音不忘。

There was a girl with us in our carriage
Whose face was like the mallow-flower.
As we swept along,
Oh, at her belt the bright girdle-gems!
That fair eldest Chiang
Was fair and fine indeed.
There was a girl with us in the same carriage-line
Whose face was like the mallow-blossom.

As we swept along,
How those girdle-stones jingled!
That lovely eldest Chiang,
All that was told of her is true.

韦利早年在翻译中国诗歌时，常力求再现原诗的节奏特点，方法是将汉语中的每一个单音实字对应英语的一个重读音节，重读音节有时连续出现，有时由非重读音节隔开，但两个重读音节之间的非重读音节通常不超过两个；一首诗中的连续重读音节要出现一定的次数，但也不必每一句都有，这就是韦利所独创的著名的“弹性节奏”。弹性节奏不是严格的格律，但可以为译诗创造一种音乐般抑扬顿挫的效果。1918 年他在翻译中国诗集时就使用了这种节奏。例如陶潜《和郭主簿》：

蔼蔼堂前林，中夏贮清阴；
凯风因时来，回飚开我襟。
息交游闲业，卧起弄书琴。

Sha' dy, sha'dy the wo'od in fro'nt of the Ha'll:
At mi'd su'mmer fu'll of ca'lm sha'dows.
The so' uth wi'nd fo'llows su'mmer's tra'in:
With its e'ddying pu'ffs it blo'ws o'pen my co'at.
I am fre'e from ti'es and can li've a li'fe of reti'rement.
When I ri'se from sle'ep, I pla'y with bo'oks and ha'rp.

然而在《诗经》翻译中，这一艺术手法却显然不占主流。但偶尔也能见到弹性节奏的影子。例如：

蒹葭苍苍，白露为霜。
所谓伊人，在水一方。

Th'ick gr'ow the r'ush l'eaves;
Their wh'ite d'ew t'urns to fr' ost.
He whom I love
M'ust be s'omewhere al'ong this str'eam.

译诗的一、二、四行大致符合弹性节奏的规律，但第三行只模仿了原文的音节数，朗诵时若每个音节都重读，也可以获得弹性节奏的效果。但是，综观韦利译本，整篇诗中运用弹性节奏的例子几乎找不到，只是在个别诗行中偶尔有所运用。这一方面反映出弹性节奏是韦利翻译中国诗歌时常用的手法，另一方面也反映出韦利在翻译《诗经》时对原诗韵律的重视，远远没有达到他翻译中国诗集时的那种程度。

诗之美，一大部分在于其语言形式。韦利以原诗语言艺术为美，并在翻译中着力体现之，这基本上可以说明译者对《诗经》文学性的重视和关怀。

第六章 《诗经》多版本翻译对比研究

《诗经》作为中华民族文化精髓和统治中国人思想数千年的儒家要典，其弘奥的文化历史内涵及其重要的文化历史地位，决定了它必然首先为世界所瞩目，其翻译必然成为中国经典外译的滥觞。

第一节 《诗经》译本的历史研究

一、《诗经》在西方的非英语译本

最早翻译《诗经》的是法国耶稣会传教士金尼阁（NicolasTrigult，1577－1628 年）。在华期间，金尼阁首先译《五经》为拉丁文，并于 1626 年在杭州印行。[①] 事隔 100 多年之后，另一名法国传教士马若瑟（Joseph de Premare，1666－1736 年）选译了《诗经》，其译本被杜赫德（Jean-Baptiste du Halde）收入《中华帝国全志》（Descnptmn de la Chine）第二册，并于 1741 年出版，流传甚广。法国最著名的汉学家宋君荣（Antione Gaubit）曾译过《诗经》，但其译本于 1749 年寄回欧洲后却一直被收藏在教堂内，未曾面世。

1733 年，法国传教士孙璋（Alexander de Lacharme，1695－1767 年）开始用拉丁文翻译《诗经》。这是欧洲第一部《诗经》全译本，冠名《孔子诗经》。但由于种种原因，该译本直到 1830 年才由巴黎汉学家朱利斯·莫尔（Jules Mohl）编辑，并在德国斯图加特和蒂宾根出版。孙璋的拉丁语译本对另一名《诗经》翻译家——英国传教士理雅各（James Legge，1815－1897 年）颇有影响，后者在其《诗经》英译本前言中多次提到他，但对其多有批评。此外，鲍狄耶（M. G. Pauthier，1801－1873 年）用法文翻译并

① 张海林．近代中外文化交流史［M］．南京：南京大学出版社，2003.

出版《诗经》，书名为《诗经：作为正统经典的中国古代诗集》。这是一部直接译自汉文的全译本，其中包括第一次译成欧洲语言的《诗大序》。顾赛芬（S. J. Couvreur，1839—1939 年）于 1896 年翻译《诗经》。马赛尔·葛兰言（Marchel Granet，1884—1940 年）于 1911 年发表了《中国古代歌谣与节日》，书中选译了《国风》68 首。葛兰言继承了毕瓯的研究方法，从社会民俗学的视角解读诗篇，十分独到。

弗·律刻特（Friedrich Richert，1788—1866 年）是第一个把《诗经》译成德文的德国翻译家，其译本书名为《诗经·出自孔夫子的中国诗集》，主要是根据孙璋的拉丁文本转译而成。第二个德文《诗经》译本是史淘思（Viktor von Strauβ）翻译的《（诗经＞：中国经典诗集》，该书于 1880 年在海德堡出版，并广为流传。此外还有克拉默（Jonam Cranmer）、迦伯伦兹（H. C. VonGabelentz）的两个德文译本，以及左托力（A. Zottoli）的拉丁文《诗经》（1879—1882 年）。不过这些译本都是选译本。

除此以外，还有西维洛夫的俄语全译本，王西里俄语全译本，什图金全译本，以及其他语种的译本等。[①]

二、《诗经》的英语全译本

《诗经》翻译在英国开始较晚。威廉·琼斯爵士（William Jones，1746—1794 年）曾经于 18 世纪 80 年代用拉丁文翻译了《诗经》中的《卫风·淇奥》、《周南·桃夭》和《节南山》等三首诗，后又译成英语，为《诗经》英语翻译的滥觞。而《诗经》英语翻译真正的开山鼻祖，则是伦敦布道会传教士理雅各博士（JamesLegge）。理雅各于 1871 年完成并在香港出版了《诗经》全译本，1876 年用韵体重译了《诗经》，并在伦敦特鲁布纳（Trubner）出版公司出版，冠名为 The She King，or，The Book of Ancient Poetry. 1879 年应穆勒的邀请又选译了《诗经》部分诗篇。

1871 年译本采用的是无韵体形式，这个译本具有较为显著的学术性研究特点：

（1）译本有长达 181 页的绪言。绪言共分为四章：第一章内容涉及自先秦两汉至清晚期《诗经》学史，对《诗经》形成的年代与方式、孔子对《诗》、《诗经》版本等基本问题做了详细的论述。第二章探讨了诗的来源、解读、诗序、作者等《诗经》学史上争议较大的问题，并进行了较为深入的

① 马祖毅．中国翻译简史［M］．北京：中国对外翻译出版公司，1998.

研究和探讨。但他的讨论多缺乏独到的见解。如关于《诗序》的作者问题，作者针对郑康成提出的《诗序》为子夏所作的观点展开了讨论，认为据《后汉书·卫宏传》所述，《诗序》当为东汉卫宏所作。实际上，这一观点在我国清朝时期的崔述在《读风偶识·通论诗序》中早就提出过，两者有无因袭关系尚不清楚。对于解《诗》的方法，他主张读《诗经》当遵循孟子所提倡的“以意逆志”的原则，对于从本文看来明显与《诗序》不同的诗篇．不能盲从《诗序》，而宁可遵从本文。本章之后还附录了《诗大序》和《小序》的原文和英语译文。第三章论述《诗经》语言与创作艺术，对诗篇的语言特点、章法结构、韵律结构、古韵及其分类、叶韵等问题做了大量研究，并附录了古音韵表。他在本章末还提出了译《诗经》不用韵的主张，认为这样有利于“准确地再现原文的本旨，尽量不增也不减”。第四章专门讨论了《诗经》时代的中国国土状况、宗法政治、宗教信仰和社会状况。本章对宗教问题有所侧重，提出了《诗经》中的“上帝”、“天”与西方的“God”是同一个神，并对中国先民的上帝崇拜、自然（如日月星辰、山川河流等）崇拜、祖先崇拜等多神论思想做了详细的介绍。对君臣、夫妻、兄弟、朋友之间的燕饮之礼、妇女地位、孝道等社会伦理问题以及秩序状况也有所论述。本章之后附录了 18 世纪法国汉学家小毕瓯的文章《从＜诗经＞看中国古代社会风俗》，反映了理雅各对于《诗经》的基本认识。最后，理雅各专辟一章，介绍翻译的底本依据和文字训诂参考书目，涉及从《十三经》到同时代经学家的研究著作共 55 种。洋洋数十万言的绪言是理雅各《诗经》翻译的重要组成部分，对进行翻译研究有重要意义。

（2）正文部分由译文和汉语原文构成，编排顺序及分类法与《毛诗》同。译文分行，分节，与原文完全对应。同时也十分讲求字面意义的对应，字面上看似多余的字用方括号标出，基本上保留了原文的形式。

（3）译文后有注释。注释分两个部分：一是诗篇题解，题解主要根据《诗序》写成，但常有调和汉学与宋学观点的现象；二是文字训诂，在与传统训诂有异议的地方，译者对自己的选择一般有清楚的说明。

1876 年译本是理雅各与其他人合作在 1871 年译本的基础上重译而成的。两者相比较，后者的特点主要是使用了韵律。从结构上看，该译本不再有长篇绪言，文字注释也被删掉，只剩下题解和正文，且题解被移到了诗篇正文之首。从内容来看，由于追求句尾押韵，译文已经基本上无法追求字面的对应与行的对应。为了迎合韵律，译者不得不常采用释意的方法，因此有时数行合一，有时则一行分译成数行。译文的准确性较首译本有所降低。

1879 年，理雅各应穆勒（Max Muller）的要求又在 1871 年首译本的基础上修订整理出了《诗经》选译本，其内容包括《颂》、《雅》的部分诗篇和《风》的部分有宗教意味的诗共 114 篇，其中《国风》部分共选 14 篇，《雅》部分共选 60 篇，《颂》部分全部翻译，译者在每部分之前重新写了长篇绪言。这个译本的特点是突出宗教内涵，编排顺序也与《毛诗》不同。其顺序为：《商颂》《周颂》《鲁颂》《雅》《国风》。译本中每篇译诗有注释，对其中的宗教意义都有所阐发。每首译诗不分行，只分节，每节之内是连续一体的散文形式。具体到一首诗来说，节译现象很普遍，译者只选译了被认为有宗教神学意义的部分。如《国风》中《豳风·七月》就只选译了最后一节。这个选译本是理雅各在整个《诗经》翻译过程中重义理而轻文学的一个典型表现。这个译本和其他许多东方国家典籍的英译文一起，被编人了穆勒（Max Muller）主编的《东方圣书》（The Sacred Books of the East）第三卷，该书于 1 879 年由牛津大学出版社出版。

总而言之，理雅各的翻译体现了研究型翻译的特点：严谨、深刻、忠实。译者在翻译过程中表现出了对中国文化的尊重和中为西用的强烈意识。理译可谓《诗经》英译的奠基之作，对后世的《诗经》翻译影响巨大，成了后来几乎所有《诗经》译者必备的参考书。

继理雅各之后，詹宁斯（William Jennings）于 1891 年在伦敦 George Routledge and Sons 出版公司出版了《诗经》韵体全译本。这是有史以来第二个英语韵体全译本，该译本不再另有修订版本。詹宁斯译本以理雅各无韵体译本的注释为主要参考依据，总体上受理雅各的影响较大。

詹宁斯的译本也有较长的前言，对《诗经》的历史、内容与艺术特点做了介绍，但对翻译文献没有提及，这是一个不小的缺憾。译诗与原诗行对句应，力求在字面上“切近原作”，每篇译诗之后都附有注释，对诗篇产生的历史背景或意旨进行解释。每一首译诗都使用了韵律，自然优美，较符合英语诗的韵律要求，也在一定程度上反映了原文的韵律面貌，是有一定文学性的译本。詹宁斯同时也十分注重诗篇的道德礼教内涵，认为《诗经》在思想性方面，“远远超过了彭斯（Robert Burns）、拜伦（George Gordon Byron）和海涅（Heine）”。他对诗篇义理的理解基本上以《诗经》汉学研究，即毛传、郑笺、孔疏为根据，在有异议的地方，只存疑，不擅改。如译者根据《野有死麕》的末尾三句，对诗中女子的“美德”一说只提出了质疑。应该说，詹宁斯译本是较为信奉《诗经》汉学注疏体系的一个译本。在这一点上来说，詹宁斯的翻译有自己的个性。他不同于理雅各调和汉宋之学，也不同于同时代的阿连壁擅改题旨，且有异于20世纪任何一种英语译本。

阿连壁（Clement F. R. Allen，1844—1920年）也于1891年在伦敦特鲁布纳（Trubner）出版公司出版了他的韵体《诗经》译本。

较之于前两个译本，阿译在理解和翻译上较为自由，常采用释意的方法对原诗的内容进行抽象和概括。从总体上看，译者总是先从诗的意义出发，在意义确定后，重新用英语诗歌的形式改写，表现出了较强的读者中心意识。改写是阿译本中最普遍和最突出的现象。有的本来是数章的诗，在译文中被缩成了短短的一章，因而很多译诗仿佛是对原诗意义的概述，诗味索然。如果译者遇到读不懂的“兴”，一般代之以“赋”，以实写虚，因此诗行之间常常出现逻辑上的穿凿和矛盾。有时译者实在找不到“兴”句与其他诗句的逻辑关系，就直接删去兴辞。原诗中的重章叠唱一概被译者视为无意义的重复而被删去。例如《甘棠》：

The pear-tree，woodman spare，
Touch not a single bough；
Shao's chief once rested there，
Leave it uninjured now.

对于诗旨，阿连壁的理解十分随意，由于作者在翻译过程中以西方诗学为标准，许多诗的题旨被删改。如《简兮》被译成“Sampson Agonistes”，内容也被改得面目全非。再如，《伐柯》被译成“The Carpenters”，内容从“美周公”“周大夫刺朝廷之不知”摇身变成了两个木匠之间在劳作时的对话，译诗前后矛盾。此录译诗如下：

The Carpenters

A. ——
“I havegot to make a handle，but there is not any good
In beginning，for I have not got an axe to hew the wood.
Like afellow who would marry，but his chance of wed-lock's shady，
For he does not know a person to present him to the lady.”
B. ——
“Go to work，and shape the handle；don't make any lame exuse.
The pattern you've to copy is laid ready for your use.
Like a baffled suitor，say you；nay，you're rather like a lord
With his bride beside him，and afeast set out upon the board.”

总之，改写是阿连壁《诗经》翻译的最突出的特征。其原因有多个方面，其中最根本的原因是译者的西方诗学观念和读者中心观念在翻译过程中占据了支配地位。译者试图使用西方的思维方式和文化视野，把原诗的文化历史比较彻底地植入西方文化语境，而实际上，这一意图又难以实现。其对《诗经》的态度与翻译目的与理雅各和詹宁斯迥然有别。如果后两者可以称为虔敬，那么前者则是怀疑乃至轻慢，几乎达到了摆布的程度。但这种状况主要体现在《国风》部分，自《雅》开始，情况有所转变，到了《颂》的部分，则译诗从内容到形式显得忠实多了。如《维天之命》：

维天之命，
於穆不已。
於乎不显，
文王之德之纯。
假以溢我，
我其收之。
骏惠我文王，
曾孙笃之。

High heaven's mysterious statutes
No change, no error know.
And oh, King Wen's great virtues,
How gloriously they show!
We gratefully acknowledge
His favour to our State.
May we and each descendant
These virtues emulate!

阿瑟·韦利（Arthur Waley）是继理雅各之后另一位重要的《诗经》翻译家。他第一次打破了《诗经》原来的编排顺序，根据诗歌的主题来重新编排诗篇顺序，分为求爱诗、婚姻诗、勇士与战争诗、农事诗、祝祷诗、欢迎诗、燕饮诗、宗族诗、祭祀诗、歌舞诗、宫廷诗、宫廷传说诗、建筑诗、田猎诗、友情诗、道德诗、悲悼诗共 17 个类别。因此，他的翻译可以称为文化研究型翻译。其分类方法可能对我国现代《诗经》学研究有过影响。

韦译通篇不用韵，诗文节对行应，语义翻译讲求忠实和准确；诗后常通过附加注释对诗篇的文化历史背景和翻译方法做出解释和说明。但韦译没有以任何形式翻译《诗序》，也没有在注释中普遍介绍或评论传统的《诗经》

传疏。这是韦译本与以往三个译本最大的区别，标志着他与传统经学的根本分离。但这并不意味着在韦利的眼里《诗经》就完全是文学意义的诗，而是文学审美性和文化历史性的统一。因此，韦利的翻译既是文学的，又是文化学的。

韦利全译本于 1937 年在伦敦爱伦昂文（Allen&Unwin）公司出版。1954 年和 1969 年由同一公司分别出版第二版和第三版修订本。1996 年美国树林出版公司（Grove Press）又出版了由约瑟夫 .R. 艾伦（Joseph R. Allen）补译和补注，并重新按《诗经》原来顺序编排的韦译《诗经》(The Book of Songs)。韦译代表了西方《诗经》翻译史上的一种翻译模式——文化研究型翻译，文学价值和研究价值都较高，是继理雅各译本之后，《诗经》翻译史上的又一重要译本。

1950 年，瑞典汉学家高本汉（Bernhard Karlgren，1889－1978 年）的《诗经》英语全译本，在瑞典斯德哥尔摩的远东古籍博物馆（Museum of Far Eastern Antiquities）出版，引起了中西《诗经》学界的强烈反响。高本汉的《诗经》翻译是在对文字、音韵、训诂三方面深入探讨的基础上进行的，译文严谨精确，为后世所称道。译者不赞成传统经学家的美刺说，他广参先秦典籍和三家诗，力图理清文字的精确含义，采取字对句应，严格直译的策略，可谓是高度忠实于诗篇文本意义的译本。高译本最大的特点是学术性较强，具有较高的《诗经》学研究价值。

庞德《诗经》全译本 1954 年由哈佛大学出版社出版，名为《孔子诗集》。1955 年由同一出版公司出版修订本。

庞译本每篇诗前无题解，后无注释，只有诗篇正文。很多译诗用韵，但有的韵律较整齐，有的则不够整齐，且韵律常随内容变换，多种多样。译诗从主题到字义都有较大改动，不对照原诗很难辨认译诗的出处。在结构形式上，诗行删节较多，也有少数增译的篇例。所有诗篇的翻译几乎都使用了概括的手法，译者总是根据自己的理解，重新改写成新诗。有时，译者为了体现自己对原文的不同理解，提供两个译文，以备读者参考。在对原诗进行改写这一点上，庞译与阿译有些相似，但两者有本质的区别：阿译试图把中国人眼里的《诗经》变成英国人眼里的诗；庞译则是通过《诗经》翻译进一步实践其意象主义诗歌理论，同时，庞德也在借《诗经》翻译向西方世界传递他心目中的东方道德文明。

由于庞德从理解到翻译都表现出了较大的随意性，且译本对原文改动较大，所以历来颇遭非议。但实际上，若单纯从诗学的角度来看，他的译本是十分成功的。由于其艺术独立性，庞译已经成为美国文学不可分割的一部分；美国读者似乎并不在乎，也根本不追究它是否忠实于原作，以及在何种程度上忠实于原作。因此，庞德的翻译在屡遭翻译研究界诟病的同时，也被誉为创造性翻译的典范。

20 世纪 90 年代，湖南出版社为了推动中西文化交流，启动了《十三经》西译工程。许渊冲先生有感于西方译者翻译的不足，重新全部翻译了《诗经》，于 1993 年 12 月出版。这是中国学者自己翻译的第一个《诗经》全译本。这个译本以语义型翻译为主要特色，比较注重保留原文的文化历史内涵。但翻译过程中释意的特点也较为突出，因此在很多情况下不能保全原诗的基本艺术手法和特色。译诗讲求行对句应，韵律一般采用双行押韵或隔行押韵的格式。译本有长篇绪言，介绍了《诗经》的基本知识和诗经翻译的历史概况。译本采用英汉对照的形式，并配有现代汉语译文。汉语译文主要参考余冠英、程俊英、袁愈荌、金启华、郭沫若、袁梅、陈子展等七家。英文译诗的标题根据题旨另拟；每篇译文之后附有简短题解。

1995 年，汪榕培、任秀桦合作翻译出版了《诗经》。该译本仍然采用汉英对照的形式，汉语原文标有现代汉语拼音，译文分行，追求押韵脚韵，韵律多采用双行和隔行押韵的形式，较为整齐。每篇译诗的标题多根据原诗标题译出，因而时有与题旨不符的现象。每篇诗后附有简短的题解，题解主要以现代《诗经》学研究成果为依据。以上两个译本的共同特点是比较注重体现原作的文学性，尤其是音韵特性。但原诗的音韵特性也只有译诗的韵脚押韵方面有所体现，而其他特性，如双声、叠韵、重章叠唱等则基本上在译诗中消失了。可以说，许、汪两个译本主要建立在中国诗学观念的基础之上，对西方读者的习惯并不十分注重。

第二节　理雅各的《诗经》翻译之道

一、《诗经》观及其翻译动机

任何翻译活动都是一种价值的发现和再生，或是文学的，或是文化的，或是历史的，或是科学的，总之，翻译不可能是盲目的和无益的劳动，而总是有着明确的目的和目标。《诗经》翻译作为大型的翻译活动，且不管其性质如何，从一开始就肩负着重大的使命。准确地说，理雅各《诗经》翻译的使命在于以宗教殖民的手段帮助西方殖民主义者完成对中国经济、政治和文化上的全面征服。

理雅各是英国伦敦会派到中国的传教士，1843年8月10日由马六甲进入中国传教。理雅各在香港的传教过程初期所遇到的困难和阻力，使他明白了这样一个道理：要在中国传教，就必须先在中国社会中扎下根，要在中国社会中扎下根，就必须先掌握中国的历史和文化。理雅各曾经说："我非常希望了解中国的语言、历史、文学、伦理与社会形态。""中国有据可查的历史可以追溯到什么时候？中国人的祖先在哪里？""中国人崇拜什么？""其伦理体系如何？""只有透彻地掌握了中国人的经书，亲自考察中国圣贤所建立的道德、社会和政治生活基础的整个思想领域，才可以说是与自己所处的地位和担任的职责相称。"这里的"职责"指的就是传教。由此可见，理雅各的《诗经》翻译有着直接的宗教目的。在香港的40多年时间里，他潜心研究儒家经典和释道经典，先后译出了《书》《春秋》《左传》《易》《札记》《孝经》以及《道德经》《庄子》等。通过对这些经典的研究和翻译，理雅各对中国历史和传统思想、伦理道德、宗教体系有了较充分的把握。此后，约1863年，他开始研究中国文化的源头和宝库——《诗经》。理雅各选择《诗经》翻译，可以说具体有三个方面的价值取向：一是发掘政教伦理价值。理雅各在谈到孔子删《诗》问题时说："孔子只是研究了这些诗（指《诗经》305篇）并把它们交给了他的学生。这部诗集当然有说明政治好坏的诗，也包含着说明什么是淫乱什么是美德的诗。"他认为："这些（《诗经》）诗篇是为了推行仁政和提高道德素养而收集和保存下来的。"如他十分欣赏《诗经》中的"孝道"："周朝给我们留下来的有价值的东西是孝道和由此带来的中国家庭亲密而坚固的家庭关系、敬老风俗——这种道德风尚很有价值。"他不无羡慕地说："在中国道德家眼里，孝是所有美德中最重要的美德。而良好的夫妻关系建立在良好的社会秩序基础之上。""在中国的《诗经》时代，夫妻之间常有真挚的感情，就像今天一样，这个事实不能不予以承认。"在他看来，《诗经》中类似的美德对西方社会来说，是值得学习的。二是汲取社会文化价值。理雅各在《诗经》中发现了中国传统社会文化的渊源。他在翻译中确立了"把《诗经》当作中国经典的一部分来翻译"的目标。他清楚地认识到，《诗经》"描绘了一幅幅中国古代政治状况和民情风俗的真实图画"。他通过《诗经》看到了周代妇女的自由："在那个时代，妇女的活动比现在要有更多的自由，她们会享受这种自由，因为她们离妇女裹脚的习惯还有许多世纪的时间。"他也看到了当时社会的一些陋俗："（中国）有史以来一夫多妻制就十分盛行，就像现在一样。""（中国男人）希望妇女愚蠢些，因为聪慧的女性在家中更有可能是一个祸根而不是福分。”因此他又不无鄙夷地说：“现在的中国的风俗，因为带着这些腐朽的东西，如果说会被西方风俗完全接受，那也是不现实的。”理雅各在首译本前言中附录了德国传教士小毕瓯（Edouard Biot）撰写的《从（诗经）看中国人的生活方式》一文，小毕瓯在文中对《诗经》分设“华人的体格”“衣着”“建筑与居室”“农业与牧业”“狩猎”“食物及其炊制”“礼仪、祭祀和崇拜”“婚嫁成规”“家庭习俗和奴仆”等二十个标题，并分别就这些问题进行了分析讨论，这基本上代表了理雅各对《诗经》文化价值的认识。三是利用工具价值。理雅各在《诗经》中发现了“上帝”，从而为基督教的“上帝”存在于中国经典中找到了依据。从首译本前言中介绍《诗经》宗教内容，到翻译中突出宗教内容，再到专门选译《诗经》中的“宗教”诗篇，理雅各的最终目的无疑是为了彻底了解中国的宗教源流，并在此基础上为基督教在中国的传播开辟道路。所谓工具价值即在于此。

当然，理雅各对《诗经》的艺术价值也有一定程度的认识，但他并没有从根本上予以足够的重视。

理雅各在首译本前言中对《诗经》的韵律结构有这样的分析：“《诗经》读者很快就会感受到诗行的简洁，并为之所打动。诗集中几乎所有的诗篇都是用韵的。”他对《诗经》的韵律格式十分清楚：“中国早期的诗似乎都遵从四言的格律形式，每行含有四个音节，这是由于汉语的特点而造成的。”他总结了《诗经》的 11 种韵式：连句韵、间句韵、隔数句遥韵、一章一韵、一章易韵、隔韵、三句隔韵、隔章章首遥韵、各章句尾遥韵、句中韵、四声通韵，并对这些韵式一一分析介绍，还在介绍之后附录了中国古音韵表。但是，理雅各似乎只对诗的韵律感兴趣，对《诗经》中赋比兴等具有诗学开创意义的艺术表现手法却并没有提及。这说明他对《诗经》的艺术审美价值的认识还是不彻底的。理雅各在首译本前言中对罗马一位传教士对《诗经》的赞美提出过尖锐的批评。这位传教士说：

《诗经》的篇什如此美妙，如此和谐，总领全集的可爱而崇高的古典情调也如此连贯一致，诗集中的风俗画面则又如此淳朴、细腻，所有这些特点足以证明这部诗集的真实性。无可怀疑，后代人找不到有什么诗作堪与这些古代颂歌相伦比，更不用说会有什么与之价值等同的诗作了。我们没有足够的鉴赏力在《诗经》和品达、荷马之间判断出高下，但就神性、天道、美德等方面而言，我们敢说，这部诗集仅稍逊于大卫王的《诗篇》。因为《诗经》的语言壮美，思想高尚，使人在诧异之间变得冷静，变得心醉神迷。

理雅各对此却不以为然。他颇为严厉地批评文章作者使用这样的语言"是在荒唐地加以夸张"，这样做"令人怀疑他是否真正熟悉这些诗歌"。他认为"整个诗集并不值得用诗的形式来翻译"。从这里，可以看出理雅各对《诗经》艺术的基本态度。

此外，理雅各对法国传教士孙璋（Lacharme）的拉丁文《诗经》译本也提出了批评：

> 由孙璋的拉丁文转译的德语韵文文本，以及后来再由德语转译的英文韵体本，如果不加注释，很难辨认诗的出处，即使对像我这样熟知《诗经》的人来说，也是一样。这样的翻译无论是从这些诗的诗学价值而言，还是从它们所表达的情感而言，都无甚价值可言。

尽管如此，理雅各最终还是用韵体翻译了《诗经》，并于1876年出版。但是，用韵体翻译《诗经》并不是理雅各自己的主张，而是其侄子再三劝说的结果，而且重译是在另外三个人的协助下完成的。理雅各本人后来对这个译本并不十分满意。1879年，穆勒（Max Muller）主编《东方圣书》（The Sacred Books of theEast)，其中收编了理雅各的《诗经》选译本。这个选译本仍是在1871年无韵体译本的基础上修订的，而并没有在1876年的韵体译本基础上修订。这从另一个侧面说明了他对《诗经》艺术的态度。

总的来看，理雅各的翻译体现了译者对上述价值，尤其是政教、社会文化、宗教价值的追求。

二、《诗经》翻译的政教化

(一)《序》的翻译与译诗题解的政教化倾向

《毛诗》在每一首诗之前均加《序》，《关雎》之前者称《大序》，余者称《小序》。理雅各在翻译过程中对《序》的处理采用了两种方法：一是在前言中以附录的形式将《诗大序》和各篇《小序》单独逐字逐句译出，并附上原文对照；一是在每一篇诗后均加题解，或明其背景，或概举大意，颇似原《序》。忠实地翻译《诗大序》和《小序》，足以说明理雅各对《诗经》的理解是以经学传统为基本标准的。而理雅各为译诗所加的题解，又进一步证明了这一点。

严格地说，理氏所加题解并不再是对《序》的翻译，而是根据《序》所作的评注，其中夹杂着译者自己的观点。从内容上看，理氏题解与《序》有同有异，同多异少。根据笔者的逐一调查，其中相吻合者共248篇，约占了诗篇总数的81%，我们称之为宗《序》。这类题解基本上既宗《序》之史，也宗《序》之义，如《抑》的篇头《序》为："《抑》，卫武公刺厉王，亦以自警也。"理雅各为译诗加的题解则是："Containing various counsels which Duke Wu of Wei made to admonish himself，when he was over his ninetieth year；especially on duty of a ruler to be careful of his outward demeanor，and to recelve with docility instructions delivered tohim.（包含了卫武公 90 多岁时许多自警自励的话——尤其谈到君主要注意自身行为风度，并虚心接受臣子的劝诫。）"较之于原《序》，理氏题解对诗的背景有更多的交代，内容上与《序》颇相吻合，且有过之而无不及。这类题解由于数量较大，此不枚举。另有一些诗篇题解与《序》有明显出入，此称之为悖《序》。其中《周南》3 篇：《卷耳》《桃夭》《兔罝》；《邶风》2 篇：《绿衣》《静女》；《鄘风》3 篇：《柏舟》《桑中》《相鼠》；《卫风》2 篇：《芄兰》《河广》；《王风》4 篇：《君子阳阳》《采葛》《大车》《丘中有麻》；《郑风》13 篇：《遵大路》《女曰鸡鸣》《褰裳》《东门之墠》《出其东门》《山有扶苏》《丰》《将仲子》《扬之水》《墓门》《狡童》《有女同车》《野有蔓草》；《齐风》2 篇：《著》《甫田》；《秦风》1 篇：《晨风》；《陈风》5 篇：《东门之枌》《衡门》《防有鹊巢》《月出》《泽陂》；《桧风》1 篇：《蜉蝣》；《小雅》15 篇：《黄鸟》《小宛》《无将大车》《楚茨》《信南山》《甫田》《大田》《皇皇者华》《车舝》《鱼藻》《采菽》《隰桑》《鸡鸣》《四月》《宾之初筵》；《大雅》3 篇：《召旻》《泂酌》《凫鹥》；《颂》3 篇：《昊天有成命》《执竞》《烈祖》。共计 57 篇。这些悖《序》题解，其特点一般是去刺或去史，即不从历史和政治的角度"在辞外求诗义"，而是独立地"在辞内求诗义"。如《丰》的《小序》为："刺乱也。婚姻之道缺，阳倡而阴不和，男行而女不随。"理氏题解为："A woman regrets lostopportumties，and would welcome a fresh suitor.（妇人后悔失去了幽会机会，愿意再结新欢。）"从政治美刺意义上看，两者已是南辕北辙。这类题解，约占诗篇总数的约 19％。

从诗的解读方面来说，《序》的重要性十分显著。《序》的内容或揭明诗篇的大义，或揭明美刺，或说明背景，或概举大意，可谓是诗的灵魂。冯浩菲将其分为八类，称其作用是"由户入室"，是理解《诗经》题旨的必经门户，一向为历代《诗经》学家所重视。理雅各不仅翻译了《大序》和《小序》，且根据原《序》为译诗加注题解，这在很大程度上已经说明了理译对经学传统诗教观念的遵从。

（二）译诗正文突出政教内涵

从《诗经》学史来看，《诗经》最初并不是当代诗学意义上的文学的诗。

历代儒家读《诗》、研《诗》、解《诗》，无不是以用《诗》为最终目的。孔子标“兴、观、群、怨”，其用意并不是揭示《诗》的本质，而是说明《诗》的社会功用，是他以《诗》为教的儒家诗教原则。汉朝以降至清末，《诗》与《书》《易》《礼》《春秋》被尊为儒家经典，历代儒家学者对其传、笺、注、疏、释、论，形成了源远流长的《诗经》经学传统。在此传统中，历代儒家赋予了《诗经》“经夫妇，成孝敬，厚人伦，美教化，遗风俗”和“正变、美刺”等政教内涵，成为历代封建王朝意识形态的一部分，长期统治着人们的思想。这一切也都反映到了以诗篇的儒家道德思想为价值取向、以“忠实”为最高翻译原则的理氏译本当中。

理雅各《诗经》翻译的道德礼教化倾向，表现在《风》《雅》《颂》各个部分，但最突出的表现还是在爱情婚姻诗篇的翻译当中。根据现代《诗经》学研究，《诗经》中有大约70篇爱情婚姻诗。但这些诗，在历代经学家手中被附会上了历史人物或事件，从而变成了“刺时”“刺乱”等政治美刺诗。理雅各在多数情况下也没有把这些诗真正当文学作品来翻译，而是在翻译中对其中的道德礼教内容予以了几乎与经学传统一样的关注和突出，翻译的结果往往与毛、郑、孔不谋而合，少有出其右者。

例如，《关雎》在当代看来是“一个青年热恋采集荇菜的诗”；而理雅各的译文与原文一样，则变成了旨在颂扬“文王之化”“后妃之德”的颂赞诗。译诗中诗人对“后妃”的赞扬从原诗的含蓄走向了直露，称“淑女”为“princely lady”，把“窈窕”自始至终译成了“modest” “virtuous” “bright”“coy”等一连串的道德词汇，几同于对诗篇进行道德化阐释。再如，《汉广》中“汉有游女，不可求斯”被译成“The girls free ramble by the Han/ Butwill not hear enticing word.”其中“enticing”一词，实为译者所加，颇具道德评判意味。《桃夭》被译成赞美女子勤俭持家之美德的诗。《木瓜》被译成了受恩图报的友情诗。《蒹葭》在现代看来是优美绝伦的“描写追求意中人而不得的诗”，而被译成了“求贤尚德”的怀人之作，即《小序》所谓“《蒹葭》，刺襄公也。未能用周礼，将无以固其国焉”。就这样，大部分的诗篇内容被道德化了。

值得注意的是，理雅各的三个译本，遵循传统经学观点、注重诗的经学内涵是其共同特点。虽然韵体译文语言上用了韵，译者的艺术自觉性有所提高，但注重伦理道德内容和政教功能的原则没有改变，或者说，语言的艺术性仅是为了更好地表达诗中的思想内容而已，并非译者的终极目的，因此译诗的艺术性较之于思想性，尚居于次要地位。以《野有死麕》1871年和

1876 年的译文的前两章为例：

原文：

野有死麕，白茅包之。有女怀春，吉士诱之。
林有扑樕，野有死鹿。白茅纯束，有女如玉。

1871 无韵体译文：

In the wild there is a dead antelope,
And it is wrapped up with the white grass.
There is a young lady with thoughts natural to the Spring,
And a fine gentleman would lead her astray.
In the forest there are the scrubby oaks;
In the wild there is a dead deer,
And it is bound round with the white grass.
There is a young lady like agem.

1876 韵体译文：

In the wild lies an antelope dead,
Wrapt up in a mat of white grass.
With her thoughts of the spring comes a maid,
Whom a treacherous fop watches pass.
Scrubby oaks grow the forest around;
In the wild there lies stretched a dead deer,
Close and tight with the white matting bound.
As a gem see the maiden appear.

关于此诗题旨，历来有两种对立的看法。《小序》："《野有死腐》，恶无礼也。天下大乱，强暴相凌，遂成淫风。被文王之化，虽当乱世，犹恶无礼也。"程俊英则说，《野有死麕》是"描写一对青年男女恋爱的诗"。而在理氏 1871 年无韵体译文中，恋人幽会的活泼缱绻的情景不见了，青年男子变成了一个道貌岸然的"绅士"（gentleman），少女也成了文雅贤惠的"年轻女士"（young lady）和德音优良的 gem（美玉）。"绅士"却也并不不守礼，居然干起"勾引良女"（lead her astray）的勾当，而"年轻女士"则"虽当乱世，犹恶无礼也"，面临"诱凌"，尚能以礼相拒；情急之中，犹能文质彬彬，并告诫对方不要动手动脚，要守男女之"礼"。译文使用一连串的类似于"lead her astray"（诱人歧途）这样的道德评判意味较强烈的词句，从而使译文带上了似乎比原文还要鲜明的道德说教意味。1876 年韵体译文较之于1871年元韵体译文，其道德说教意味有过之而无不及。译者把原译中的gentlemen改译作 treacherous fop 显然是考虑到了 gentleman 和 lead her astray之间遣词的不谐和，经改译之后，语气明显加重，男子从原译的gentleman（绅士），摇身一变，成了一个 treacherous fop（油滑奸诈的花花公子）。译者仿佛已经控制不住自己的感情，直接闯入诗中，对诗中角色评头论足起来。

除此以外，《汉广》《有狐》《有女同车》《风雨》《汾沮洳》《东门之池》《子衿》《江有汜》《将仲子》《殷其靁》《摽有梅》《鹊巢》《日月》《新台》《汝坟》《击鼓》《终风》等大部分爱情婚姻诗，理氏在1871年和1876年两译本中都进行了几乎与《序》一样的道德比附，从而着上了同样鲜明的经学色彩。

理氏1879年的无韵体译本，只选译了部分有宗教意味的诗篇。内容包括《颂》《雅》《风》中的114篇诗。这个选译本主要是在1871年译本的基础上经过删节修订而成，不分行，很多诗的译文都只取了部分章节；而译诗中的文字细节几乎没有改动，原来的注释被从诗的译文后面移到了题解的下方并做了轻微修订。从篇章的角度看，这个译本仍可以看做是另一个译本。译者之所以对前译进行修订，为的是突出宗教内容。而与此同时，伦理道德内容作为宗教思想的孪生姐妹，也一同被突出出来。

例如《闵予小子》，从宗教的角度来看，译诗反映了祭祀者对祖先的缅怀和崇拜。但从道德角度来看，译诗则宣扬了孝道：

Alas for me, who am a little child, On whom has devoted the unsettled state! Solitary amI and full of distress. Oh! My great Father, All thy life long, thou wast filial.

Thou didst think of my great grandfather, ascending and descending in the court, I, the little child, Day and night will be as reverent.

Oh! Ye great kings, As your successor, 1 will strive not to forget you.

诗中的"我"，一方面赞美父亲的孝敬盛德，一方面表示要永世不忘他的美德并继承他的事业。

（三）名物翻译追求历史真实性

理雅各的翻译向来是以《诗经》为经和史，而不以之为文学，这在各诗篇的名物翻译中都有十分具体的体现。《诗经》所涉及的草木鸟兽虫鱼的名字数以千计。对于这些名物，理雅各几乎从不把它们当文学意象来对待，而是努力追求其历史真实。综观其三种译本，他对名物的翻译有三个特点：

(1) 对所有名物的翻译都必须有根据。对在经学史上争议很大的名物，译者总是仔细分析，或慎择其一，或独出己断，独出己断的例子不多，如将《静女》之“彤管”译为 rosy reed 从不妄译。

(2) 同一个名物在任何场合基本上保持一致的翻译，不随便更换译法或以别的名物替代。如“葛”在《葛覃》和《采葛》中都作 dolichos，“蘩”在《采蘩》和《出车》中都作 white southernwood，“葭”在《驺虞》和《蒹葭》中都作 rushes，“棘”在《凯风》《鸨羽》《黄鸟》《湛露》中都作 jujube tree，“葑”在《谷风》《桑中》中都作 mustard plant，“桑”在《氓》《鸨羽》《车邻》《黄鸟》《鸤鸠》《七月》和《南山有台》中都作 mulberry tree。

(3) 对于地名人名一般采用音译的方法，虽然有的人名并非实指或没有确凿史据，也被“以诗为史”地照实音译。如《桑中》《有女同车》中“孟姜”译为 the eldest Chiang，《叔于田》《大叔于田》中“叔”译为 Shu，《将仲子》中“仲子”译为 Chung。对于诗中的草木虫鱼，理氏为了译得有把握，曾经仔细研读历代经学家的注疏，并就《毛诗品物图考》一书向书的作者日本学者冈元凤请教。对于自己实在没有分辨清楚的名物，译者宁可牺牲可读性，也采用音译的方法，以保持《诗经》之“经”的尊严，如：“莱”作 theIAi（《南山有台》）、“棫”作 the Yu（《绵》）、“朴”作 the Pu（《棫朴》）、“椅、桐、梓”作 the Yi、the Tong、the Zi（《定之方中》）、“莪”作 the E（《蓼莪》）等。

三、在《诗经》翻译中寻求中西宗教的相似性

对理雅各来说，《诗经》是一部儒家道德经典，同时也是一部真实地描绘中国先民信仰状况的宗教经典。他认为《诗经》中的《颂》“明显是宗教性质的”，而《风》《雅》中也有宗教性质的内容。可以说，在《诗经》英语翻译史上，对《诗经》内容有宗教自觉性，对其原始宗教内容挖掘之深之慎者，莫过于理雅各。这显然与理雅各的传教士身份和长期的神学生涯所养成的职业敏感有关。但若说理雅各对《诗经》宗教内容的格外重视是出于感性的偶然，当然是不正确的。应该说，理雅各在这方面所做的努力是一种充满理性目的的行为，其目标在于以宗教征服中国。在他看来，要在中国很好地传教，就必须首先彻底了解和把握中国人的信仰体系，并在此基础上寻找适当的切入点。这个切入点就是在《诗经》中证明中国古人宗教观念中神的存在，证明“上帝”的存在，进而证明中国古人的“上帝”和基督教“上帝”的同一性。这些事情虽然 300 年前的利玛窦等人都早已经做过，但在英语世

界这尚属首次，而且这种证明对理雅各本人的传教工作来说仍然是十分重要的。要实现这一目的，《诗经》无疑是最好的工具之一，它不仅真实地记录了中国人的信仰传统，而且还呈现了中国人的宗教信仰的源流。不仅如此，在《诗经》翻译过程中做如此精专的宗教性探索，对加深西方世界对中国人信仰体系的认识，理解其宗教信仰状况无疑有着十分重要的意义。这对传教士在西方乃至世界范围内更好地开展“宗教事业”无疑是有助益的。1879年理雅各专门选译了《诗经》的“宗教”篇章入编穆勒主编的《东方圣书》，也很好地说明了这一点。

（1）嫁接“God”与“上帝”。

理雅各首译本中对“上帝”的翻译做了认真的研究和说明，他说：“‘帝’就相当于希伯莱的‘埃洛希姆’（Elohim）和希腊语的‘神’（Theos），因此应该翻译成英文的‘God’。”他把“帝”和“God”等同，其用意大概有二：其一是让中国民众相信“上帝”（God）就是他们心目中的“天”和“帝”，增强他们的文化认同感，从而使他们更容易接受基督教教义，以方便基督教在中国的传播；其二是可以使英国读者得到“上帝（God）”无处不在的证据，这对巩固其基督教信仰无疑是有帮助的。他对《诗经》中的“上帝”的崇高性和无上权威性做了大量的介绍和分析：“（中国的）上帝似乎是专门统治人类和世界的。他为所有的人指定了粮食作为食物。他还特别监视被称为‘天子’的君王的行为。如果王者敬仰上帝，并出于对他的敬畏而笃行其职，践其志，法其道，上帝就会乐于闻君王的祭品的馨香，并保佑君王及其臣民富裕昌盛。如果君王对上帝不敬，政治上玩忽职守，他就降罚于他们，夺其位而另命他人。”“有时，上帝似乎很恐怖，天意因此改变。国之灾祸被认为是由上帝引起的，因此，天也被认为无同情心。但这是他的奇怪做法，是他的裁决，是他想让人们悔罪。他并不憎恨任何人，引起灾祸的实际上并不是他，而是人，因为人们抛弃了古人的正确的统治方法。上帝在给人生命的同时，也给了人以善良的天性，但很少人能够保持善良的天性，善始善终。”这听起来也很像是对英国基督教徒的布道，似乎是让他们知道“God”就像中国的“帝”一样，是奖善惩恶的，其目的就是宣扬上帝崇拜，强化教徒的宗教信仰。《诗经》中“帝”共出现43次，其中《国风》中出现1次，《雅》《颂》中出现42次。除了《国风·君子偕老》中的“帝”被译作goddess之外，其他全部被译作“God”或“god”。有时候，译者则径直把基督教的语言用在译文当中。如《大雅·大明》和《鲁颂·閟官》中的“上帝临女”都被译作了“God is with you”（上帝与你同在），而原文中的"临"字，本当为从高处向下俯视或从高处监视的意思，与译文的意思有一定差距。从这里可以看出译者欲在基督教和中国原始宗教之间求似的愿望。

（2）塑造"天"神。

理雅各在《诗经》中寻求"God"，并在实际上消除了中国古人心目中"帝"与"God"的差别，其中深意的确耐人寻味。但另一方面，理雅各并不在翻译中追求一神独尊，而把"天"塑造成了另一个神"Heaven"。和在原文中一样，"天"神"Heaven"在译文中也有这样的属性：①神秘。如，The ordinances of Heaven are inexplicable（《十月之交》：天命不彻）；②昊明。如，Great Heaven is intelligent（《板》：昊天曰明）；③能生万物。如，Heaven gave birth to the multitudes of the people（《荡》：天生蒸民）；④能监察下土。如，Heaven surveyed this lower world；And its appointment. lighted [on king Wen]（《大明》：天监在下、有命既集）；⑤能降福祉降罪罟。如，Heaven will give great blessing to our prince（《閟宫》：天锡公纯嘏），Heaven is now inflicting calamities/Andis destroying the State（《抑》：天方艰难、日丧厥国），Heaven issending down death and disorder（《桑柔》：天降丧乱），Heaven isletting down its net（《瞻印》：天之降罔）。

总之，"天"是一个万能而又有情感的人格化、道德化的最高神。整个《诗经》中"天"共出现159次，其中《国风》中出现15次，《雅》《颂》中出现144次。理雅各译文中同样使用了159次"Heaven"或"heavenly"、"heavens"（后两者仅有数例）。他把"Heaven"的首字母大写，其用意无疑是神化"天"，与"God"的首字母大写一样。但实际上，在原诗中"天"和"帝"一般很难区分，两者乃同质而异名而已。理雅各为什么不把"天"也译作"God"，这也是一个十分有趣的问题。其原因可以从两个方面来分析：从心理上讲，理雅各无意用基督教的一神论来取代中国古人观念中的多神论，如此之举倒似乎只是在证明中国原始宗教中神的存在。从基督教原则上来讲，"上帝（God）"是神圣的，他的名字是唯一的，若把"天"也译作"God"，无异于承认上帝同时拥有两个名字，这意味着对上帝的亵渎。从这一点上说，这种处理方式恰好证明了理雅各的神学素养和对待宗教问题的严肃态度，这是其他非传教士《诗经》译者所不及的。

（3）以基督教神学类比周代宗教诸神。

理雅各尽管在译文中使用了"Heaven"一语，但在他的心目中，"天"神实际上与"上帝"（God）是同一个神。"Heaven"也就是"God"当然居于万神之主的地位。他在前言中对诗中的诸神做了这样的说明："中国古人就是这样信仰上帝，也是这样想象上帝的。他们也信仰上帝率领下的诸神。这些神，有的掌管山川河流，有的住在天上。其实，几乎所有的东西身上都有守护神，每一个地方都有神，人们必须随时随地保持善良的心和良好的行为。"他提到了天体神、河神、山神、旱魔、地神、战神、路神，等等。在这个神的王国，"帝"是最高"神"，其次是日月星辰神，再次是山川河流神。祖先的灵魂也有无上的权威和力量。这些神都能降福和降罚于世人。这样，理雅各在有意无意之中把中国先民的"神"依照希腊罗马神的体系描绘成一个等级森严、上下尊卑、各司其职的神的族系。《时迈》的翻译是一个很好的例子：

时迈其邦，昊天其子之。
实右序有周，薄言震之，莫不震叠。
怀柔百神，及河乔岳。

理雅各将其译作：

Now is he making a progress through the States,
May Heaven accept him as its Son!
Truly are the honour and succession come from it to the Houseof Zhou.
To his movements, all respond with tremulous awe.
He has attracted and given rest to all spiritual Beings,
Even to [the Spmts of] the Ho, and the highest hills.

理雅各认为这首诗反映了周人宗教中神的等级观念。在1879年选译本中，在他本首译诗后加注说："'所有的神'实际上就是'天'神之下的掌管大自然的'百神'，尤其是指周土中的众河神和山神。诗中提及黄河五岳之神，因为他们既然对武王的作为满意，其他河神山神自然也就满意了。"('All spirits beings' is, literally, 'the hundred spirits', meaning the spirits presiding, under Heaven, over all nature, and especially the spirits of the rivers and hills throughout the kingdom. Those of the Ho and lofty mountains are mentioned, because if their spirits were satisfied with Wu, those of all other mountains and hills, no doubt, were so.)

理雅各所排列的神的等级是清楚的：天神至上，其次是大河大山之神，再次是小河小山之神，最后是文王，、武王等人神。值得注意的是，理雅各在这里用这首诗来证明"上帝"God是众神之主，实际上已经混淆了"天神"Heaven和"上帝"God之间的区别。这反映出理雅各在基督教和中国宗教之间求同的心理是如此迫切，以致自己在“一神论”的原则问题上也发生了矛盾。

除此以外，理雅各还在诗篇中寻求耶稣的形象。他在《生民》中，以“履帝武敏歆”的诗句证明作为周人最高神的后稷，是上帝的儿子：

厥初生民，时维姜嫄。
生民如何？克禋克祀，以弗无子。
履帝武敏歆，攸介攸止。
载震载夙，载生载育，时维后稷。

The first birth of [our] people,
Was from Keang Yuen.
How did she give birth to [our] people?
She had presented a pure offering and sacrificed,
That her childlessness might be taken away.
She then trod on a toe-print made by God, and was moved,
In the large place where she rested.
She became pregnant; she dwelt retired;
She gave birth to, and nourished [a son],
Who was How-tseih.

译诗实际上是在暗示稷与耶稣之间具有相似性。译者巧妙地用后稷传奇的身世和神的地位与耶稣的传奇身世和地位进行类比，只是没有明言耶稣的名字罢了。在这里，译者的基督教情结又一次隐约流露出来。

理雅各还援引《大雅·崧高》一例，说明甫、申两臣是山神所生：

崧高维岳，骏极于天。
维岳降神，生甫及申。
维申及甫，维周之翰。
四国于蕃，四方于宣。

Grandly lofty are the mountains,
With their large masses reaching to the heavens.
From these mountains was sent down a Spirit,
Who gave birth to [the princes of] Foo and shin.
Foo and Shin,
Are the support of Chow,
Screens to all the States,

Diffusing [their influence] over the four quarters of the kingdom.

关于甫和申，毛、郑、孔三家没有详细注解。对此，现代《诗经》学似乎也有分歧。程俊英称甫应指吕侯，申即周宣王舅母申伯，而周振甫则以甫、申分别为甫侯和申伯，两人同为周宣王大臣。但有一点是肯定的，即甫申不是君王而是臣子。那么，按照理雅各的神的等级体系，甫申不应为“上帝”所生，而应为下级的山神所生。而从译文来看，山神好像是被更高一级的神派下来的。这实际上是对原文的一种十分隐蔽的篡改。这样，理雅各就为中国原始宗教中的神建立了这样一个体系：上帝——日月神——星辰神——大地神——黄河五岳神——小河小山神——其他小神——祖先神。其中祖先神也有分别，君王由上帝所生，臣子由山河神所生。而像后稷、文王、武王这样的祖先神虽然为上帝所生，但也要侍奉自然神。从翻译角度看，这是一个十分有趣，也是十分有意义的现象。虽然译者在表面上相当忠实地翻译了原文，但实际上，译者通过前言、题解、正文、注释等多种途径对原文十分隐蔽地进行了文化上的归化。在译者的笔下，基督教和中国原始宗教的界限已经变得十分模糊了。

由于理雅各在基督教和我国周代宗教之间采用了类比的观点，因此他并没有得到中国古代宗教的真谛。准确地说，中国的“帝”是殷商的最高神，而“天”是宗周的最高神，若说“帝”是喜怒无常、冷酷无情的自然神，那么“天”就是经过周公道德化、人格化了的神。周代帝王祭祀天神、地示、人鬼有着浓厚的政治伦理意味，它构成了周代宗法制度的天理依据。中国古代帝王祭天祀地，一般是名为求社稷之福，实为借助神意之名，维护宗族关系和国家的安定；中国先民祭神祭祖，一般是为祈福消灾。所有这一些都是与基督教无法同日而语的。难道理雅各真的是因为其先人为主的观点而误解了中国古代宗教的特性和实质？或许，理雅各是明知故犯，为达到自己的目的而故意混淆了基督教和周代宗教之间的差别。

第三节　詹宁斯的《诗经》翻译之道

19 世纪晚期的第二个《诗经》英译本是詹宁斯（WilliamJennings）译本。关于威廉·詹宁斯的身份和生平，我们了解得很少。英国文学史著作和我国出版的汉学史著作里都找不到他的名字。从译本所反映的情况来看，他应该是清末一名颇具文学天赋的英国驻华外交官，由于长期．在中国生活，对《诗经》产生兴趣并将其全部译成英文。詹宁斯深受理雅各《诗经》译本以及传统经学的影响，其翻译过程中的文本内容训释基本上是按照传统经学观点进行的。其突出表现是对《诗经》中的道德观念十分推崇，说《诗经》“在一个很重要的方面超过了彭斯（Burns）、拜伦（Byron）、海涅（Heine）和其他许多著名诗人，那就是它具有高碍多的道德价值”。从译本前言中可以看出，詹宁斯对理雅各的散体译本十分赞赏。他称赞理雅各无韵体译本是“无价之宝”和“永远的标准教科书”，并直言：“如果没有理雅各在译本前言和注释中所提供的大量资料，我简直不敢想象能够完成这部译作。”和理雅各一样，他在译诗中通过正文和注释，基本上反映了儒家的“美刺”观。

然而，詹宁斯在理雅各之后再次用韵体翻译《诗经》，说明他有超越理雅各的愿望。对于理氏的韵体译本，詹宁斯颇有微词。他在译本前言中指出，理氏韵体译本由于非汉学家助手的参与，远没有取得好的效果，其弱点主要是译文不准确：在很多地方，译者牵强附会，插入了许多原文中所没有的词语，甚至为了解释意思而不惜插入了许多诗行，而这些解释又常常背离了原文的意思。如《关雎》，理雅各的韵体译文就随意添加了不少内容：

Hark, from the islet in the stream the voice
Of the fish hawks that o'er their nest rejoice!
From them our thoughts to that young lady go,
Modest and virtuous, loth herself to show.
Where could be found, to share our prince's state
So fair, so virtuous, and so fit a mate?

詹宁斯认为，欧洲最忠实的韵体译本是施特劳斯（Victorvon Strauss）译本，因此，他欲效法施特劳斯，为英国读者奉献一部与德国人眼中的施译本一样优美的英文译本。詹宁斯主张《诗经》翻译应该忠实于原文，并在形式上尽量切近。詹宁斯的翻译，实际上就是力求把理雅各散体译本和韵体译本各自的优点合而为一，让诗与经在他的译本中共生。

一、忠实于儒家道德

从阿连壁（C. F. R. Allen）译本前言中我们得知，詹宁斯的《诗经》翻译应该是在我国境内进行的，因此我国传统《诗经》学对他的影响不可避免。同时，詹宁斯深受理雅各译本的影响。他在译本中大量征引理雅各的观点，仅在翻译注释中引用理雅各散体译本的注释前后达 13 次。例如在《召南·行露》的翻译之后的注释中，詹宁斯直接转引了理雅各散体译本中引用的一段注释：

Dr. Legge thus cites the account given by an ancient writer of the origin of these lines:"A lady of Shin was promised in marriage to a man of Fung. The ceremonial offerings from his family, howev-er, were not so complete as the rules required; and when he wished to meet her and convey her home, she and her friends refused to carry out the engagement. The other party brought the case to trial, and the lady made this Ode, asserting that while a single ceremonywas not compiled with, she would not allow herself to be forced from her parent's house."

这是理雅各根据经学家刘向《列女传·贞顺篇》所作的注释，詹宁斯一一引用。由于大量参考理雅各，詹宁斯的翻译不可能脱离理雅各为这一时期所有《诗经》翻译所定下的经学基调。这从以下三个方面可以看得清楚：

首先，詹宁斯对诗旨的理解与《小序》有较大的一致性。现以十篇诗为例，将其《小序》和詹译标题试作对比：

篇名	小序	詹译标题
关雎	《关雎》，后妃之德也，《风》之始也，所以风天下而正夫妇也。	Song of Welcome to the Bride of King Wan
葛覃	《葛覃》，后妃之本也。	Industry and Filial Piety of Wan's Queen
鹊巢	《鹊巢》，夫人之德也。	The Wedding-joumey of a Princess
小星	《小星》，乃惠下也。	Contented Concubines
江有汜	《江有汜》，美媵也。	Jealousy Overcome
静女	《静女》，刺时也。	Irregular Love-making
鄘风·柏舟	《柏舟》，共姜自誓也。	The Faithful Widow
木瓜	《木瓜》，美齐桓公也。	Recompense
叔于田	《叔于田》，刺庄公也。	A Dashing, Popular Young Hunter
女曰鸡鸣	《女日鸡鸣》，刺不说德也，陈古义刺今不说德而好色也。	The Cood Wife

对毛诗《小序》和詹译标题进行逐一对比可见，除极少数情况外，两者在绝大多数情况下是一致的。其中《关雎》《葛覃》《小星》《江有汜》《木瓜》的标题尤为典型，是完全根据经学训释翻译出来的，这可以从一方面说明詹译本的题旨理解主要是建立在经学训释基础之上的。

其次，从文本内容上看，詹译本的文字训释依据也完全是经学。如《召南·小星》两章中的后三行分别为：

Softly, where our lord is (sleeping),
Soon or late by night go we.
Some have high, some low degree. (第一章)

Softly nightly go we creeping,
Quilt and coverlet in hand.
Some take high, some lower stand. (第二章)

译文集中反映出了译者经学的解释方法："Softly, where our lord is (sleeping), /Soon or late by night go we. / Some have high, some low degree." 和 "Softly nightly go we creeping, /Quilt and coverlet in hand. / Some take high, some lower stand." 分别对应于"肃肃宵征，夙夜在公，寔命不同"和"肃肃宵征，抱衾与裯，寔命不犹"，描绘了地位在王后之下的宫女颔首趋步、谨小慎微的形象和俯首认命的心态。说明译者是按经学"《小星》，乃惠下也"的解释翻译的诗中细节。这首诗在现代《诗经》学者眼中则是"小官吏出差赶路，怨恨自己不幸的诗"。①

再次，不仅是诗篇内容，译诗后的注释则更进一步体现了詹宁斯的经学观点。从注释内容看，他基本是按经学的解释为诗篇作历史背景的交代乃至诗旨的进一步说明。如詹宁斯为《召南·关雎》和《召南·采蘩》分别加了这样的注释：

《关雎》：The song is supposed to have been made by the inmates of the Palace, the ladies of the harem, who, it seems, werefar from being jealous of her: see Ode 4. Her retiring, gentle ways and chaste disposition made her a proper match as the principal wife of this virtuous prince. For an account of Wan see the whole of PartIII. Book I. ; in Odes 2 and 4 0f that Book will also be found reference to his bride. Her name was T'ai-sze.

《采蘩》：The Ode is said to illustrate the influence of the reforms of King Wan. The wife of afeudal prince is here praised for her diligence in preparing for her husband's offerings in the ancestral temple.

詹译本中这样的经学式注释不胜枚举，足以说明詹宁斯处处以经学传疏为注释依据。可见，从诗篇的诗旨到"史事"，詹宁斯极少有违背经学传统

① 程俊英．诗经译注［M］．上海：上海古籍出版社，2004.

的现象，与理雅各相比，他在这方面的忠实性可谓是有过之而无不及。

当然，詹宁斯译本也有自己的特点，那就是，在某些诗的诗旨理解上，詹译本也时而脱离汉代经学训释，从文本内求意义。试以《月出》为例：

O moon that climb'st effulgent!
O Ladylove most sweet!
Would that my ardour found thee more indulgent!
Poor heart, how dost thou vainly beat!

O moon that climb'st in splendour!
0 ladylove most fair!
Couldst thou relief to my fond yeaming render!
Poor heart, what chafing must thou bear!

O moon that climb'st serenely!
0 ladylove most bright!
Couldst thou relax the chain I feel too keenly!
Poor heart, how sorry is thy plight!

《毛诗序》云："《月出》，刺好色也。在位不好德，而说美色焉。"朱熹《诗集传》则云："此亦男女相悦而想念之辞。言月出则皎然矣，佼人则僚然矣，安得见之而舒窈纠之情乎？是以为劳心而悄然也。"金启华今译题解为"对月怀人"[①]；袁愈荌今译题解为"月下想念一个漂亮的姑娘"[②]；余冠英的解说最为详细："这诗描写一个月光下的美丽女子。每章第一句写月色，第二句写她的容色之美，第三句写行动姿态之美，末句写诗人自己因爱慕彼人而怪然心动，不能自宁的感觉。"[③] 显然，詹译与朱熹乃至今人的解说颇相一致，而去《毛诗序》的训释甚远。译诗后并没有任何注释。译者把原诗化转成为一首名副其实的爱情诗，让读者自己去玩味译诗的内容。这可作为詹译违背经学的显例。当然，可能这里面仍有理雅各的影响在起作用。

① 金启华．诗经全译［M］．江苏：江苏古籍出版社，1984.
② 袁愈荌．诗经全译［M］．贵州：贵州人民出版社，1981.
③ 余冠英．诗经选［M］．北京：人民文学出版社，1982.

二、以诗译诗，超越理氏译本

《诗经》是经，也是诗。詹宁斯对《诗经》的艺术十分赞赏。他援引冯·代·迦博伦兹（Von der Gabelentz）的话说："我可以向读者保证，鄙意在这部诗集（指《诗经》。笔者按）当中，甚至可以说在这部整个中国文学的元典当中，没有一行诗不可以在最隆重的场合高声朗诵；无论是在东方还是西方，没有一部文学作品可以博得这样的赞誉。"詹宁斯在传达翻译儒家思想道德的同时，尽量在译诗中使用格律。与理雅各不同的是，詹宁斯在使用格律时并不随意添加字或行，即使偶尔有所添加，也用括号标出。例如《鹿鸣》，詹宁斯的译文就比较简洁，韵律也齐整（仅选第一章）：

Hear the happy bleating deer
Browsing on the fragrant meads.—
Noble guests surround me here;
Strike the lute; and blow the reeds,
Blow them, let their tongues resound;
Gifts in baskets pass around.
Men that love me, sure, are they,
Pointing me the Perfect Way,

译文紧贴原文意思，诗行较简短，且与原诗行数相同，符合原诗特点。译诗隔行押韵与双行押韵相交替，流美可读。

理雅各的译文则有明显不同：

With sounds of happiness the deer
Browse on the celery of the meads.
A nobler feast is furnished here,
With guests renowned for noble deeds.
The lutes are struck; the organ blows,
Till all its tongues in movement heave.
Each basket loaded stands, and shows
The precious gifts the guests receive.
They love me, and my mind will teach,
How duty's highest aim to reach.

译文比原文多出两行，有凑韵的痕迹。诗行较长，一般用六到八字，比詹译每行平均多出约两字。如"示我周行"译作 and my mind will teach, /

How duty's highest aim to reach. 两行是押韵了，但译文准确性丧失。若把此译文与无韵体译文相对照，可一目了然：

With pleased sounds the deer call to one another,
Eating the celery of the fields.
I have here admirable guests;
The lutes are struck, and the organ is blown [for them]; ——
The organ is blown tillits tongues are all moving.
The baskets of offerings [also] are presented to them.
The men love me,
And will show me the perfect path.

为了取得押韵效果，詹译也采用变通手法，但并不添词加行。如《郑风·风雨》，译文很能表现出译者的翻译智慧和文学天赋：

Though cold it be with wind and rain,
The cock crows out his "cokaloo":
The Goodman I have seen again,
How were not I contented too?
Though wild the gusts of wind and rain,
The cock crows out his "cokalee":
The Coodman I have seen again,
How should not ever trouble flee?
Dark though it be with wind and rain,
The cock unceasing lifts his voice.
And, having seen my lord again,
How should not now my heart rejoice?

译者通过在鸡的叫声上做文章，使译文十分押韵。

如果说詹译是以诗译诗，其主要表现除在于韵律齐整之外，还有诗行的独立性，即使偶尔有跨行现象，幅度也比较小，不像理雅各的韵体译本。如《柏舟》：

The cedar boat is drifting,
On currents never still.
Sleepless I lie, vexed inly,
As with some unknown ill.
' Tis not that wine is wanting,

Or leave to roam at will.

理译则带有了一定的散文意味：

It floats about，that boat of cypress wood，
Now here，now there，as by the current borne.
Nor rest not sleep comes in my troubled mood；
I suffer as when painful wound has torn
The shrinking body. Thus I dwell forlorn，
And aimless muse，my thoughts of sorrow full.
I might with wine refresh my spirit worn；
I might go forth，and，sauntering try to cool
The fever of my heart；but grief holds sullen rule.

应该说，詹宁斯的翻译是颇具《诗经》原味的，译文遣词不多修饰，以平易与朴实见长，却又不失之低俗，足见作者对《诗经》的研究还是相当有深度的。大概正是因为詹宁斯刻意保持原诗的异域文化情调，并不符合庞德的意象主义诗学原则，所以并不为庞德所肯定。

但是，尽管詹宁斯在前言中曾经称自己的译文是“贴切的翻译”，有不少地方实际上并非如此。如《桃夭》就与原诗有出入：

Ho，graceful little peach-tree，
Brightly thy blossoms bloom!
Go，maiden，to thy husband；
Adorn his hall，his room.
Ho，graceful little peach-tree，
Thy fruit abundant fall!
Co，maiden，to thy husband；
Adorn his room，his hall.
Ho，graceful litde peach-tree，
With foliage far and wide!
Go，maiden，to thy husband；
His household well to guide.

译者在译文后加注释说：“原诗中的新娘并不是这样被直接嘱咐的，若换了语气，译文就是完完全全的直译。”（The maiden is not thus directly addressed in the original；but the above isotherwise exactly literal.）译者的意思是说，他的译诗与原诗的不同，仅在于语气上有所改变。然而，仅是语

气的变换，已足以使译诗与原诗相去甚远。

第四节　理雅各和许渊冲《诗经》英译本比较

《诗经》是中国最早的诗集，是中国五大经典之一，已被翻译成各种不同的语言。众多英文翻译版本各具特色，其中理雅各和许渊冲的译本具有较强的代表性，两位译者所处时代、国籍、身份和经历都不尽相同，同时出于各自不同的翻译目的，译文呈现的风格也有很大差异，但在一定历史时期都很有代表性。两译本的不同主要体现在四个方面。

一、《诗经》两译本比较

（一）译者及译本简介

英国传教士、学者理雅各（1814—1897）是完整翻译《诗经》第一人。1871 年理雅各完成并出版了《诗经》无韵体全译本，1876 年他又用韵体重译了《诗经》，1879 年他又选译了《诗经》部分诗篇。理雅各非常强调对原文的忠实。他的翻译更偏向于直译。翻译中，他严格遵循原文的词语、句子顺序。其译本通常不仅包括原诗及其翻译，而且还增加了详尽的解释和评注，因此译本较长。他的翻译学术水平很高，被视为 19 世纪英国学术研究最高水平的代表，有助于西方世界增加对中国文明与文化的了解。因此，理雅各的翻译被归为学术翻译。其译本成为中国文学在西方传播的里程碑，具有巨大的翻译实践和翻译理论研究价值。

1993 年湖南人民出版社出版的许渊冲（1921— ）《诗经》英译本——Book of Poetry 是对他自己提出的“三美”论（意美、音美、形美）的很好实践。其翻译以简洁著称，他认为翻译最重要的是要尽可能多地保持原作的美，为了不损害《诗经》原作的简洁之美，译文没有过多的注释。许渊冲认为“由于所有的中国古典诗歌的创作都用韵，因此如果不用韵就无法在译文中实现与原文类似的效果”（许渊冲，1993：17），因此在翻译富有音乐性《诗经》时，为了保持这种美，他一路用韵，在准确把握原诗的基础上，充分考虑原诗押韵的特色，以意译为主、直译为辅。

（二）译本比较

总体而言，理雅各和许渊冲的译本各有特色，为西方从不同角度接受《诗经》作出了巨大贡献。以下是这两个译本的主要差异：

1. 译本序言

理雅各和许渊冲的译本最明显、最易觉察的一大区别就在于译本的序言。理雅各在序言解释中表达了他的翻译目的——在中国特定的传统和文化之中教导读者。理雅各的翻译属学术性翻译，其译本的一大特点在于长达182页的序言，序言涉及《诗经》的各个方面。序言除了介绍《诗经》本身以外，还提供了很多诗集创作的时代背景。序言虽然篇幅长而细致，但却安排得井然有序。全书分为序言、主体和索引三大部分。而序言部分又细分为5章，每章各有一个具体话题。总之，序言介绍了关于《诗经》的采编、流传、内容、评注、传序、格律音韵等基础知识（WilliamJennings，1891）。理雅各之所以这么做主要在于他推断目标读者期待得到这些信息，为了获得充分的语境效果，读者乐意付出努力去处理这些信息。

与理雅各不同，许渊冲译本的序言非常简短。中英文序言分别为10页。许渊冲在序言中仅简单介绍了《诗经》的主要创作技巧、特点、主题以及意义。他在序言中讨论了诗集创作的历史时期，对这些诗歌进行了具体分类，提供了这些诗歌的创作地和功能，并分别对所划分的每一类诗歌就主题、风格、特点、功能和成就等进行解释。序言中许渊冲对《诗经》的翻译史作了简要总结，并表明了自己的翻译观，“诗集中的诗有不同的解释，因此每首诗都有不同的翻译版本”（许渊冲，1993：19）。然而，同理雅各的序言相比，许渊冲的序言在内容和解释方面非常有限，用来阐述自己观点的例子也远远少于理雅各。

2. 译本文体形式

虽然两位译者都采用诗歌这一文体来翻译此书，但在具体形式方面却呈现出巨大差异。

理雅各起初用散文体翻译此书，但结果不尽如人意，后又在散文体的基础上用韵体重译了此书。因此译文保留了很多散文体版本的特点，如大量的注释和评论。他的翻译大部分为直译，更加追求完全忠实于原文，实现一一对应，尽力保留原文的顺序与结构，因此读起来更像散文，而不像诗，本质上仍为无韵体。如“采薇”中最美的八行：“昔我往矣，杨柳依依。今我来思，雨雪霏霏。”理雅各采用音译翻译标题——“Ts’ae We”。

And no one knows our sadness. At first, when we set out,

The willows were fresh and green; The snow will be falling in clouds.

Now, when we shall be returning,

原诗结构一致，每一行由四字构成且押韵。尽力传达原诗基本含义的同时，理雅各严格遵循原诗的句子结构和顺序，但没有押韵。读起来更像流畅、富有乐感的散文，而不像诗。

许渊冲认为“翻译，尤其是诗歌翻译，是将一种语言转化为另一种语言的艺术”（许渊冲：1992：20），译诗最重要的原则就是保持原作的美。具体而言，许渊冲主张“三美”原则，在他看来，严格讲究格律的中国古体诗之美惟有翻译成押韵的英语诗方能得以传递。译诗如不传达原诗的音美，就不可能产生和原诗相似的效果；相反，用韵的音美有时反而有助于传达原诗的意美。也就是说，用韵固然可能因声损义，不用韵则一定因声损义，用韵损义的程度反比不用韵小（岳峰，2002：2）。因此翻译《诗经》时，在灵活处理原诗结构和顺序的同时，许渊冲更加注重译文的韵律与节奏，全书以严格的韵体译出，每首诗都一韵到底。同样举《采薇》中两句为例：

When I left here,
Willows shed tear.
I come back now,
Snow bends the bough.

通过描写士兵归来时的几种不同景色和“依依”“霏霏”这两个叠声词，士兵遭遇饥渴、孤独、混乱以及不断面临的战争与死亡后的伤感之情跃然纸上。许渊冲采用了多种技巧来保留原诗音韵方面的美。全诗韵式统一，每行四个音节，与原诗相同，双行押韵，声美形美兼具，韵律格式为：AABBCCDDEE。译文更具乐感，保留了原诗的音美。

总体而言，两个译本通过不同的诗歌形式，都保留了原诗的意义。理雅各的译本提供了大量详细注释和评论，读起来更像散文，具有很高的学术价值；而许渊冲的译本通过用韵，在保留原诗诗学美的同时对原诗的形式作了一定改变，韵脚工整、格律严格，增加了乐感。

3. 对诗歌主题及主题词的不同阐释

总体而言，大部分学者或评论者对创作于距今约 2500 年的《诗经》中的大部分诗歌主题持相同观点。但仍有一些诗，学者还未达成一致，因此参考不同解释或评论文献的译者对其主题及主题词的理解各有不同。此外，不同译者由于所处的环境和语境，对诗歌主题的理解和阐释可能会有差异。理雅各和许渊冲这两位来自不同文化、不同历史时期的译者在理解同一首诗的主题和主题词方面，存在很多差异。举“召南·野有死麕”为例：野有死麕，白茅包之。有女怀春，吉士诱之。林有朴樕，野有死鹿。白毛纯束，有女如玉。“舒尔脱脱兮！无感我帨兮！无使尨也吠！”

Version A

In the wild there is a dead antelope,
And it is wrapped up with the white grass.
There is a young lady with thoughts natural to the spring,
And a fine gentleman would lead her astray.
In the forest there are the scrubby oaks;
In the wild there is a dead deer,
And it is bound round with the white grass.
There is a young lady like a gem.
[She says], Slowly, gently, gently;
Do not move my handkerchief;
Do not make my dog bark.

——Tr. James Legge

Version B

An antelope is killed
And wrapped in white afield.
A maid for love does long,
Tempted by a hunter strong.
He cuts down trees amain
And kills a deer again.
He sees the white-drest maid
As beautiful as jade.
"O soft and slow, sweetheart,
Don' t tear my sash apart!"
The jadelike maid says, "Hark!
Do not let the dog bark!"

——Tr. Xu Yuanchong

书中并未明确表明猎人与年轻女子的关系，因此不同评论者和译者会有不同解释的原因。理雅各和许渊冲对主题的理解不同，甚至可以说完全相反。理雅各赞同该诗的传统解释，认为该诗表达了对无礼的憎恶，与此同时他也根据自己的理解作了调整。他在注解中解释说该诗告诉我们"一位贞洁的年轻女子如何抵御玩弄女性的骗子的引诱。"（理雅各，2000：34）。理雅各认为诗中的女子拒绝了男子的引诱，因此是个贞洁之人，他们之间的关系不是自愿的。许渊冲持不同观点，译文注解中他提到诗中“猎人猎杀了一头鹿，用白茅包好，作为礼物送给漂亮女子。最后一节含蓄地描写了二人合欢的场景。”从注解可看出，两位译者对主题有截然不同的理解，因此译文呈现给译入语读者的画面和场景也大相径庭。

4. 重调叠咏的不同处理

《诗经》之所以成为经典，原因之一在于丰富多彩的艺术手法。使用最频繁的艺术手法是重调叠咏。为了准确传达原诗的意义和美，译者需在译本中通过一定方法处理好这一点。虽然理雅各和许渊冲都意识到重调叠咏的重要性，但两位译者在具体实现方式上有所区别。

理雅各在长序中指出重复是该诗集的一大特点。“一首诗通常只表达一个意思，数小节重复同一意思，而语言上只有微小变化。作者希望延长诗歌的长度，并通过新韵词的替代来实现这一目的，除了考虑押韵需要外的词语，前一小节几乎重复出现”（理雅各，2000：116）。他在诗集的其他部分重复指出了这一点。可见，理雅各翻译时注意到了迭词和重复手法，并意识到了其重要性。而在译文中他基本上完全保留了原诗的形式，严格遵循词语和句子顺序。翻译迭词和重复时也采取了其惯用的直译，没有作任何变化或者处理。但是，由于两种语言，尤其是发音方面的巨大差别，这种翻译并无法保留原文的押韵。

许渊冲在序言中指出“《诗经》的另一个特点是重调叠咏很多，可以增加诗歌的情韵，加深读者的印象”（许渊冲，1993：4）。他还进一步指出“有时一行只换一、两字……有时整行重复，有时整段重复”（许渊冲，1993：4）。他认为重调叠咏是令诗歌更富乐感、更美的途径。遵循“三美”翻译原则，许渊冲尽力在译文中传递这一技巧产生的美，因此翻译中许渊冲更加注重传递重调叠咏产生的美学效果，而非完全字字对译。在保留原诗意义的同时，许渊冲对译文作了一定的改变，都用了韵，有助于进一步实现音美。他尤其注意那些一行只换一、两字的重调叠咏。他并未直接将其字面意思译出，而是挖掘其深层含义，再用译文的手法来传达原文交际线索所提供的信息。大体而言，许渊冲处理这一艺术手法的方法有四类：从笼统到具体，从概括到个体，从总体到个体和逐步深入。此外，许渊冲还采用了另一种处理方法：将原诗中的多个咏叹对象进行拆分，然后将它们逐个放入构成重调叠咏的不同诗行。保留基本形式一致的同时，又有所变化，这样就既保留了原诗重调叠咏结构，又避免了单调、简单的重复。举“王风·采葛”为例：“彼采葛兮。一日不见，如三月兮。彼采萧兮。一日不见，如三秋兮。

彼采艾兮。一日不见，如三岁兮。”

Version A

There he is gathering the dolichos!
A day without seeing him
Is like three months!
There he is gathering the oxtail-southernwood!
A day without seeing him
Is like three seasons!
There he is gathering the mugwort!
A day without seeing him
Is like three years!

——Tr. James Legge

Version B

One Day when I See Her Not
To gather vine goes she
When her I do not see,
One day seems longer than months three.
To gather reed goes she.
When her I do not see,
One day seems long as seasons three.
To gather herbs goes she.
When her I do not see,
One day seems longer than years three.

——Tr. Xu Yuanchong

该诗用重调叠咏的手法形象地描写了相爱青年男女彼此思念的心情。全诗由三节组成，“一日不见”在每节重复出现，另外两行则分别只改变了一个字，程度逐渐加深。每节由12字构成，有10字完全一样，读者于重复变化产生的音美之中感受作者的创作情感。

两译本总体都保留了原诗的重调叠咏，但实现的方式有所不同。理雅各直译原诗的每一个词，词序没有发生任何改变，用词与结构与原诗完全一致，但没有像原诗一样押韵，简单的对译没有完全传递出这一手法带来的音美。而许渊冲没有字字对译，而是传递了原诗字里行间所表露出来的深层含义和情感，对词序做了灵活处理。第二节咏叹部分用“long as”替代了“longer than”。这一微小的变化减少了单调之感，让读者在重复中感觉变化，同时译本一韵到底，通过/ iː /这一工整韵脚保留了原诗“兮”产生的乐感。

由于两位译者在翻译目的、对读者期待及其认知语境的假设、译者本身的认知语境等方面各有不同，导致他们对直接翻译（direct translation）和间接翻译（indirect translation）的使用各有偏重，因此理雅各和许渊冲的译本各具特色。理雅各采用直译，译本严格遵循原诗古色古香的语言。译本加入长序，大量评注和索引，达到了很高的学术水平，对《诗经》研究者很有价值。由于追求科学与准确，译本读起来更像散文。许渊冲遵循自己提出的“三美”原则，注重保留《诗经》译本的意美、音美、形美。译本诗味浓，文学色彩强，语言、结构简洁。

第七章 《诗经》英译研究中的跨文化操纵

第一节 跨文化视角下的《诗经》英译研究

关于跨文化视角下《诗经》“桑”意象英译研究的第一步已完毕，目前，笔者正在进行第二步研究。第二步研究又分两步进行，首先，通过实证调查法研究在英语文化中的“桑”及“桑意象”的具体内涵和外延是什么？其次，进一步研究英语文化中“桑”及“桑意象”的文化内涵不断丰富、演变的动态历史轨迹如何？其产生和演变的文化生态根源是什么？第二步研究方法采用问卷调查法对以英语为母语的人，尤其是英语语言文学专业的师生进行调查，日后笔者希望能够扩大调查样本的范围以确保调查结果的准确、有效性。最后进行统计。

该研究完成后，在跨文化视角下《诗经》“桑”意象英译研究的基础上，笔者计划进一步扩展到其他《诗经》文化意象的研究方面。

笔者以为，“跨文化视角下《诗经》英译研究”可根据对“文化”和“跨文化”的概念界定不同而不同。可能是广义的文化各个不同层次的研究，也可能是狭义的文化即“文学”层面的研究；可能是完全不同的“异质文化”视角的对比研究，也可能是同一主流文化下的“亚文化”对比研究。

所以，跨文化视角下《诗经》英译研究的具体课题有许多，不仅限于以下几个方面。

(1)《诗经》文学意象的跨文化对比：包括“桑”意象和其他许多意象对比研究。

(2)《诗经》英译和传播研究研究：《诗经》在世界各地的英译和传播研究。具体包括英译历史和传播历史研究；也包括《诗经》在当代美国、加拿大、英国、澳大利亚等国的英译和传播研究；《诗经》在日本、韩国等儒家文化圈的英译和传播研究。

(3) 对《诗经》中相关的神话、传说、图腾进行跨民族、跨文化调查考证和对比，以发现文化间的异同和影响。

（4）对《诗经》中的风俗进行历时和共时研究，尤其对某些《诗经》中的风俗遗留、遗存进行跨民族、跨文化调查考证和对比研究。

上述各项研究过程中，人类学的“田野调查”和“考据学”的成果及方法可帮助我们展开研究。在此，笔者想强调的是考据学在跨文化研究中的运用。

国学考据学在《诗经》翻译（包括今译和外译）和传播（包括文化内部传播和不同文化之间的传播）方面的运用，纠正《诗经》翻译（包括今译和外译）中的一些误译，确定《诗经》中存在争议的翻译之处；根本目的是弘扬传统文化，探究当代如何更准确、有效地翻译和传播以《诗经》为代表的国学经典。

当代背景下，在《诗经》的翻译和传播过程中，借助和运用国学考据学的方法和成果可从方法论和认识论的高度来拓展我国的国学研究，这对弘扬中华文明中的国学精粹，促进中西文化交流和对话大有裨益。“考据学”的实践意义还表现在学科和学术道德建设方面。其一，有利于推动严谨的学术风气的回归，尤其在学术日趋浮躁的今天，推崇这种实证严谨的科学精神是非常必要的。考据学具有极强的科学性和强大的生命力，特别是清代考据学所具有的实事求是的治学精神、怀疑否定的批判精神、敢于超越前人的创造精神和学术态度，对于纠正当下学术研究浮躁、抄袭成风的现状具有重要的现实意义。其二，这有利于《诗经》乃至国学研究的跨学科、跨部门研究的展开，尤其对比较文学尤其是比较诗学、跨文化比较及文学翻译和传播具有重要借鉴意义。

虽然，我国之早已有考据学且成果卓著，而有关《诗经》翻译的研究论述也颇多，但目前鲜有把二者结合起来的研究。目前尚未出现把“考据学”的方法和成果运用于《诗经》英译和传播方面的研究。究其原因，主要是学术分野造成的，一方面考据学是我国国学的精华，研究者多为汉语语言文学、考古学和史学学术背景；而《诗经》翻译和传播方面的研究者多为英语语言文学和传播学学术背景。只有比较文学和文化人类学出现后才逐渐打通了其学术分野。国学考据学被运用到了文学、文化人类学、史学、书法等方面，但从未被运用到文学翻译尤其是文学典籍翻译方面。

国学考据学在《诗经》翻译和传播方面的运用研究是新的学术增长点，也必将引起国学研究、语言学研究者、传播学等广大研究者的重视。所以考据学发展到现阶段与国学文学经典翻译和传播研究相结合是未来学术研究和文化交流的必然趋势。二者必然相得益彰，可以相互促进相互借鉴和发展。现代科技如互联网、古籍、考古文物数字化技术、图书数字化必将为该领域研究提供便利，使该领域研究更规范、更科学。中国学者与西方学者必将相互借鉴和学习对方的理论和方法，其研究必将呈现多方法论、多学科、多层面研究的趋势。

第二节 文化生态学视角下的《诗经·国风》桑意象研究

一、《诗经》中的“桑意象”

研究《诗经》的文献典籍浩如烟海，《诗经》中的意象尤其是植物意象比比皆是。为什么笔者选择“桑意象”而非其他意象作为本文的研究对象？其原因有二：其一，因为“桑”是《诗经·国风》文本中出现频率居第一位的植物；其二，因为“桑”不仅和古代而且和我们现代人的生活息息相关，且其文化意象不断演变，因此尤其值得我们注意。

“桑意象”在《诗经》乃至中国古代文学中频频出现，是一个文化内涵丰富、广受关注的研究对象。笔者利用中国知网以“桑意象”为主题词搜索得到 7 条搜索结果，时间跨度从 2001 年到 2011 年。现有研究主要是从文学、原型理论、民俗学等角度对“桑意象”进行历时或共时分析。如陈庆纪主要对采桑女故事情节和圣贤“生于空桑”两种文学主题模式作出深层次的阐释，揭示出桑意象丰厚的文化内涵。洪玲则从桑象征生命、生存与桑隐喻死亡、失去两大方面来说明桑在文学中是生命的象征这一问题，并且阐述其社会意义与原因。任红敏《采桑主题与采桑女形象的演变》一文主要从文学意象的发展与流变角度讨论我国先秦文学、汉乐府民歌、魏晋时代直至唐、宋诗歌中的“桑”及“桑女”意象，是对中国文学中“桑意象”的全景式历时性描绘和评述。邱奎从民俗文化角度分析了《卫风》中的“桑”有的诗篇是文学意象，有的诗篇只是一种物象，这种不同源于卫国文化的二元性。汪萍、许攀利探讨了文学作品中“桑”所呈现的丰富意蕴。李超着重运用原型批评理论对《诗经》中桑意象及其演变进行了历时、动态的分析，揭示桑意象文化内涵动态演变过程以及其对后世文学的影响。

总之，目前还没有从文化生态理论角度分析“桑意象”的研究，本文的创新处即在此。利用文化生态理论剖析“桑意象”具有重要的理论和实践意义。理论上可以帮助我们探根溯源，实践中可以让我们举一反三，触类旁通。具体意义体现在三方面：首先，从理论高度上可以让当代人把握《诗经》乃至其他中国典籍的文化意象，并且可以更深刻理解《诗经》时代桑意象产生、发展和演变的历史线索；其次，在一定理论高度上认识文学的形式和内容、文学作品中的意象和社会文化之间的关系，且认识到任何文学意象是深深植根于当时的社会文化生态系统的。因此，可以提高我们文学鉴赏的品位，开阔文学评论的视野。最后，其实践意义体现在，本研究对中国文化典籍翻译和对外汉语教学具有指导作用。具体而言，不仅对文学翻译过程中的文化意象的理解和翻译策略的选择有极大帮助；而且对对外汉语教学尤其是诗歌教学乃至对中国文化传播方面有很大启示。

二、从文化生态角度解读《诗经·国风》中的桑意象

根据笔者统计，《诗经·国风》中出现的植物共79种，如果研究《诗经》中所有植物意象虽然很有意义但必将是一项纷繁复杂的浩大工程，因此作者仅从《诗经·国风》中富有诗情画意的诗歌中选取一例——“桑意象”作为绚丽多姿的中国古代文化生态研究的“标本”，分析“桑”折射的丰富中国文化意象和文化传统，并探析其文化生态根源。

汉语文化中“桑”的描写在《诗经·国风》处处可见。据笔者统计《诗经·国风》中“桑”出现在《鄘风·桑中》《卫风·氓》《郑风·将仲之》《郑风·山有扶苏》《魏风·汾沮枷》《魏风·十亩之间》《唐风·鸨羽》《秦风·车邻》《秦风·黄鸟》《曹风·鳲鸠》《豳风·七月》《幽风·东山》等13个诗篇中，出现频率高达26次，是《诗经·国风》中出现频率最高的植物。

本节以《诗经·国风》中桑意象基本意义为分析对象，以文化生态学为理论指导，试图揭示桑意象的文化内涵不断丰富、演变的动态过程，揭示桑意象变化的原因。桑意象的形成、发展和演变的历史轨迹是桑树——桑女/女子——爱情/母亲——家园。根据文化生态理论中关于人、环境和文化的互动关系，笔者进一步重点分析探讨了桑意象演变的文化生态原因，具体包括自然环境、桑树崇拜、土地崇拜、生殖崇拜，另外，“桑”与周代人口、社会发展密切相关。

（一）自然环境

“桑”和《诗经》时代先民们的自然生存环境密不可分。森林是人类的原始家园。在生产力水平极其低下的远古时代，先民们主要依靠在在森林中捕猎动物、采集植物种子和果实，获取食物得以生存。随着人类走出森林，

活动范围扩大，逐渐进入农耕时代，于是人类有意种植和培养森林中的各种植物。桑树、桑林在远古时代先民的物质世界中占有非常重要的地位，采桑、植桑缫丝是中国重要的农业活动，男耕女织是中国传统的农业生产方式。采桑、植桑是《诗经》时代传统的农业生产方式的体现。桑树是《诗经》时代先民日常生活中的常见植物，而且《诗经》时代周人很早就知道"桑"尽其用。从《诗经》描述可知《诗经》时代桑分布广泛，且可在不同自然生态环境中生长，有的栽在房屋、庭院旁，如"将仲子兮，无逾我墙，无折我树桑"；有的长在山上，如"山有扶苏，隰有荷华"；有的长在坡地，如"阪有桑"；有的长在低湿地；有的在长河水边，如"彼汾一方，言采其桑"；有的长在田野里，如"娟娟者蠋，烝在桑野"。《诗经》时代的先民就早已发现桑树全身是宝，有众多用途，如桑木可制作各种器具，或当作燃料；桑叶可用来养蚕纺丝，如《卫风·氓》中"氓之嗤嗤，抱布贸丝"的诗句即指用布换丝；桑果可食，如《卫风·氓》篇"无食桑葚"。"桑"自然就成为《诗经》中"出镜"率最高的植物了。

（二）桑树崇拜

从《诗经》中我们可以体会到，古代先民对祖先、天、地、山川草木等无不充满敬畏和崇拜之情，因为"中国原始宗教崇奉万物有灵，崇拜祖先神灵、皇天后土、日月雷雨、山川草木"[①]。正如瑟洛特的《象征辞典》所说："从最普遍的意义来说，树的象征意义在于表示宇宙的生命，其连绵、生长、繁衍，以及生养和更新的过程。它代表无穷无尽的生命，因此相当于永生的象征。"[②] 在远古先民看来，桑树是一种生殖力量的象征，具有孕育繁殖的功能。桑树等植物可以满足人们许多的日常生活基本需求，且其树冠高大、挺拔，枝叶茂密，远古先民对桑树等植物的敬畏和崇拜油然而生，进而对植物所生长的土地及其神力——"一岁一枯荣，春风吹又生"的神力也产生了崇拜。《山海经》《淮南子·天文训》等古籍载有"日出扶桑"的神话，《吕氏春秋·孝行览》中"尹生空桑"的故事都是桑树崇拜的例证。空桑在传说之中是商朝名相尹和圣人孔丘的出生之地。

（三）生殖崇拜

任何早期社会对人类自身繁衍生息的奥秘尚无了解之前，自然便产生了生殖崇拜。远古先民最根本的崇拜就是生命的崇拜，生殖的崇拜。这种崇拜

① 夏传才．《诗经》讲座［M］．桂林：广西师范大学出版社，2007.

② 威尔弗雷德·L·古尔灵［美］．文学批评方法手册［M］．沈阳：春风文艺出版社，1988.

往往借助一些具有象征意味的动植物表现出来。尤其，周代对社会人口增加的强烈愿望不仅是家庭、家族的大事，更是国家大事，因此在需要增加人口的迫切愿望驱使下，生殖崇拜更甚。桑树和其他一些植物，如“匏”（开黄花的南瓜）、“椒”（花椒树木）一样，由于均具有旺盛的生命力和极强的繁殖力而成为周人崇拜的对象。桑树因其桑果累累，象征女子生育力旺盛，家族人丁兴旺；另外，采集诗和各种植物在《诗经》里处处可见，如《国风》中就有“采蘩”、“采蘋”“采苓”“采葛”等。“在《诗经》中，……这些具有实用性的绿色植物，都是古代妇女经常采摘的对象。但由于绿色是春天和青春的象征，因而每当女子们在采摘这些绿色植物的时候，便会情不自禁地引起她们对恋人或丈夫的思念。”[①] 因此，汉语语言文化生态中“桑”总和女子、女性和爱情、婚，恋联系在一起，汉语中常见词汇“女桑”便是例证。如《氓》中“桑之未落，其叶沃若”，“桑之落矣，其黄而陨”的诗句是以桑喻人，其中，出现的具体文化意象是：以桑叶的繁茂来比喻女子美好的青春年华，用桑叶枯萎来比喻女子的人老珠黄。由于桑树树身粗壮，树冠广大，枝繁叶茂，常以桑林象征爱情的“伊甸园”，是男女幽会的场所。因此，桑经常与女性和爱情婚姻联系在一起。如《将仲子》中“将仲子兮，无逾我墙，无折我树桑”描写热恋中少女对心仪男子“仲子”既痴情、又担忧的心情，她劝说心上人幽会时不要如此鲁莽地翻墙折桑前来。《郑风·山有扶苏》中“山有扶苏，隰有荷华。不见子都，乃见狂且。山有乔松，隰有游龙。不见子充，乃见狡童”。诗歌描写男女会面时女子的打情骂俏，称自己心仪男子为“狂”、“狡童”等，幽会的背景是山间水边——山有扶苏（桑），湖边有荷花，即河边桑林旁。《汾沮洳》中“彼汾一方，言采其桑。彼其之子，美如英。美如英，殊异乎公行”。描写一位姑娘借口在汾河岸边采桑，其实只是想多看一眼自己心仪的一个普通英俊的小伙子，“情人眼里出西施”且赞美这个小伙子英俊超过王公贵族，其中洋溢着女子羞涩、愉悦之情。

《诗经·国风》中出现的其他植物意象，也是先民生殖崇拜文化、宗教或神话的自然流露，如椒、黍、匏、麦、苹、柳、彤管等由于其繁殖力超强或果实累累而成为先民生殖崇拜的对象；甘棠、梅、桃、等由于其外形犹如女性之婀娜娇艳，其形状酷似女性之子宫也成为先民生殖崇拜的对象。相比之下，英语语言文化中只有个别植物，如桑树因枝繁叶茂在西方也代表后代

① 张启成，王伟．论《邶》《鄘》《卫》三风［J］．贵州文史丛刊，2003（1）：13.

繁衍、生生不息之义；柳树由于在低洼有水地方成活，且生长繁殖力很强，其枝条柔韧如女性，所以柳树和女性、水联系在一起。[①]

（四）土地崇拜

这与《诗经》时代的社会生产力状况紧密相连。《诗经》时代社会生产力低下，人们各方面知识有限，因此先民们对变幻莫测的自然和广袤的宇宙充满好奇和敬畏，进而产生了原始崇拜。当时人们的生活主要靠采集和种植为主，采集业和种植业先后都与人们的生活息息相关，而土地使万物生长、复苏，因此周人产生了对土地的崇拜。樊淑敏不仅指出了土地崇拜认识论基础和根源而且也探讨了土地崇拜与中国传统文化的关系。她认为“土地崇拜的逻辑起点是‘以地为母’的原始思维，核心思想则是浓厚的生命底蕴与生殖的崇拜意识，不仅体现为各代不同的土地神崇拜和礼仪习俗，而且外化为回归地母子宫的土葬方式和习俗。”“‘土生万物’观念是土地崇拜文化得以生成和孕育的根源，在此基础上形成了中国本土既有宗教意识又有世俗关怀的土地崇拜及其仪礼习俗。而这样的土地崇拜和信仰也典型体现了中国传统文化的阴性特征、整体和谐特征、依存自然观、循环生命观、重生意识等民族精神和生态美学思想，对回归生态道德，重建生态文明有着十分重要的借鉴意义。”[②]

（五）“桑”与周代人口、社会发展密切相关

西周时期“土地辽阔、人口稀疏……人口多寡直接与国家强弱有重要关系，在生产力极不发达的条件下统治者是非常关心人口问题”。于是，青年男女婚嫁之事亦成为关系国计民生的大事。于是，《周礼》规定“仲春之月，令会男女之无夫家者”。可知在周代，还在特定季节男女青年有自由选择其恋爱、婚配对象的权利。这种风俗在《鄘风·桑中》《郑风·溱洧》和《陈风·东门之枌》中均有描述，且描写的幽会地点常以桑林为背景。因此，后来汉语中“桑”总与爱情、婚恋联系在一起，诗歌中经常以“桑中”比喻幽会、私奔；以“桑中之约”“桑间月下”指男女幽会。这与当时《诗经》时代的社会制度和文化风俗有关。《诗经·国风》中许多诗篇或以桑林为空间背景，或直接写到了采桑。桑代表女性、桑林代表男女幽会之地。如《桑中》云“爰采唐矣沫之乡矣。云谁之思美孟姜矣期我乎桑中，要我乎上宫，送我乎淇之上矣”诗中写的是男女桑中幽会情景。《十亩之间》曰“十亩之

① 齐慎.《诗经》植物与周人礼俗研究［D］. 苏州：苏州大学出版社，2006.
② 樊淑敏. 审美视域中的土地崇拜文化研究［D］. 上海：上海师范大学，2010.

间兮，桑者闲闲兮，行与子还兮。十亩之外兮，桑者泄泄兮，行与子逝兮”描写桑林之会中一对青年男女幽会情景。

三、结论

在对现有“桑意象”研究文献分析的基础上，作者认为目前还没有从文化生态理论角度分析“桑意象”的研究，本文的创新处即在此。利用文化生态理论剖析“桑意象”具有重要的理论和实践意义。本文以《诗经·国风》中桑意象的基本意义为分析对象，以文化生态学为理论指导，试图揭示桑意象的文化内涵不断丰富、演变的动态过程。根据文化生态理论中关于人、环境和文化的互动关系，笔者进一步重点分析探讨了桑意象演变的文化生态原因，具体原因包括自然环境、桑树崇拜、土地崇拜、生殖崇拜，另外“桑”与周代人口、社会发展密切相关。

桑林、桑园与爱情有关，爱情与婚姻、家庭有关，桑由桑女、爱情的象征延伸出家庭的象征。桑树和其他植物的培育种植使先民在某些地方逐渐固定生活下来，桑树为先民提供了丰富的物质生产资料，桑林逐渐成为家园的代称，“五亩之宅，树之以桑”等诗句中以桑树为地名的地方就多次出现便是很好的例证。《诗经·小雅》载：“维桑与梓，必恭敬止”意谓家乡的桑树与梓树乃父母所栽，对它要表示尊敬。后人常以“桑梓”指代故乡。从《诗经》“将仲子兮，无逾我墙，无折我树桑”诗句描述可知，因为桑树和梓树一样常栽培在庭院、房屋旁，因此汉语中常用“桑梓”指代故乡、乡里。正因如此，“桑”才具有了家乡、家园的含义，使得远在他乡和保家卫国的士兵睹“桑”思人，思念家乡父母和妻儿。又如《东山》中“娟娟者蠋，烝在桑野。敦彼独宿，亦在车下”描写的是服役多年的男子终于回到家乡即将见到家人的所见所闻，只见虫子卷曲着身体栖息于桑树上，只见家园荒废的凄凉景象，流露出对服役打仗、终年战乱的不满和愤恨。《鸨羽》中“肃肃鸨行，集于苞桑。王事靡盬，不能蓺稻粱。父母何尝？悠悠苍天！曷其有常？”以鸨鸟（大雁由于体形较大，且一般不喜欢群居）群集在树上的摇摆不定，比喻无休止的王室徭役使人不得休息，表达了人们渴望家人团聚共享天伦的稳定生活。《诗经》中桑意象的内涵及其演变和原始宗教崇拜密不可分，是集桑树崇拜、生殖崇拜、土地崇拜为一体的原始宗教崇拜的典型体现，也是周代人口、社会发展的必然需求。

总之，笔者另辟蹊径，尝试运用文化生态学的观点来对“桑意象”的形成和发展进行历史考古和梳理，力图以生态的系统观和生态的价值观，对

"桑意象"进行综合考察，旨在揭示其形成和演变的生态背景及其生态关系，解开《诗经》时代为什么可以产生如此意蕴丰富的"桑意象"的"谜底"，更深刻地探讨了文学意象产生和演变的许多本质性问题，对生命本源和生命存在思考提高到了理论层面，充满了人文关怀。

第三节　阿连壁：翻译中的跨文化操纵

与理雅各和詹宁斯相比，阿连壁在《诗经》翻译过程中表现出了较为强烈的本民族文化主体意识，体现了译者对本民族文化的优越感。这种优越感表现在两方面：一是在指导翻译过程的诗学观念上，阿连壁主要采用了西方的诗学标准和价值尺度，对《诗经》进行了完全不同于中国传统经学的审视和评价；二是在翻译策略和行为上，阿连壁本着"中为西用"的目的，主要采用了归化的手法，试图在译文中实现《诗经》从中国诗到英国诗的转化。这种转化自然涉及到了从内容到形式两个层面，而且幅度较大。

一、否定《诗经》政教内涵

阿连壁在翻译《诗经》的时候，詹宁斯也已经在翻译，并已陆续在刊物上发表译文。阿连壁一边参考着理雅各，一边读着詹宁斯，一边继续着自己的翻译。这里似乎已经预示了他的翻译与前两者之间的差异，同时也预示了它们之间的密切关系。阿连壁是一名英国驻华外交官，在镇江和福州等地做过领事。这种身份对其翻译的影响似乎比詹宁斯要大得多。詹宁斯欣赏和尊重《诗经》的思想内容和艺术特色，阿连壁对《诗经》却表现出了不同的价值判断，从而使他在翻译过程中采取了与前译迥然有别的策略。他否认《诗经》的"经"的神圣地位，把《诗经》看作普通的民族文化文本。他说："我决定不受任何中国学者或欧洲学者的注释的局限，但要尽可能简单地给出原文的意思，而不附会道德含义。我觉得那些中国经学家严重地误导了读者，他们为诗篇所做的注释尤其如此。在我看来，这些诗歌描写的是一个简朴得多的时代，那时的两性关系比现在要自由得多。"在许多情况下，阿连壁较大幅度地改写了原文，使原诗的内容面目全非。如《鹊巢》：

维鹊有巢，维鸠居之。之子于归，百两御之。
维鹊有巢，维鸠方之。之子于归，百两将之。
维鹊有巢，维鸠盈之。之子于归，百两成之。

根据《诗大序》:"《鹊巢》、《驺虞》之德，诸侯之风也，先王之所以教，故系之周公。"又《小序》:"《鹊巢》，夫人之德也。国君积行累功以致爵位，夫人起家而居有之，德如鸤鸠，乃可以配焉。"《传》亦释曰："起家而居有之，谓嫁于诸侯也。夫人有均一之德如鸤鸠然，而后可以配国君。"对于此诗的诗旨，孔疏有最为详尽的解释："《鹊巢》、《驺虞》之德，是诸侯之风，先王、大王、王季所以教化民也。""作《鹊巢》诗者，言夫人之德也。言国君积修其行，累其功德，以致此诸侯之爵位，今夫人起自父母之家而来居之。文王之迎大姒，未为诸侯，而言国君者，《召南》诸侯之风，故以夫人国君言之。文王继世为诸侯而云'积行累功以致爵位'者，言爵位致之为难，夫人起家而居有之，所以显夫人之德，非谓文王之身始有爵位也"。在经学传统中，《鹊巢》的地位非同小可，它以对太姒之德的赞颂，为天下树立了夫人之道德准则。阿氏的译文则与以上经学训释判然有别：

THE DOVE IN THE MAGPIE'S NEST

The dove, that weak and timid bird,
Scant wit hath she her nest to build;
Unlike the pie, whose house well lined
Within, and strong with laour skilled,
Might seem a palace. Yet the dove
Will to herself appropriate
The magpie's nest, and snug therein
Dwell in contentment with her mate.

My sweet, thou art the tender dove!
Hath fate's decree then nought more fair
For thee than in these barren fields
A peasant's hut and life to share?
My lands are wide, my halls are high,
And steeds and cars obey my call;
My dove, within my magpie nest,
Thou shalt be mistress of them all.

译诗中年轻的诗人是一个位高权重又浪漫风流的王子。他首先以爱怜的语气叙说喜鹊技拙，无力筑巢，以此作比为下文铺垫。下文则说出译诗的总旨："我的爱人就是鸽子（dove），为什么命运如此不公，让你住贫民的陋室，过贫民的生活？我的领土广阔，高屋广厦，车马辚辚，我要接你来我家，当这里的女主人。"诗中的"鹊"（magpie）是一位王子，而"鸽子（dove）"就是一位清贫的农家女，是她的温柔赢得了王子的爱怜，因此王子要娶她。译者认为，这首诗的主题就与"克非托瓦和乞女""博雷勋爵"等故事的爱情主题一样，不必如经学家所说。如此，原诗一下子从一首道德诗变成了一首极具浪漫情调的爱情诗。

然而，在反对经学附会的同时，阿连壁在翻译过程中又常常依据经学家（如毛奇龄）的训释，而且在注释中也反复采用经学的观点对诗篇的题旨和历史背景进行解释。因此，阿连壁对《诗经》传统政教观念的否定又很不彻底。例如《缁衣》：

ODE TO DUKE WU

His formthe worn but seemly black robes grace:
Let gifts of newer cloth the old replace.
Let us with homeage at his court attend,
And to our well -loved noble dainties send.

译者接受传统经学的解释，认为这首诗是大臣们用来在宫廷里吟唱以歌颂武王的诗；但他又认为，这首诗不是郑国人民歌颂武王的诗。

二、以西方诗学标准改写《诗经》

阿连壁不仅反对经学家对《诗经》的政教道德附会，而且也不认同《诗经》原来的艺术手法，而在译诗中代之以英语抒情诗和叙事诗风格，从而把《诗经》改造成了符合西方诗学标准的诗。阿连壁批评理雅各说："我不能把他的无韵体译本放在优秀译品行列。我相信，他还是会原谅我的。他似乎是把汉语原文当作经学家所说的那个样子，尤其相信朱熹的注释。而且，在翻译成英文时总是章对章，行对行，一旦有可能，原文的一个字都不改不删，因此译文就缺少应有的流美音韵。在当代中国人看来，理氏译文与原文十分对应，很是完美，但作为英语诗歌，就无甚价值可言了。"因此，阿连壁主张："对中国人来说，四行一章的四言诗，是一种简单率真的表达方式。而结构相同的英语诗，至多是一种特殊技法，英语诗需要的是史文朋（Swinburne）先生那样的技巧，向诗中注入音乐性一类的东西。略降一格的话，就是必须改变诗的结构，并用另一种形式对原文进行重塑。这就是我一直所遵循的做法。我尽最大的努力，把诗译得富有韵律而且使之与诗歌主题和谐一致。如果一首诗是由一句话重复几次组成的，句中变化很小，我就把它压缩成一章。我也尽量避免在译诗中使用中国名称，因为我知道，普通的英国读者不喜欢这些名称。在植物名称的翻译上，也采用了相当自由的译法，把'棘'、'葛覃'、'荆楚'、'蓼莪'以及'唐'、'楝'、'梓'树等都放到了注脚里，而在诗中换用了常见的植物和树木名称，或者用类名词予以指代，如'蔓生植物'（creeper）、'苗'（shoots）、'灌木'（shrubs）、'树'（trees）等。"在这样的西方诗学标准下，阿连壁的翻译实际上变成了大幅度的改写。

（一）章法的扭曲

《诗经》中大部分诗篇都采用重章、叠句等艺术形式，《国风》部分尤甚，这对阿连壁来说却是不能容忍的东西，因为在他看来，这样的形式与西方诗学传统相左，难于为西方读者所接受。于是他在译诗中进行了大刀阔斧的改写。他几乎把所有的诗篇都变成了叙事结构。阿氏在译诗中基本上采用了两种结构形式：①先总后分的叙述结构；②浑然一体的叙述结构。先总后分的叙述结构是指译者把原来重章叠唱的结构改成先综述诗篇题旨，再举例说明题旨或做适当抒情的结构。用这样的结构翻译的诗在整个译本中所占的比例较大。如《王风·采葛》：

I see him wandering amid the flowers,
I watch him pluck the hempen grass.
When he has gone away, the hours-
Ah me! -how heavily they pass.

原诗有三章，属于重章叠唱结构，每章意旨相同，经过反复叠唱以抒发诗人思念之情。译诗则仅有两章，首章先交代背景和主题，第二章用一日如三月（three months）、一年（July to May），三年（three years）。原来通过叠唱渲染的强烈感情，被平淡和理性的陈述所取代。

浑然一体的叙述结构在译诗中也比较多，译者用这种结构，把原来数章综合为一章，用简单的概括性叙述取代反复的咏叹。如《甘棠》：

The pear-tree, woodman spare,
Touch not a single bough;
Shao's chief once rested there,
Leave it uninjured now.

原诗也有三章，为重章叠唱形式，中间只更换六个字。阿连壁认为三章意思相同，后面的叠章节对他来说就是繁枝余孽，所以予以裁除。阿译本中以这种方法处理的诗，仅在《国风》中就达 33 篇，约占《国风》总数的约 21%。

(二)“兴”的转化

“兴”是《诗经》创作的重要艺术手法，也是中国诗学的重要传统。刘勰《文心雕龙》中说：“观夫‘兴’之托谕，婉而成章，称名也小，取类也大。《关雎》有别，故后妃方德；尸鸠贞一，故夫人象义。义取其贞，无疑于夷禽；德贵其别，不嫌于鸷鸟：明而未融，故发注而后见也。且何谓为比？盖写物以附意，飏言以切事者也。故金锡以喻明德，珪璋以譬秀民，螟蛉以类教诲，蜩螗以写号呼，浣衣以拟心忧，席卷以方志固：凡斯切象，皆‘比’义也。至如‘麻衣如雪’，‘两骖如舞’：若斯之类，皆比类者也。楚襄信谗，而三闾忠烈，依《诗》制《骚》，讽兼‘比’、‘兴’。炎汉虽盛，而辞人夸毗，诗刺道丧，故‘兴’义销亡。于是赋颂先鸣，故比体云构，纷纭杂遝，信旧章矣。”作为艺术手法发端于《诗经》，兴于《楚辞》及后世的诗词、曲赋、散文、小说，可谓源远流长。朱熹说：“兴者，先言他物以引起所咏之辞也。”夏传才认为，兴分三类：第一类是兴辞只有起情和定韵的作用，与上下文在意义上没有什么联系，即朱熹所说的“全不取其义”；第二类是起兴的形象与下文“所咏之辞”在意义上有某种相似的特征，因而能起一定的比喻作用，即毛、郑派所说的“托物起兴”，“兴寓美刺”；第三类是起兴对正文有交代背景、渲染气氛和烘托形象的作用，起到钟嵘所说的“文已尽而意有余”的效果。但阿连壁似乎不懂得兴的艺术性，以致在翻译中几乎完全将之转化。为此，阿连壁采取了三种方法：一般情况下，阿连壁将兴辞变成了背景描写；有时直接变成一个故事情节；还有的时候，则把“兴”变成“比”。

把“兴辞”变成背景描写是《诗经》阿译本中较为常见的现象，如《秦风·黄鸟》(此仅取第一章)：

交交黄鸟，止于棘。
谁从穆公，子车奄息。
维此奄息，百夫之特。

诗的开篇两句是言物引辞，与下文几乎没有什么意义上的关联。在阿氏的译文中却变成了春天景物的描写：

’Tis spring. Through the groves the orioles dart
In their rapid and restless flight.

Their yellow wings flash, as upon the sprays
Of the mulberries they alight.
Who followed the Duke to the other world,
Through the gloomy gates of the grave?
'Twas the wamors three of the Tzu Chu clan,
Yen Hsi and his brethren brave.

秦穆公的葬礼是不是春天举行的，诗中没有明言，译诗显然为臆测。而主要的问题是，这样翻译就把原来的兴辞赋予了背景描写的意义，不仅割断了“兴”与所引之辞的内在联系，而且改变了整首诗的意义。

在很多情况下，阿连壁把兴辞直接变成了一个故事情节嵌在诗篇当中，娓娓叙述起来。如《周南·关雎》：

关关雎鸠，在河之洲。窈窕淑女，君子好逑。

起首两句为兴辞，有借景起兴的作用，同时比喻男女相悦之意。阿连壁则全不识庐山真面目，将其变成了诗中的故事情节：

They sent me to gather the cresses, which lie
And sway on the stream, as itglances by,
That aftting welcome we might provide
For our prince's modest and virtuous bride.
I heard, as I gathered the cress, from the ait
The mallard's endearing call to its mate;
And I said, as I heard it, "Oh may this prove
An omen of joy to our master's love!"

这两种情况，实际上是译者把诗中的“兴”变成了“赋”。有时，译者则把有比拟作用的“兴”直接变成了比喻。如《邶风·柏舟》：

泛彼柏舟，亦泛其流。耿耿不寐，如有隐忧。起始两句的兴辞，除了用来起兴外，还有一层寓意，即用河上任水漂流的小舟来比喻弃妇的命运和心情。阿连壁此处明显理解到了这一层比喻的意义：

Like some small shallop floating on the tide,
Drifted now here, now there, with none to guide,
My lot in life appears; for night and morn
As by a hidden wound my heart is torn.

这种处理方法通过一个“like”表达了原“兴”中的比喻意义，读起来倒颇能令人接受。

从译者对“兴”的这三种处理方法来看，译者的理解和表达靠的主要是英语惯用的分析性逻辑思维。用西方诗歌的分析性逻辑思维来代替《诗经》中的形象思维，方枘圆凿，译文就不可避免地会发生偏离。

（三）韵律的更换

正如在前言中所申明的那样，阿连壁不认同原诗韵律的审美价值，因此，他在译文中完全采用了英语诗歌的韵律，并对原来的韵律作了大幅度的修改。他在译诗中主要采用了双行押韵和隔行押韵的形式，音步则从四音步到多音步不等。例如《蟋蟀》的译文采用了ABABCDCD，EFEFGHGH的韵律，单行诗四音步，双行是三音步。这种韵律形式使人不禁会联想到莎士比亚的十四行诗。

Our work is finished for the year;
Our carts may idle stand.
The cricket on the hearth we hear,
For winter is at hand.
Now is the time for sportive fun,
For frolic and enjoyments,
Before the days and months bring on
Fresh labours and employments.

Though mirth and merriment bear sway,
We feast as wise men should,
Lest in the wine cups of today
We drown tomorrow's good.
'Tis right, as evils may arise,
To be serene and quiet,
For men of sense and worth despise
All mad excess and riot.

重章叠唱是《诗经》中普遍使用的章法，其特点是各章结构和语言几乎完全相同，中间只换几个字，通过反复咏唱，可以充分表达感情，增强感染力。然而，译者将此看做是无谓的重复，均予以压缩删改。如《芣苢》：

采采苯苢，薄言采之。采采芣曹，薄言有之。
采采芣苢，薄言掇之。采采芣苢，薄言捋之。
采采芣苢，薄言袺之。采采芣苢，薄言襭之。

阿氏的译文是：

We gather the plantain, we pluck and we pull it,
We memly gather the plantain all day.
We rub out the seeds as we gather the plantain,
And then to our house we bear them away.
We tie up the seeds in the skirts of our clothing,
And loop up our skirts in a heap round our waists
Then carefully bearing the seeds of the plantain,
Each maiden away with her work-fellows hastes.

原诗通过几个动词“采”“有”“掇”“捋”“袺”“襭”的变换，描绘了热烈的劳动场面，表达了劳动者轻松喜悦的心情。而译文的韵律却怎么也再现不出原诗那种热烈喜悦的气氛。从总体上看，由于诗学观念冲突，阿连壁译文中叠字、双声叠韵、叠句等原诗审美特性，纷纷解体了。

（四）人类学视野的得与失

阿连壁在翻译中试图消解《诗经》的道德教化功能，却在很多地方力图用文化人类学视野对诗篇内容进行解读。译者每遇到自认为有人类学意义的诗，总是表现出极大的探索热情，并尝试着在文本中发现中华民族起源与发展的历史依据。比如《秦风·黄鸟》，他认为这是一首“整个诗集中最有启发性，最有趣的诗之一”，是探索世界上殉葬风俗起源地的绝好史料。这种人类学意识对翻译的结果影响很大。例如《麟之趾》的翻译就很有特点：

麟之趾。振振公子，于嗟麟兮！
麟之定。振振公姓，于嗟麟兮！
麟之角。振振公族，于嗟麟兮！

涵咏原诗，可以看出这是一首赞颂和标榜周族王公之盛德的诗。程俊英认为此诗为“阿谀统治者子孙繁盛多贤的诗”。阿氏的译文则是另一番景象：

Poets say there lives a creature
Of so gentle kind a nature,
On no living thing 'twill tread,
No, not even the grass in spring;
Never injures mortal thing.
Such the creature called a “Lin”.
Like it are the royal kin,

Sons and grandsons, all the brood,
Just as gentle, kind and good.

译诗中“麟”被译者理解成了一种动物，显然是被曲解了。实际上，“麟”并不是一种实实在在的动物（creature），而是周族道德理想的象征，其意在于“《关雎》、《麟趾》之化，是王者之风，文王之所以教民也”。译者在注释中这样介绍了翻译的理据：“我经常有这样的念头：是不是因为先人记忆的模糊或者耳闻口传的错误而把长颈鹿错说成了‘麟’。长颈鹿性情温和，对人对物没有任何伤害，倒与‘麟’的概念相应。当然长颈鹿有两只角，不是一只，但角上长有一层软肉，不牴人。很有可能是长颈鹿身上长的花斑被误说成了麟身上的鳞。这一理论如果成立，就会为中国人的祖先是从非洲来到巴克特里亚和迦勒底的旅行者的理论提供一些证据。”这显然是以麟为真实的古代动物，无疑是荒唐的猜测。但从这里，可以看到 19 世纪在欧洲兴起的人类学的影子。阿氏的翻译观显然是受到了这股热潮的影响，并且成了这股热潮边缘的一个小小浪花。

在阿氏的翻译中，还经常可以见到民俗学方法的痕迹。译者把许多诗篇当作反映古代社会生活的文学作品来翻译，效果也较别致。

例如，《桑中》是一首被朱熹斥为“淫诗”的诗，译者大胆地将其译成一个男子同时爱慕三个女子的爱情诗，而且语言直露，毫不掩饰：

In May are beauteous maidens three,
Each eldest of. her line;
The first one is a Chiang of Ch'I,
The next a Yung, the third a Yi,
And all are mates of mine.

译者随后解释说：“在古代，中国妇女比现在享有大得多的自由。在这部典籍之外，我们还有充足的证据证明，一个男子可以在野外与一女子自由相会，而不致招致任何怀疑和指责。”

在《溱洧》的翻译中，译者则描绘了男女一起春日交游的场面，又一次表现出了独特的民俗学视角。译诗中的青年男女彼此无拘无束，天真活泼，十分可爱：

Each man and every maiden
Sport together hour by hour.
With a load of blossoms laden
Each to each presents a flower.

在译诗后的注释中，译者对经学家的封建礼教观进行了批判。他说："我真不明白人们为什么对当时的天真与自由会如此视而不见。"其人类学观点的合理性在这里则充分显示了出来。

综观阿连壁的翻译，可见其两个最显著的特点：

其一，在总体价值取向上不承认《诗经》篇什中的美刺意义，而是以文本意义为中心进行翻译，因此没有进入系统的《诗经》传统经学研究。但阿氏确实大量参考了理雅各的翻译以及清代经学家毛奇龄和刘沅的成果。理雅各的翻译对其产生的巨大影响且不说，就毛奇龄和刘沅而论，前者是《毛诗》的捍卫者，后者是拥有浓厚道家思想的儒学大家，这就使阿连壁的翻译根本不可能完全脱离经学视野而彻底走进他所再三强调的"自由释意"的境地。其所谓"自由释意"，也只能局限在部分诗篇或诗篇中的只言片语罢了。对于诗旨，阿连壁真正有独创性的见解似乎并不存在，即使有新解也多显得牵强，并无多少理据可言。比如《伐柯》被译成了两个木匠之间的对话，就令人啼笑皆非。所以，阿连壁想摆脱经学传统，却又在不知不觉中陷入了经学的樊篱，而他虽不能摆脱经学，却又不得经学之奥旨。创新性不足，忠实性又谈不上，结果掉进了两无所依的夹缝。阿氏的翻译并算不上严谨，他声称尊重文本，却并不真正深入研读传统训释，致使翻译充满奇思异想，而到头来化为无稽之谈。译者往往对于诗篇意义只满足于望其大概，取其大意，结果是得之三四，失之六七。所以阿氏的译文，若不按顺序查找原文，是绝难辨认究竟是译自哪一篇诗的。

其二，阿译是以西方诗学为审美标准的产物。原因之一，是译者要使译诗让英国读者读起来像诗。这里面有没有殖民者对东方文化歧视的因素？这背后有没有更深刻的原因？这些都仍是一个值得继续探究的问题。但似乎还有另外一个原因，那就是译者并不真正懂得《诗经》的语言和创作艺术，看不到其价值所在，因此在翻译过程中对原诗的形式一改再改，以致原诗中所有的艺术特色丧失殆尽。这样的翻译，其是非曲直确乎难以一言断之。但一个不可否认的事实是，阿连壁的翻译自1891年出版以来一直没有再版，无论当时还是以后，几乎都没有产生什么反响。他虽然极端归化了《诗经》，其译本却没有像庞德的译本一样融入自己的民族文学，并成为其中不可分割的一部分，而是一直没有得到英国文学的认同。所以，作为翻译文学文本，阿译并不成功，因为从文学的本质要求来看，它毕竟缺乏足够的艺术想象力和创造性。从文化交流的角度看，阿译也没有像理雅各、韦利、高本汉的译本一样饮誉天下，而是一直默默无闻，似乎被人忘却了，因为它毕竟没能起到有效的文化传播作用。

然而，阿连壁的翻译却同时预示着《诗经》翻译的一种转向，一种脱离经学和宗教神学的意识，一种文化研究型翻译的萌芽。其在一定程度上，也反映了当时西方殖民主义汉学的一种欧洲中心主义的文化心态。

第八章　对《诗经》英译研究推进的思考

目前国内《诗经》英译研究参与的研究者少；研究成果少，获得资助的研究更少，且研究视角和研究方法单一，主要是从语言学和文学角度研究《诗经》英译的译作和译者；缺少跨学科、跨领域、多角度的研究成果。大多数论文研究集中在对译作和译者的评价上，缺少使用科学方法（即统计调查研究、实地研究、实验研究和文献研究）的研究，尤其是对《诗经》翻译历史、翻译过程及《诗经》的底本及参考系统考查的研究论文几乎没有。所以当代需要推进《诗经》英译研究，具体而言，“从《诗经》英译研究的现状看，《诗经》英译研究范式有待转变：第一，应从单一视角研究变为多视角视角研究；第二，应从单一研究内容变为跨领域的研究；第三，应联合不同学科优势，实现跨学科、多方位、动态研究，提高我国《诗经》英译研究的水平，拓展《诗经》英译研究”。下面笔者从两方面讨论如何在当代推进《诗经》英译研究即当代《诗经》英译研究该研究什么和怎么研究的问题，换句话说，就是当代《诗经》英译研究内容和方法两方面的问题。

第一节　《诗经》英译研究内容的思考

当代《诗经》英译研究该研究什么？当代《诗经》英译研究必须在当代背景下，借鉴各学科、新的相关研究内容和成果，借鉴不同文化间交流、互动的成果，以便更系统、深入地研究当代《诗经》英译问题。下面将遵循以下思路探讨当代《诗经》英译研究的问题：由某学科的新研究新视角、新成果简介开始，继而讨论其对《诗经》英译研究的启示。

一、翻译研究新视角、新成果及其对《诗经》英译研究的启示

（一）翻译研究新视角、新成果

中西方拥有不同的翻译传统，包括翻译理论和翻译实践方面，所以中西

翻译研究视角、成果自然不同。翻译作为一门学科的构建，是在西方翻译研究的基础上提出来的。1972 年，霍姆斯发表了《翻译研究名与实》一文，论文首次提出了建立翻译学学科的构想，明确了翻译学的两个主要任务：其一，是描写客观存在的翻译现象；其二，是研究能够解释和预测这些现象的普遍原则。霍姆斯首次勾画出了翻译学研究的路线图，描述了翻译学研究的三个分支：翻译理论研究、描写翻译研究和应用翻译研究。霍姆斯的翻译学框架图被视作翻译学作为独立学科建立的标志。勒菲弗尔和巴斯奈特在翻译研究系列丛书的前言中宣称，“翻译学作为一门独立学科已经于 20 世纪 80 年代成功地建立起来。”至今，距翻译学构想提出已过去了整整 50 年，西方的翻译研究在经过了语言学、文艺学、文化学、交际学、行动目的论、多元系统论、解构主义理论观等不同研究视角的此消彼长、相互影响以及互为补充，目前，西方翻译研究的新视角、新成果也促使我国翻译研究方面出现了翻译研究的新视角、新成果，主要包括如下方面。

1. 翻译研究内容、范围呈扩大化趋势

随着翻译学的建立和翻译理论、实践研究的深化，许多翻译理论和实践者的翻译研究视角由传统的注重语文学、语言学转向多元化系统研究，相应的翻译研究内容从内部转向外部。这不仅影响了非文学翻译，也影响了文学翻译、文学翻译批评。关于这一点，王宏印教授有精辟的总结“就翻译和翻译理论的传统来说，以往的文学翻译和文学翻译批评倾向于内部的、语言的、思维的以及文本转换诸层面及相关因素，基本上属于语文学和语言学的研究传统，而文化转向以来的翻译研究与批评研究转向外围作战，或由外围渗入中心，考虑到更多的社会文化因素和语境因素对于翻译本身及其评价活动的制约和影响作用。”① 与此同时，也有学者目前提出了不同的观点和看法，有的学者如许钧、王宏印、孙会军等人担心翻译研究的“文化”转向会导致翻译研究的“泛文化”倾向，对此，许钧教授在 2012 年第一期《中国翻译》上发表论文“翻译研究之用及其可能的出路”指出翻译研究文化转向带给我们的思考，他认为“不能否认，在产生之初，翻译研究的文化转向的确有着不可抹杀的意义，它有助于我们解释一些依靠单纯的语言学、文艺学无法解决的问题，看到意识形态、文化因素在广义的翻译活动中所起到的重要作用。与此同时，……这对于正在为学科的合法地位苦苦挣扎的一代学人来说实在具有非常重要的意义。但我们

① 王宏印．文学翻译批评概论［M］．北京：中国人民大学出版社，2009.

也知道，过犹不及，喧宾就容易夺主，如果翻译研究泛化成为了文化研究，乃至社会研究、历史研究，那么整个翻译学也就失去了其作为独立学科存在的基础和意义”。

2. 翻译研究呈跨学科融合的态势

自古以来，文史哲不分家。“文”指的是最广义的文学，包括文学、艺术、美学，也包括文字及文化方面的研究。文史哲三者关系密切，“史”要靠“文”来记载；“哲”要靠“文”来表达；从“文”出发，研究者会关注“史”“哲”领域的经典著作及其研究方法。“文”可以借助、吸纳“史”和“哲”的研究成果和方法来拓展其研究的深度和广度，也可以促使我们更好地反观“文”的研究成果和方法。从我国的乃至世界各国的学术、学科发展史来看，直到近代学术分科制度确立以后，文史哲各学科才自立门户，分途发展，从而获得了独立的研究对象、范畴和意义。目前，随着语言学、修辞学、符号学、文学、翻译学、哲学、美学、史学、人类学、心理学、民俗学、术语学、生态学、考古学、名物学、跨文化交际学等学科、学术研究的不断发展和新研究成果的出现，各学科之间又相互借鉴和融合。加之，现代通信科技、计算机及其研究的推进，目前，我国国内的翻译研究也逐渐呈跨科学融合的态势，推进了翻译学的三个根本问题的发展、研究即本体论问题、认识论问题与方法论问题，也就是翻译研究什么，翻译能否研究与翻译如何研究的问题。另外，还有一些专家学者提出了新的学科建设的设想和构想。

构想一，建立文学翻译批评，把文学、翻译和翻译批评结合起来。主要倡导者包括王宏印教授、许钧教授、李正拴等人。

王宏印教授 2006 年出版了专著《文学翻译批评论稿》，李正栓教授评价该专著“是我国翻译学界近年来一部具里程碑意义的专著。作者巧妙地借鉴文学批评建设的概念框架，加以独立思考，从而建立了自己极具特色的文学翻译批评体系。”王宏印教授借鉴文学批评的传统和实践，在《文学翻译批评论搞》一书中明确提出确立文学翻译批评的学科地位，进行相应的学科建设。确实如此，因为长久以来，我们的翻译批评实践中缺乏系统理论和实践规范的指导。所以，笔者以为王教授的《文学翻译批评论稿》可以说为文学翻译批评的学科建设和研究提供了一个“路线图”和“规划图”，对学科建设和学术研究均有重要指导意义。“王宏印教授熟知中外文论，又有翻译实践、教学与理论研究的经验与积累，因此他能借鉴文学批评的路子来构想文学翻译批评的建设。”[①] 不仅如此，更重要的是王教授在自己多年的中外译论建设研究和翻译批评研究及实践的基础上创造性地提出了许多文学翻译批评乃至翻译研究的新类型——“古本复原”。“古本复原”具体指“通过翻译活动恢复已经散失或丧失的古本文献”。[②] 同时，王教授认为往复翻译作为一种特殊的翻译现象，“往复翻译”是指文本经历了“中文—英文—中文”的翻译往复循环，从文化传播的层面上来讲，具有了文化反哺的特点。“往复翻译”现象有其独特的认识价值，因为从典籍翻译的角度来看，它是中西方文化对本国典籍文化的不同阐释，是中西文化互照、互识、互动的集中反映，因而，具有极大的研究价值。

2009 年，王教授又出版了《文学翻译批评概论》，全书共 9 章，详细、具体地介绍了文学翻译批评的性质、功用，主体构成和基本素养，具体批评的操作程序和方法，评价和分级标准，文体变异问题，文学翻译批评的跨文化交际语境与世界文学图景，文学翻译批评的传统与继承，学科地位和学科建设。最后一章为“文学翻译批评的学科地位和学科建设”。本书的特点和创新之处在于国内首次从文学翻译批评实践的各方面问题出发，给研究者以启发和指导。尤其值得一提的是，在本书的第七章文学“翻译批评的跨文化交际语境与世界文学图景”的第四节中，除了重申“古本复原”与“往复翻译”的概念和重要性外，还根据最新的翻译研究和教学成果，创造性地提出了另一个文学翻译批评乃至翻译研究的新类型——无根回译。他总结说“‘古本复原’作为民族文学寻根意识的回溯和翻译本体论的失落的证明，‘往复翻译’作为中国典籍外译的文化洗礼和返回自身的回顾与反思的途径，以及‘无根回译’作为异语思维和异域写作的合理性证明以及直接进入世界文学的历险行为。”王教授的这些创见无疑对推动文学翻译批评、翻译研究领域乃至跨文化研究领域和视野拓展具有重要意义。

我国翻译理论研究学者许钧教授早在 20 年前，即 1992 年 12 月曾写过一本专著《文学翻译批评研究》，由译林出版社出版。该书共 13 章，分三大部分，即翻译的本质问题，翻译批评的理论问题，翻译批评的实践、实例分析。从当时的翻译研究实践来看，主要注重译者、译作研究或是单纯的原作、译作的对照研究，究其原因可能在于缺乏相关理论的指导。而许钧教授的专著恰恰弥补了当时文学翻译批评研究的缺憾，其创新之处在于扩大了翻

---

① 王宏印．文学翻译批评概论［M］．北京：中国人民大学出版社，2009.

② 王宏印．文学翻译批评论稿［M］．上海：上海外语教育出版社，2005.

译研究的范围，不仅包括译者、译作研究，不仅应对译作作正误判断式研究，还要对原作者、原作产生的背景，接受者因素对翻译活动所起的积极作用研究，而且要注意翻译结果与翻译过程结合起来研究，宏观研究和微观研究结合起来等方面。他的这些观点时至今日仍然具有重要意义。

文学翻译批评理论方面，他明确指出翻译研究的三个层次——思维层次、语义层次和美学层次。其中，思维层次是翻译研究的基础；语义层次是思维层次的体现；美学层次是翻译研究的较高要求。需要注意的是，许钧教授当时所谓的“美学”概念不是一个僵化、一成不变的概念，既包括文学作品中“美”的刻画，也包括其中对“丑”的揭露，所以翻译和翻译批评过程中应注意传达和评价原作、译作相应的“美”与“丑”的描写。[①]

文学翻译批评实践方面，他明确提出了文学翻译批评的基本方法、范畴、文学翻译批评的核心内容。后者具体包括三个是否一致：译者在具体作品中所观、感的世界与作者意欲表现的世界是否吻合？译者所使用的翻译方法和翻译手段与原作者的具体创作方法与技巧是否一致？译作对读者的意图、目的和效果与原作对读者的意图、目的和效果是否一致？

构想二，建立翻译社会学，把翻译学和社会学结合起来。主要倡导者包括许钧、胡牧、王洪涛等人。

“翻译社会学”的构想最早是由 James Holmes 提出的。1972 年 James Holmes 在“The Name and Nature of Translation Studies”一文中指出：“对翻译文本在何时何地以及产生何种影响的探讨一直没有引起足够关注，而一旦给予充分重视，这种研究完全可能发展成翻译社会学的一个领域（也许叫做社会翻译学更为恰当准确，因为它不单是社会学的，而且也是翻译学的一个实实在在的领域）。”翻译社会学研究大大拓宽了翻译学的外延。90 年代中期以来，西方翻译界开始借用其成果来研究口笔译活动。随着西学东渐，这个设想在我国学者中的影响逐渐扩大。我国的许多学者，如许钧、胡牧、王洪涛等人近年均在积极倡导建立翻译社会学。笔者比较认同胡牧的看法，所以在此重点讨论。胡牧在 2006 年的论文、2007 年的博士毕业论文，还有 2011 年的专著以及 2011 年的论文“翻译研究：回归现实世界——对‘文化转向’的再思考”等中多次谈到了翻译社会学的学科构建的问题。其中，2007 年的博士毕业论文“译本世界与现实世界的交锋”中详细从十多方面讨论了翻译社会学学科地位的合法性，明确了该学科建立的因由和依

---

① 许钧．文学翻译批评研究［M］．南京：译林出版社，1992.

据。胡牧认为“中外译论成果表明，翻译研究涉及的是语言、文化但最终还是社会的问题，而作为一种社会存在，译本始终在通过生产、传播、接受等环节体现着个体、实践与社会的关系，抑或说是一种‘以本为本’（强调文本尤其是目的语文本）与‘以人为本’（包括作者、译者、读者等）的关系”[①]。之后，2011年的论文“翻译研究：回归现实世界——对‘文化转向’的再思考”中胡牧又从另一个角度阐述了大致相同的观点。在反思“文化转向”的基础上，胡牧认为“文化转向”虽突破了语言研究的局限，但它没有强调文本从何处来到哪里去的问题，缺乏对文本生产者、生产过程、产品的社会性方面的关注。所以，他主张以马克思的社会生产理论为依据，以社会需求、社会选择、社会评价等为宗旨，强调“翻译研究是文本的，文化的，最终还是社会的”，最后得出的结论：“翻译研究应该使文本回归现实世界”。[②]

另外，王洪涛在其论文《建构“社会翻译学”：名与实的辨析》中指出“社会翻译学”作为翻译学与社会学之间的一门交叉学科已经开始萌生，并卓有创见地提出了社会翻译学学科基本理论框架：从认识论的角度揭示并论证了该学科存在的合理性、在实际研究中的有效性以及支撑其长期发展的科学性；从本体论的角度界定了该学科具体的研究对象；从方法论的角度阐述了其适用的研究方法。

构想三，建立文化翻译学。主要的倡导者有贺文照、石梦婕等人。

贺文照2000年就发表论文“关于构建‘文化翻译学’的思考”。他认为对文化和翻译的成果探索成绩斐然，且理论框架初具雏形，为文化翻译学的构建奠定了基础。但文化翻译学的学科构建还存在五个方面具体问题：其一，文化含义广泛，研究对象的庞杂；其二，文化翻译学作为翻译学的一个分支，缺少来自母体——翻译学的养分输送；其三，目前的文化翻译角度探讨具体的翻译难题多属于技术层面的问题，没有上升到理论层面；其四，文化翻译学的研究对象尚不明确；其五，归化和异化翻译策略认识的差异。因此，文化翻译学学科构建的过程中，需要进行基础理论和应用理论研究。需要多学科、动态互动研究的视角和研究成果的推动。[③]

石梦婕于2009年12月11日在中国福建武夷山召开的“福建省外国语

① 胡牧．译本世界与现实世界的交锋［D］．南京：南京师范大学出版社，2007.

② 胡牧．翻译研究：回归现实世界——对“文化转向”的再思考［J］．中国翻译，2011(5).

③ 贺文照．关于构建“文化翻译学”的思考．湖南省政法管理干部学院学报，2000（3）.

文学会2009年年会暨学术研讨会”上呼吁倡导建立文化语言翻译学，她倡导从帕尔默文化语言学视角研究翻译。她认为，随着世界各民族间的交流、交往的加强，文化交融越来越明显。文化因素日益成为语义学与翻译学研究的重要方面。通过吴国华等学者的努力，文化语义学已初步建立。然而，目前的文化翻译学著作中，大多人认为文化是不可译的。通过探讨文化语义学与文化翻译学两学科间的联系从而建立文化翻译学。目前，虽然其声音略显微弱，但笔者很认同这个看法。因为，笔者以为帕尔默文化语言学已比较成熟且具有强大的跨文化解释力和应用性。

（二）翻译研究新视角、新成果及其对《诗经》英译研究的启示

根据第六章“关于翻译研究视角关照下的《诗经》英译研究”的讨论，总体而言，其具体的研究盲点如下。

第一，《诗经》英译史的研究盲点有两方面。

首先，目前的《诗经》英译研究很少涉及英译史和具体某个译者英译过程的具体深入研究。可能源于两个原因——《诗经》英译史年代久远并且可供参考的资料极少。但事实上，有许多零星、宝贵的历史史实和材料散见各处，可供研究者挖掘和分析。所以，研究过程中，对译者的资料搜集和系统分析能力提出了极大挑战，译者应该善于将零星的资料像拼拼图那样把零碎散乱的历史史实拼凑起来，形成一个完整的《诗经》英译史图景。目前，尚无相关研究的论文和著作。

其次，目前系统的《诗经》英译海外传播历史的相关研究较少，尤其是《诗经》英译在英语世界中的加拿大、澳大利亚和印度等国家的传播历史研究几乎没有。2011年，王宏印教授在《中国社会科学报》中发表“开放视野系统开展典籍翻译事业”一文指出：“另外目前还有一项紧迫的任务，即安排专人系统地调查和研究典籍翻译和海外传播的历史，在此基础上尽快撰写中国典籍外译史（可以先从英译史开始）。”《诗经》英译海外传播的历史应进行深入细致调查。

国内《诗经》英译史的研究是《诗经》英译研究中相对来说比较薄弱的研究环节。关于《诗经》英译史的研究，国内有少数人关注。反思具体原因可能在于，由于学术背景的关系，研究者没有相关的学术兴趣，比如学术背景是外国语言文学的研究者不注重或根本没有感兴趣运用史学的方法去研究有关《诗经》翻译史方面的内容，而学术背景是汉语语言文学的研究者不注重或根本没有感兴趣有关《诗经》传播史方面的内容。

第二，《诗经》英译的译本研究，目前尚无系统对比研究国内译者译本的论文和著作。

第三，《诗经》英译的文本研究的研究盲点有两方面。

首先缺乏系统的底本研究，译本研究和具体诗篇的深入研究。关于这一点，李玉良、王宏印教授的论文“《诗经》英译研究的历史、现状与反思”中明确指出尤其应注重翻译的底本研究和译本的序言和跋语的研究，因为它们“是文本研究的重要依据，它包含着译者的翻译目的、价值取向、翻译策略、翻译方法以及译者对《诗经》的总体认识等重要信息，必须予以充分的重视和研究。”所以他们的研究为《诗经》英译研究者指明了方向，为日后的深入研究提供了有益的参考和借鉴。但目前为止，尚未有相关成果发表。

其次，目前缺乏《诗经》具体诗篇文本的翻译批评和研究。正如 2011 年，王宏印教授在《中国社会科学报》中发表“开放视野系统开展典籍翻译事业”一文指出的那样，他发现“典籍翻译本身受到较多注重，而在翻译批评和研究方面重视不够。”《诗经》研究亦是如此，目前缺乏《诗经》具体诗篇文本的翻译批评和研究。

第四，《诗经》英译的译者研究，目前尚无人从“知人论世”角度对一个或几个译者进行全面的研究。

第五，《诗经》不同诗篇的英译研究，不应局限于《诗经》名篇的英译研究，应系统地进行其他诗篇英译和翻译评论方面的研究。

第六，译介学视角下《诗经》英译的传播和接受研究，目前很少。从译介学的角度研究《诗经》英译史会是另外一个《诗经》英译研究乃至翻译研究的新学术增长点。目前，从译介学角度研究《诗经》英译史的成果尚未出现。《诗经》英译的历史就是中西方文学、文化碰撞、交流的历史，而且中外研究者在方法论上可以双向互动和启发，形成新的学术增长点，构筑文学、文化交流的桥梁。因此，目前《诗经》英译史研究乃至典籍翻译史的研究是一个学术研究的盲点，因而也是极富潜力和挑战性的研究对象。

第七，缺乏某个或某些翻译学理论视角下《诗经》英译的系统研究。各种中外翻译理论均可以作为一个参照系，来具体、系统、深入地进行《诗经》英译的各方面研究，包括文本内的研究和文本外的研究。

第八，缺乏翻译语料库语言学视角下的《诗经》英译的系统研究。王克非，黄立波总结说：“1993 年英国学者 Mona Baker 发表了‘语料库语言学与翻译研究：启示与应用’一文，她在文中提出：利用大型的原文加译文的语料库，加上语料库研究方法的探讨，将使翻译研究者得以揭示翻译文本作为沟通媒介的本质。此文可视为‘基于语料库的翻译研究’或曰‘语料库翻译学’（Corpus-based Translation Studies）研究途径的开通。”论文梳理了15年来这一领域的发展，并探讨了该领域的前景以及对翻译研究的启示。目前，国内极为缺乏翻译语料库语言学视角下《诗经》英译的系统研究。通过中国知网查询可知，截止到2012年10月30日只有一篇从语料库角度对《诗经》英译研究的文章，那就是天津科技大学外国语学院的陈建生、高博的论文“基于语料库的《诗经》两个英译本的译者风格考察——以‘国风’为例”。所以这是目前《诗经》英译研究的盲点和创新点所在。

第九，缺乏文学视角关照下的《诗经》英译研究。文学视角关照下《诗经》英译还有许多其他方面的研究值得探讨，有些方面的研究几乎是空白，如《诗经》中出现的成语英译、《诗经》韵律的英译、“比”和“兴”的英译研究等等就是文学视角关照下《诗经》英译研究的新学术增长点。当然，还可以依据某些文学理论的框架进行相关的英译研究，探讨其翻译的具体问题。也可以利用现代技术对其文学翻译风格进行深入分析研究。

第十，第九章中初步探讨了《诗经》中植物类词汇、动物类词汇、服饰类词汇的英译问题，其实名物学视角下还有许多名物研究内容可以挖掘，如车马类词汇、酒器类词汇的英译问题等均可以进行系统深入研究。

第二节 《诗经》英译研究方式方法的思考

当代社会各国各地区的政治、经济、文化交流越来越频繁，科技、通讯的进步像助推器一样推动社会的进步，而翻译像催化剂一样催生文化与学术间的交流和繁荣。《诗经》英译研究如何充分利用现代社会、文化、科技的发展而得以进一步拓宽、拓深其研究的广度和深度呢？笔者就《诗经》英译研究方式、方法提出如下建议，希望各位批评指正。

一、建立《诗经》英译网站

“典籍英译网站”（http://www.wangrongpei.com/portal.php）已经在我国典籍翻译专家汪榕培教授的倡导和推动下建立和运行，为我国的典籍英译研究者和爱好者提供了一个非常好的交流、学习平台。所以笔者建议专门建立一个《诗经》英译研究网站，或在汪教授的“典籍英译”网站中专设一个“《诗经》英译研究”板块或专栏，便于《诗经》英译研究领域内不同研究方向、不同学术背景的研究者与爱好者交流和共享资源、想法、见解。

二、建立《诗经》英汉对照语料库

笔者认为“基于语料库的翻译研究”或“语料库翻译学”(Corpus-based Translation Studies) 研究为翻译研究的发展带了来新的研究视角和途径。但遗憾的是目前国内极为缺乏翻译语料库语言学视角下的《诗经》英译系统研究。通过中国知网查询可知，截止到 2012 年 10 月 30 日只有一篇从语料库角度对《诗经》英译研究的文章，那就是天津科技大学外国语学院的陈建生、高博的论文“基于语料库的《诗经》两个英译本的译者风格考察——以‘国风’为例”。所以，这是目前《诗经》英译研究的盲点和创新点所在。

三、开辟《诗经》英译研究专栏

目前，没有一家杂志、刊物专门开辟了《诗经》英译研究专栏，而眼下我国正在推进中国文化“走出去”战略，作为一名《诗经》英译研究者，关于《诗经》英译研究需要在哪些方面做一些改进和提高？我认为“《诗经》英译研究”可以作为一个典型样本和案例进行详细、深入的调查、分析和研究，研究《诗经》英译的方方面面——翻译前，翻译中，翻译后。当然，这必须制定一个有计划、有步骤的具体研究方案，提出具体研究问题，作出相关的实证调查，总结调查结果资料，得出相关结论。这样，便于为改进、提高我国其他典籍翻译的质量，为推进中国文化“走出去”战略的有效实施提供必要的借鉴和启示。

四、加强《诗经》英译研究的跨学科、跨部门交流与合作

目前，我国的《诗经》英译研究者主要是国内大专院校的外语院系、中文院系的专家、学者、爱好者。他们的学术背景多为英语语言文学专业（包括英语语言文学、英语语言学和应用语言学、翻译方向）和汉语语言学文学（包括古代汉语、古代文学、比较文学和世界文学方向）。实际上，由于当代学术发展的总体趋势是展开跨学科研究，而且只有不同学科的研究者经常在一起交流、学习，才可以受到不同学科视野、研究思路的启发，碰撞出思想的火花、闪现研究的灵感、偶得研究新视角和新资料。《诗经》英译研究与《诗经》研究其实是相辅相成，可以互为利用的，所以笔者建议加强《诗经》英译研究的跨学科、跨部门交流与合作。只有这样才能共同促进我国典籍翻译事业，推动我国文化走向世界。

五、加强《诗经》英译的跨文化研究

不同的民族由于所处自然、地理环境、历史、文化传统不同，思维方式亦有所不同，比如中国思维重悟性、重伦理、重整体；西方思维重理性、重知识、重分析。不同文化各方面的差异造成的结果之一就是科学研究选择的内容和方式不尽相同。所以，单从自己的母语文化视角出发的研究和跨文化视角的研究肯定会不同，其学术视野和学术研究能够达到的广度和深度也有了无形的“文化”限制，所以得出的研究结论和看法不尽相同。正所谓“横看成岭侧成峰，远近高低各不同。不知庐山真面目，只缘身在此山中”。《诗经》英译研究亦是如此，不同文化的专家、学者会按照自己的文化预设和个人的兴趣爱好选择具体的研究内容和方式，正因如此，跨文化视角下的《诗经》英译研究才可以互照互识，相互启发，最终达到文化间交流、对话，交际和理解的目的。所以，笔者建议加强《诗经》英译的跨文化研究。

六、促进《诗经》英译跨地区、跨国交流与合作

当今社会，不同地区、国家的《诗经》英译研究者应当促进跨地区、跨国的交流和合作。因为认真、细致的跨文化视角研究可以让我们的研究更具国际视野和国际水准，发现和引领本领域的研究热点。所以笔者建议无论是一国之内还是国家之间应当促进和加强《诗经》英译研究的跨地区、跨国的交流和合作。

上文只是笔者的一个粗浅见解、看法和建议，亦是笔者的一个美好愿景。所有的建议是否能够实现在于每个《诗经》英译研究者、《诗经》研究者乃至各界人士的共同努力和支持，需要辛苦付出、持久的努力和通力的合作。具体某个建议的可行性如何、操作性如何以及能否实施，实施效果如何只能留待时间来证明了。

参考文献

[1] 马世年，马婷婷，先秦诗歌马意象的建构及定型兼论其文学史意义[J]．河南师范大学学报（哲学社会科学版），2009（06）：127－133.

[2] 马以君，《苏曼殊年谱》（五）[J]．佛山师专学报（社会科学版），1987（03）：96－108.

[3] 马祖毅，任荣珍（编）．汉籍外译史（修订本）[M]．武汉：湖北教育出版社，2003.

[4] 马祖毅、任荣珍．汉籍外译史 [M]．武汉：湖北教育出版社，1997.

[5] 马祖毅．中国翻译史 [M]．武汉：湖北教育出版社，1999.

[6] 茆蕾．关联理论框架下《诗经》中叠词的英译研究——以《诗经·国风》为例 [J]．长江师范学院学报，2012（9）：97－100.

[7] 蒙兴灿．五四前后英诗汉译的社会文化研究 [D]．上海：华东师范大学．2008.

[8] 南基守，高载祺．《（毛诗品物图考）所见之（诗经）植物考》[J]．韩国东方汉文学，2001.（02）．

[9] 潘文国．译入与译出——谈中国译者从事汉籍英译的意义 [J]．中国翻译，2004（2）：40－43.

[10] 潘志明．《诗经》翻译中的考证行为和阅读行为 [J]．徐州师范大学学报（哲学社会科学版），1998（3）．

[11] 齐慎．《诗经》植物与周人礼俗研究 [D]．苏州：苏州大学，2006.

[12] 钱钟书．钱钟书散文 [C]．杭州：浙江文艺出版社，1997.

[13] M. H 艾布拉姆斯著．曾忠禄、郑子红、邓建标译．简明外国文学词典 [M]．长沙：湖南人民出版社，1987.

[14] 包延新、孟伟，《诗经》英译概述 [J]．晋东南师范专科学校学报，2002（06）：36－38.

[15] 陈得媛．从《诗经》“彤管”本义看中国古代“女史”的性质［J］．河北学刊，2003，(01)：175－178.
[16] 陈富康，中国译学史［M］．上海：上海人民出版社，2010年．
[17] 陈宏川．论《诗经》在英美的翻译和接受［D］．成都；四川大学，2002.
[18] 陈庆纪，论中国古代文学的桑意象［J］．大连理工大学学报，2001(2)：53－57.
[19] 程渊．诗译之美，译者好逑——《诗经·关雎》几种英译本的比较分析［J］．译林，2008（04)：211－213.
[20] 迟文浚，宋绪连，鲁洪生，《诗经百科辞典》［Z］．沈阳：辽宁人民出版社．1998.
[21] 杜长明，清雍正梓《十五国地理图》［J］．地图，2004（03)：75－76.
[22] 杜凤坤．《静女》中的“管”“荑”文化新探［J］．中国古代文学研究，2008（09)：16－17.
[23] 樊淑敏，审美视阈中的土地崇拜文化研究［D］．上海：上海师范大学，2010.
[24] 谷衍奎编，《汉字源流字典》［Z］．北京：华夏出版社．2003.
[25] 顾正阳，古诗词曲英译文化溯源［M］．北京：国防工业出版社．2010.
[26] 郭晓勇，郭晓勇：翻译大会与多元文化［J］．对外传播，2008（09)：52－55.
[27] 韩子满，文化失衡和文学翻译［J］．中国翻译，2000（2)：39－43.
[28] 汉典．［EB/OL］．(2004－12－2)．［2011－6－20］．http：//www.zdic.net/zd/zi/ZdicE9ZdicA82dic8F.htm.
[29] 何寅、许光华．国外汉学史［M］．上海：上海外语教育出版社，2002.
[30] 贺文照．关于构建“文化翻译学”的思考［J］．湖南省政法管理干部学院学报，2000（03)：89－91.
[31] 洪玲．生命的诠释文学中“桑”的意象浅析［J］．东莞理工学院学报，2004（2)：105－109.
[32] 胡牧，翻译研究：回归现实世界——对“文化转向”的再思考［J］．中国翻译，2011（05)．5－10.
[33] 胡牧．译本世界与现实世界的交锋［D］．南京：南京师范大学，2007.
[34] 胡先泽．谈国风的押韵［J］．克山师专学报，2001（04)：44－46.
[35] 胡显章，全球化背景下的文化多样性与文化自觉［J］．清华大学学报

（哲学社会科学版），2007（3）：140－144.
［36］戢斗勇．文化生态学论纲［J］．佛山科学技术学院学报（社会科学版），2004（5）：1－7.
［37］孙卫卫．文化生态：文化哲学研究的新视野兼论当代中国文化生态及其培育［J］．江南社会学院学报，2004（1）：59－61.
［38］徐建．国内外文化生态理论研究综述［J］．山东省青年管理干部学院学报，2010（5）：6－10.
［39］李超．《诗经》中桑意象的原型分析［J］．剑南文学（经典教苑），2011（7）：36－37.
［40］李林波．从"关雎"多元英译看中国典籍外译现状与问题［J］．外语教学，2011（05）：90－95.
［41］李瑞凌．汪榕培"传神达意"翻译标准考辨［J］．天津外国语大学学报，2012（05）：32－36.
［42］李卫华，价值评判与文本细读—新批评之文学批评理论研究［M］．北京：中国社会科学出版社，2006.
［43］李行健．现代汉语规范词典［Z］．北京：外语教研出版社、语文出版社，2004.
［44］李玉良，王宏印．《诗经》英译研究的历史、现状与反思［J］．西安外国语学院学报，2006（04）：36－39.
［45］李玉良，于巧峰，《诗经》翻译中的难题与对策［J］．宜春学院学报，2009（02）：55－59.
［46］李玉良．理雅各《诗经》翻译的经学特征［J］．外语教学，2005（5）：63－66.
［47］李玉良．《诗经》翻译的两大难题［A］．中国英汉语比较研究会第七次全国学术研讨会议论文集［C］．烟台：2006.
［48］沈从文编著．中国古代服饰研究［M］．上海：上海书店出版社．2002.
［49］山青，《诗经》的西传与英译［J］．书城，1995（02）：25－26.
［50］李玉良．《经》本的底本及参考系统考析［J］．2009（03）：101－104.
［51］李征．专家建议加快推进"典籍翻译"工程［EB/OL］．（2011－6－7）．［2012－8－8］．http：//newspaper. jfdaily. com/jfrb/html/2011－06/07/content _ 586711. htm.
［52］山西大学国学研究研究方向．（2008－11－11）．［2012－8－10］．http：//gxy. sxu. edu. cn/yjfx/index. htm.

[53] 李志铭，避难香港期间的王韬 [J]. 贵州文史丛刊，1999 (6)：72-76.
[54] 李子伟，《诗经》二题新解 [J]. 西北师大学报（社会科学版），1994 (04)：33-34.
[55] 梁高燕，《诗经·国风》中的植物译及其中国文化意象的传达 [J]. 南华大学学报（社会科学版），2011 (1)：97-100.
[56] 刘桂兰．文学翻译批评本质探析 [J]. 吉林师范大学学报（人文社会科学版），2008 (05)：14-17.
[57] 刘怀荣．"采桑"主题的文化渊源与历史演变 [J]. 文史哲，1995 (2)：52-55.
[58] 刘军平．西方翻译理论通史 [M]. 武汉：武汉大学出版社，2009.
[59] 刘毓庆，杨文娟，《诗经》讲读 [M]. 上海：华东师范大学出版社，2008.
[60] 刘重德．阅读汪、任译注《诗经》后记 [J]. 外语与外语教学，1996 (5)：1-5.
[61] 吕叔湘编，中诗英译比录 [M]. 上海：上海外语教育出版社，1980.
[62] 罗新璋．翻译论集 [M]. 北京：商务印书馆，1984.
[63] 马瑞江，稷名实考 [J]. 中国农史．2000，(04)：96-101.
[64] 清华学生应读书目：汉魏南北朝诗选注．[EB/OL]. (2010-12-19). [2011-6-20]. http://rwxy.tsinghua.edu.cn/rwfg/ydsm/ydsm-qw/j02/003.htm#258.
[65] 邱奎．《诗·卫风》桑意象及其文化内涵探析 [J]. 黑龙江史志，2008 (20)：18，9.
[66] 任红敏．采桑主题与采桑女形象的演变 [J]. 重庆师范大学学报（哲社版），2006 (1)：97-100，105.
[67] Legge，James. The Chn，iese Classics Volume 4 [Z]. Hong Kong：Hong Kong University Press，1960a.
[68] Pound，Ezra The Classic An，thology Defined by Confucius [M]. Cambridge：Harvard University Press，1954.
[69] Steiner，Ceorge. After Babel：Aspects of langugae and Translation. New York：Oxford University Press，1975.
[70] Waley，Arthur. The Book of Songs [Z]. NewYork：Gorve Perss，Inc. 1960.

［71］ A. C. Graham. Poems of the Late T ' ang ［Z］，Britain，Penguin Books. 1965.

［72］ Arthur Waley. One Hundred and Seventy Chinese Peoms ［Z］，Britain，Chiswick Press. 1918.

［73］ Burton Watson. The Columbia Book of Chinese Poetry ［Z］. New York，Columbia University Press. 1984.

［74］ Huang Hongquan. Anthology of Song-Dynasty CiPoetry ［Z］. Beiijng：People's Liberation Army Publishing House，1988.

［75］ Lois Fusek. Among the Flowers ［Z］，New York，Columbia University Press. 1982.

［76］ Michelle Yeh. Modern Chinese Poetry：An Introduction ［M］，Seattle & London，University of Washington Press. 1972.

［77］ Michelle Yeh. ModernC' hinese Poetry：Theorv and Practice Since 1917 ［M］，New Haven&London，Yale University Press. 1991.

［78］ Pauline Yu. The Poetry of Wang Wei ［Z］，Boomington，Indiana University Press. 1980.

［79］ Rewi Alley. Selected Poems of the Tang and Song Dynasties ［Z］，Hong Kong，Hai Feng Publishing Company. 1981.

［80］ Stephen Owen. The Great Age of Chinese Poetry：The High T'ang ［Z］，New Haven and London，Yale University Press. 1981.

［81］ Tony Barnstone，Willis Barnstone&Xu Haixin. Laughing Lost in the Mountains-Selected Poems of Wang Wei ［Z］，Beijing，Chinese Literature Press. 1990.

［82］ Victor H. Mair. The Shorter Columbia Anthology of Traditional Chinese Literature ［C］，New York，Columbia University Press. 2000.

［83］ Wu-chi Liu & Irving Yucheng Lo. Sunflower Splendor：Three Thousand Years of Chinese Poetry ［Z］，Bloomington，Indiana University Press. 1975.

［84］ Yang Xianyi & Gladys Yang. Poetry and Prose of the Tang and Song ［Z］，Beijing，Chinese Literature Press. 1984.

后 记

《诗经》英译研究是一项十分浩大而艰巨的工程，这本书才仅仅是我的一个开始，放下手中的笔，回首数载的研究历程，深知我的第一步才刚刚迈出，还有许多更深入、更细致的工作等待我去做。

本书从美学角度，主要对《诗经》英译的历史渊源、发展及其研究意义做了详细地讲述，并且对《诗经》的传播、翻译的标准和策略等进行了多维研究，我打算以后在诗篇翻译的微观问题上进行更加细致的研究。

写书不是一件简单的事情，在这里，我要感谢学校领导和同事朋友在工作和生活上给予我的照顾和支持；另外，也要感谢各位学者，他们对《诗经》研究的经验，对我来说，也是一笔宝贵的财富。

本书所讲内容还不够完善，望读者多多理解和指正，我会对《诗经》英译进行更加细致的研究，希望我的一点研究成果能为后人的研究尽微薄之力。

著者于 2019 年 1 月